DREWID

DE LA PLUIE SUR LES CENDRES

TOME 1

LAURENCE CHEVALLIER

DREWID

DE LA PLUIE SUR LES CENDRES

LAURENCE CHEVALLIER

DU MÊME AUTEUR

LA SAGA NATIVE

Romance Paranormale

Volume 1 : La trilogie de Gabrielle

Le berceau des élus, Tome 1

Le couronnement de la reine, Tome 2

La tentation des dieux, Tome 3

Volume 2 : La Quadrilogie d'Isabelle

Les héritiers du temps, Tome 4

Compte à rebours, Tome 5

La Malédiction des immortels, Tome 6

L'éternel crépuscule, Tome 7

BLOODY BLACK PEARL

Comédie romantique New Adult

LA SAGA DREWID

Fantasy Romantique

De la pluie sur les cendres, Tome 1

Copyright © 2021 Laurence Chevallier
Illustration couverture © Hannah Sternjakob
Illustration contenu © Nicolas Jamonneau
Illustration carte © Christophe Ribbe

BLACK QUEEN
ÉDITIONS

Relecture finale : Émilie Chevallier Moreux

ISBN : 9782493374042

Première Édition
Dépôt légal : Décembre 2021
Black Queen Éditions

 Réalisé avec Vellum

« *On s'est aimé plus que tout, seuls au monde dans notre bulle.*
Ces flammes nous ont rendus fous.
On a oublié qu'au final, le feu ça brûle. »

Mais je t'aime
Grand Corps Malade et Camille Lellouche

INTRODUCTION

Les druides ont disparu depuis plus de trois mille ans, comme s'ils s'étaient évanouis dans la nature, ne laissant que des vestiges pour preuves de leur existence passée.

C'est un peu la vérité…

De nombreux mythes circulent à leur propos : magie, sacrifices, clans, pouvoir…

Et si ce n'était pas des légendes…

Et si les druides vivaient encore parmi nous, dans un royaume dissimulé dans ses traditions.

Le royaume de *Drewid*.

LES PERSONNAGES DE L'UNIVERS DE DREWID

LES NAMNETTES

Roi Alistair :

Souverain du royaume de Drewid, chef des clans de Breizh et de la tribu des Namnettes

Deirdre :

Souveraine du royaume de Drewid, épouse du roi Alistair

Niall :
Prince des Hêtres
Premier fils du roi Alistair et de la reine Deirdre
Héritier du trône de Drewid

Lyham :
Prince des Saules
Second fils du roi Alistair et de la reine Deirdre

Nimue :
Princesse des Charmes
Première fille du roi Alistair et de la reine Deirdre
Princesse guerrière du temple de Teutatès

Nova :
De son vrai prénom Genovefa
Princesse des Ifs
Seconde fille du roi Alistair et de la reine Deirdre

Jos :
Princesse des Noyers
Troisième fille du roi Alistair et de la reine Deirdre

Gwladys et Jennah :
Princesses des Mélèzes et des Frênes
Jumelles benjamines du roi Alistair et de la reine Deirdre

Fitras :
Druide du clan des Namnettes
Maître précepteur et maître des druides du clan

Kenelm :
Druide et assistant de Fitras

Riwanon :
Ovate du clan des Namnettes (devin)

LES PICTES

Seigneuresse Awena :
Cheffe du clan d'Alba et de la tribu des Pictes
Veuve de Calum, *Le Grand Archer*

Lennon :
Premier fils du chef Calum et d'Awena
Héritier du clan des Pictes
Seigneur des Enclumes
Surnommé *Lennon, le tyran.*

Tristan :
Second fils du chef Calum et d'Awena
Seigneur du Tonnerre
Surnommé *Drustan, l'érudit*

Kendall :
Dernier fils du chef Calum et d'Awena
Seigneur de la Rivière
Surnommé *Kendall, l'ingénieux*

Gwydian :
Maîtresse druidesse du clan des Pictes

LES CORNOVIENS

Cameron :
Chef du clan des Cornoviens
Seigneur de Kernow
Frère de feu seigneur Calum, chef du clan des Pictes

LES INSUBRES

Aedan Campbell :
Guerrier allié des Pictes
Héritier du clan des Insubres

Kilda

Elean •   • Cairngorm

ALBA

EIRE

Killar •

Cymru •   **BRYT**

Kernow •   • Ruhria

Bellovia •

THEODA

Brocéliande •

BREIZH   • Morva

FHRAINC

Vesunna •

                    • Meyga

Oscara •   Cabu •   • Gallia

CISALPINA

ARAGON

Oretan •

PROLOGUE

L a décision fut prise des milliers d'années avant
notre ère.

Trahis par les hommes, les druides n'ont eu
d'autres choix que d'user de leur magie pour se camoufler
aux yeux du monde et préserver leurs traditions.

Ils inventèrent *Les Dômes*.

Partout dans le monde, des dômes existent, reliés entre
eux par des portails et dissimulés dans les forêts les plus
anciennes, mettant à l'abri des curieux toutes les tribus et
clans drewidiens du royaume.

De cette manière, les Dynols (humains) ne purent asseoir
leur influence grandissante ni supplanter par leur religion
l'antique croyance druidique.

Aucun Dynol ne peut entrer dans les dômes.

Aucun.

Si l'un d'eux s'en approche, il s'en détournera instinctive-
ment, sous l'effet de l'envoûtement des druides, qui orientent
les intentions de tous ceux qui ne portent pas en eux le sang
des anciens.

Depuis bientôt trois mille ans et la fondation des dômes, les clans veillent à conserver leurs coutumes et le savoir de la magie des éléments.

Le clan le plus puissant se trouve sous le dôme de Brocéliande.

Plus ancien que les anciens.

Et justement, le roi Alistair marie sa seconde fille au cadet de la cheffe du clan des Pictes, unifiant ainsi deux dômes et la force de deux armées.

Ce que le roi ignore, c'est que sa décision risque d'entraîner la chute des Dômes.

CHAPITRE 1
NOVA

— Arrête de t'agiter, Nova, ou je ne parviendrai jamais à ajuster ce voile !

Je souris face à l'impatience de ma petite sœur, Jos. Je n'ai pas bougé d'un cil. Ma crinière auburn refuse de se soumettre à ses volontés et Jos n'aime pas qu'on lui résiste. Cette enfant n'a peut-être que onze ans, mais de toutes mes sœurs, elle est bien la plus déterminée.

— Comme je t'envie, me dit-elle après un soupir adorable.

— Nous verrons cela quand je découvrirai le visage de mon époux, réponds-je, ma voix masquant mal mes inquiétudes.

Elle place sa main sur la mienne puis, devinant mon trouble, elle m'enlace, avant de retourner à ma chevelure rebelle.

— Je suis sûre que ton prince sera éblouissant. Père n'a marié aucune d'entre nous, pourquoi toi, à ton avis ?

Je baisse les yeux sur le plateau en chêne de la coiffeuse. Mes joues se colorent. Je me pose la même question. Chez les

Namnettes – mon clan –, les filles sont promises dès l'âge de neuf ans, mais ni mes sœurs ni moi n'avons été fiancées.

Pour une raison étrange, le roi Alistair s'est décidé à accepter la requête d'Awena. Dans quelques heures, je vais me marier au fils cadet de la cheffe de la tribu des Pictes, les illustres seigneurs d'Alba. Je ne l'ai jamais rencontré, mais je n'ai entendu que des louanges à son sujet. Mon cœur palpite d'excitation à l'idée que bientôt, je verrai son visage.

J'ai été la première étonnée quand mon père, souverain des Drewidiens depuis quarante longues années, a consenti à ce mariage. La question de Jos est pertinente, puisque même ma mère semble ignorer ce qui l'a enfin décidé à donner la main de l'un de ses sept enfants.

J'ai deux frères et quatre sœurs. Niall est l'aîné et l'héritier légitime de Drewid. Lyham arrive deuxième dans l'ordre de succession, ce qui l'arrange, lui qui chérit tant sa liberté. Nimue est la troisième et première fille du roi Alistair, ce qui la place au rang de princesse guerrière, rendant grâce au dieu Teutatès[1]. Gwladys et Jennah sont jumelles et les plus jeunes de la fratrie. Elles s'affairent justement aux derniers préparatifs de ma tenue, tandis que Jos s'occupe de ma coiffure. Nimue, l'indomptable, ne viendra qu'à l'heure de la cérémonie. Si tant est qu'elle soit à l'heure…

Mon frère Lyham entre par la porte de ma chambre. Un feu chaleureux crépite dans l'âtre.

— Tu es superbe, Genovefa.

J'incline la tête, ce qui me vaut de nouvelles remontrances de la part de Jos. Mon frère m'appelle toujours par mon vrai prénom. Prénom que je déteste. Depuis dix ans déjà, plus personne ne le prononce. Il est d'ailleurs presque oublié dans certaines tribus, fait que je m'efforce d'entretenir. Mais Lyham, lui, s'en moque. Et avec le temps, j'apprécie que seul mon frère me nomme de cette façon. Pour les autres, je suis Nova, fille cadette du roi Alistair, princesse des Ifs, et je vais me marier à Tristan du clan des Pictes. Mon cœur s'emballe à cette pensée.

— Tu seras merveilleuse, ma sœur.

— Merci, Lyham. J'espère que j'aurai grâce aux yeux de mon mari.

— J'ai entendu dire que c'est un homme capable et d'une vive intelligence. Je suis persuadé qu'il verra la jeune fille extraordinaire que tu es dès le premier regard.

Ma poitrine se gonfle. Mon frère sait toujours trouver les mots pour me rassurer. Je l'observe et lui adresse un sourire. Il est grand, beau à se damner, avec ses yeux vairons et sa chevelure blonde légèrement bouclée qui lui arrive aux oreilles et qui cache une partie de son œil gauche. Le vert.

— J'ai fini ! s'exclame Jos. Qu'en penses-tu ?

Je me regarde dans le miroir piqué par le temps et admire son œuvre. De multiples tresses se rejoignent sur le haut de mon crâne et se nouent pour n'en former qu'une seule, qui cascade dans mon dos. Ma sœur a fait du bon travail.

— C'est superbe, Jos. Merci.

Elle rit et part embêter Lyham, qui annonce qu'il est l'heure pour lui d'aller se préparer et d'ainsi échapper au membre le plus énergique de notre fratrie. Glwadys et Jennah me tendent ma robe. Pourpre, tissée de lin et de soie, elle est splendide. Simple, élégante et majestueuse. Quand je l'enfile, j'en ai des frissons et mon cœur me martèle la poitrine.

Plus l'heure de la cérémonie approche, plus les bruits à l'extérieur s'intensifient. Mon stress augmente. Jennah me sert un verre de vin, espérant que cela m'aide à me détendre. On n'a pas vu de mariage princier depuis des dizaines d'années. J'ai le sentiment de porter un poids énorme sur les épaules. Tout doit être parfait. *Tout* doit être parfait.

Ma mère, la reine Deirdre, se glisse dans ma chambre et s'émerveille de ma tenue et de ma coiffure. Je me lève et lui fais face. Je lui ressemble, bien que le contour de ses yeux s'orne de nombreux sillons creusés par les années. Ils me renvoient son admiration et son amour. Je ne peux résister à la prendre dans mes bras.

— Je n'arrive pas à le croire ! Tu vas te marier ! me lance-t-elle, des larmes noyant ses iris ambrés.

— Dois-je en conclure que ce n'est pas toi qui as convaincu Père d'y consentir ? demandé-je en haussant un sourcil mutin.

— Personne ne peut convaincre ton père, tu le sais bien, Nova.

Je m'esclaffe, puis écarquille les yeux en découvrant Nimue qui se joint à notre accolade.

— Par Dana[2], la déesse ! m'écrié-je. Tu serais donc en avance, ma sœur !

— Ne te moque pas, rétorque-t-elle en s'écartant. L'événement est si inédit que je ne veux pas en louper une miette. Et puis, je souhaitais voir ma sœur encore vierge avant sa noce.

Mes joues deviennent écarlates tandis qu'elle se gausse. Je redoute tant ce moment… Fitras, le druide de la tribu, a beau m'avoir expliqué ce qui m'attendait, je suis toujours morte de peur. Bien plus qu'avant ses éclaircissements, d'ailleurs. Ma mère pose une main sur mon visage.

— Tout se passera bien.

J'opine de la tête pour la rassurer. Je suis la princesse des Ifs. Je ne peux me permettre de montrer ma faiblesse aux

Drewidiens. Je me dois d'être forte et d'avoir confiance en mon futur époux. Tristan.

Tristan. J'espère que tu m'aimeras. Moi, j'ai tant envie de t'aimer…

J'attends le cortège dans ma chambre. Mon frère aîné doit venir prendre mon bras avant de me mener au maître druide du clan, qui me donnera sa bénédiction. Fitras est mon précepteur et mon confident depuis tant d'années qu'il est presque un second père à mes yeux. Je suis émue lorsque Niall se présente sur le seuil, suivi d'une cinquantaine d'habitants de la tribu des Namnettes.

— Par Dagda[3], tu es… resplendissante !

Je me lève en souriant et rejoins mon frère, le rouge colorant un peu mes joues.

— Si le prince héritier le dit, alors je vais me décider à le croire.

Son visage exprime le bonheur. Niall est la bonhomie incarnée. Il est si bon, d'ailleurs, que je m'inquiète du jour où il prendra la relève de Père. La gentillesse n'est pas la qualité principale d'un monarque, d'après Fitras. À ce sujet, je l'ai une fois interrogé :

— Quelle est-elle, alors ?

— La sagesse, m'a répondu le druide. Les hommes bons ne sont pas toujours sages, Nova. Ils attirent les gens les plus mauvais, prêts à profiter de cette faiblesse.

— Tu considères la bonté comme une faiblesse ! me suis-je étonnée.

— Si elle n'est pas tempérée par la sagesse, c'est même la pire.

Mon frère lève les mains et rabat mon voile serti d'or sur mon visage, avant de déposer un diadème sur ma tête. Je n'y vois presque pas quand je lui attrape le bras et trébuche à peine ai-je mis un pied dehors. Puis je sens des brindilles craquer sous mes pas, l'air sur ma peau, l'odeur de la forêt s'emparer de mes narines. Un brouhaha lointain me parvient.

— Tout le monde est arrivé, remarqué-je.

— Tout le monde était même en avance, s'amuse Niall.

Je resserre ma main autour de son bras. Mon frère rit de cet accès de nervosité. J'ai si peur que mon cœur s'affole encore. La voix de ma petite sœur Jos m'apaise dès que je l'entends.

— Oh, Nova, ils sont si nombreux !

Finalement, elle ne m'apaise pas tant que ça. Je ressens toute son excitation dans son timbre cristallin d'enfant, et me retiens de ne pas soulever mon voile pour lui ébouriffer les cheveux d'un geste de la main. Je n'ose imaginer l'enthousiasme de Gwladys et de Jennah, qui ne cessent de parler de ce mariage depuis l'annonce de mon père.

Nous passons les portes du temple quand ce dernier prend le relais de Niall. Mon frère me quitte pour aller trouver sa place. Des exclamations accueillent mon arrivée en bas des marches de l'édifice. Je souris derrière ma crêpe, ma respiration plus saccadée que jamais.

— Te sens-tu prête, Nova ? chuchote le roi Alistair au creux de mon oreille.

— Je le suis, Votre Grâce.

Un soupir de satisfaction suit ma réponse. Mon cœur bat plus vite quand nous atteignons le seuil. Je crains presque de défaillir tant la peur me tenaille. *Et s'il ne me trouve pas à son goût ? Et s'il n'est pas à mon goût ?*

Une foule de questions m'assaille encore alors que nous parcourons la nef du temple. Des applaudissements accompagnent ma traversée. Je sais que Tristan est déjà près de l'autel sacrificiel et je lutte pour ne pas soulever mon voile. *Plus que quelques minutes... quelques minutes... et le sort en sera scellé.*

J'avance, le sein palpitant. Puis mon père m'invite à monter les quelques marches qui mènent à Fitras, tout désigné pour nous marier. Je devine près de moi la roche parsemée de spirales sculptées au burin, dont le sommet en forme de bac est destiné à recueillir le sang des sacrifiés, les branches des chênes centenaires chargées de talismans, formant une arche naturelle au-dessus de l'autel, et les voilages blancs suspendus à la multitude d'arbres jalonnant les murs du temple. Nous sommes au cœur de la forêt et les cieux nous regardent. C'est alors que Fitras prononce ses premiers mots.

— En ce jour de Lugnasad[4], je demande que les dieux bénissent cette union. Que Dana vous accorde la fertilité. Que Lug[5] apporte la lumière sur votre couple...

Je sens les doigts de Fitras attraper les miens. Il pose ma main sur celle de mon futur époux et je tressaute au contact de sa peau. Je n'ai jamais touché un homme et j'ai le sentiment que ma paume me brûle tandis que le druide enroule le ruban d'Alba et noue nos mains devant toute l'assemblée.

— ... Que Dagda vous accorde sa chaleur divine et que les esprits vous accompagnent sur le chemin du savoir...

Fitras énumère encore les noms de certains dieux alors qu'il s'approche, prêt à m'ôter le voile. Je suffoque derrière le tissu tant la peur me tétanise. Je ferme les yeux. *On y est...*

1. Teutatès : Dieu de la guerre
2. Dana : Déesse, mère des eaux, de la fertilité et de l'abondance.
3. Dagda : Dieu-druide, signifie « dieu bon » et « très divin »
4. Lugnasad : Première semaine du mois d'août, date qui célèbre la moisson, les bénéfices et l'abondance.
5. Lug : Dieu solaire et agent de l'aurore. Considéré aussi comme le dieu des arts et de la magie.

CHAPITRE 2
NOVA

L a soie glisse de mon visage. Je fais face à Tristan. Nous sommes tout près l'un de l'autre au milieu du cercle de sable versé par Fritas pour délimiter cet espace. Dans la forêt, j'entends les chuchotements des invités qui se tiennent autour du cercle. Les animaux se sont aussi invités à la fête. *Sont-ils tous si nombreux ?* Je ne le sais pas encore. En réalité, je ne sais rien, si ce n'est le nom de l'homme que je m'apprête à épouser. J'hésite à ouvrir les yeux, moi qui redoute ce moment depuis déjà de longs mois. Comme lui, je suppose.

Lui, Tristan de la tribu des Pictes d'Alba, fils du défunt seigneur Calum d'Alba, et vivant dans les actuels Highlands d'Écosse. Ma respiration s'accélère. Je m'apprête à relever les paupières pendant que le prêtre psalmodie sa prière aux dieux. Je prends une grande inspiration et ouvre enfin les yeux. Ils s'arrondissent lorsque mon regard percute l'homme que je suis sur le point d'épouser. Lui cille à peine. Je lui adresse un sourire et baisse un peu la tête pour cacher la coloration soudaine de mes joues. Il est si beau que mon souffle s'est coupé. Ses cheveux châtain clair et légèrement bouclés cascadent au-dessus de ses épaules. Une fine barbe, un ton plus sombre, enveloppe sa mâchoire sous ses yeux azur qui transpercent mes défenses. Son port de tête est digne d'un prince. Je décèle des muscles saillants sous son habit traditionnel. À sa corpulence, je devine qu'il a bénéficié d'un maître d'armes et les cicatrices sur ses bras me le confirment. Je détaille mieux sa bouche aux lèvres pleines, avant que mon attention ne se pose sur sa gorge.

En un regard, il a pris possession de moi.

Et lui, que pense-t-il de ma personne ? Me trouve-t-il à son goût ? Passée mon admiration pour ses traits agréables, je me décide à observer son comportement. Ce que je discerne me pétrifie. Sur son visage, rien ne semble exprimer un quelconque attrait, une quelconque émotion. Sa mâchoire se serre. Je sens même la tension qui l'habite à travers sa main nouée à la mienne, comme s'il se retenait de sèchement la retirer. Mon cœur se brise, ma gorge se comprime. Son regard s'assombrit. Ce regard bleu incandescent qui me brûle et me terrifie. Il est d'une beauté incomparable, mais rien, non, rien dans sa façon de m'observer n'inspire la dévotion, l'amour ou quelque autre sentiment. *Ou alors... si... peut-être la haine.*

— Sous le regard de la Nature, des dieux, des esprits et des constellations, annonce Fitras d'un ton solennel, énoncez vos promesses afin de sceller votre union.

À cette demande, les yeux de mon futur époux se lèvent. Je ressens dans chacun de ses gestes son envie de s'enfuir, de se trouver partout ailleurs que dans ce cercle, aux côtés du druide et de moi, sa future femme. Je refoule mes larmes.

À chaque fois que j'ai fantasmé ce moment, je le voyais empreint d'amour, d'élégance, de charme et de délicatesse. Je n'imaginais pas cette froideur, ce désintérêt. Je tombe de haut lorsque le druide enroule le lierre autour de nos bras et que nos mains libres se placent sur la pierre froide. *Aussi froide que lui.* Je ne souris plus quand je l'observe. Sa voix est grave et provoque en moi une émotion que je fais taire. Il n'y a aucune magie dans ses mots. Pas le moindre signe d'attachement. *Je ne lui plais pas.*

— Je promets d'être ton époux sous le regard des dieux, de te protéger des dangers, de t'honorer en tant qu'homme, de prendre soin de nos enfants, si Dana nous en accorde, et de lier ma vie à la tienne, jusqu'à ce que nos âmes se retrouvent dans le royaume de Sidh[1].

Son ton est sans emphase. Ses paroles ne contiennent aucune sincérité. C'est la voix chevrotante et retenant mes sanglots que je m'adresse à lui.

— Je promets d'être ton épouse sous le regard des dieux, de te servir et de t'honorer en tant que femme, de prendre soin de nos enfants, si Dana nous en accorde, et de lier ma vie à la tienne, jusqu'à ce que nos âmes se retrouvent dans le royaume de Sidh.

J'ai senti ses yeux sur moi tout le temps qu'a duré ma promesse. Je n'ose relever les miens. Je n'ose trahir les sentiments qui m'assaillent. La déception, la colère, la tristesse… *la crainte.*

Fitras interrompt mes réflexions en officialisant notre union. Les applaudissements et les exclamations se multiplient dans l'enceinte du temple. Kenelm, le druide et assistant de Fitras, dénoue le ruban et le lierre. Je suis heureuse de sentir mon bras libre, même si moi, je ne le suis plus. Mon regard se tourne vers l'assemblée. Les sourires que je découvre me touchent, mais je n'ose y répondre. Je sens une main dans mon dos. C'est Fitras qui nous invite, mon époux et moi à traverser l'allée et à prendre la tête du cortège afin de rejoindre le lieu des festivités. À peine ai-je passé les marches du temple que je refoule une envie de fuir. Mes yeux se perdent sur la forêt. *Et si j'appelais un cheval... Et si je disparaissais parmi les Dynols... Et si je quittais le dôme à tout jamais.*

Au loin se dressent les habitations de la tribu. Bâties en pierre et couvertes d'un toit en chaume, elles se dévoilent parmi les feuillages. L'allée des dieux nous mène à la grande salle où un festin nous attend. Les bardes chantent déjà tandis que je m'installe à côté de mon mari, qui n'a toujours pas un regard pour moi. Fitras, le visage maculé d'argile noire, ses longs cheveux blancs se dispersant au vent, demande le silence. Mon père, le roi, invite alors les convives à lever leur verre en terre cuite et annonce l'ouverture du bal.

— En ce jour historique où les clans d'Alba et de Breizh ne forment plus qu'un !

Chacun y va de son cri alors que je m'assois sur mon siège, le cœur enserré dans les griffes de la déception. Mon époux ne m'a pas adressé la parole. Pire, dès qu'il termine le premier plat, il se lève et disparaît dans la forêt. Mes sœurs et mes frères viennent immédiatement me voir en constatant ma soudaine solitude.

— Il est si beau ! se pâme Jennah, aussitôt approuvée par Gwladys.

— Tu dois être tellement soulagée, clame Jos en m'enroulant de ses bras potelés.

Je leur adresse un minuscule sourire, ne voulant pas les inquiéter avec mes doutes. Des doutes qui n'en sont pas, car je suis certaine de l'indifférence du seigneur picte.

— La beauté est si insignifiante dès que la nature profonde d'un homme prend le dessus sur son aspect extérieur, lâche Nimue sur un ton acerbe. Cet homme m'a tout l'air d'un fieffé orgueilleux !

— Quand bien même ce serait le cas, notre sœur se doit d'avoir l'air heureuse. L'es-tu, Nova ?

Mon regard se lève sur Niall. Je ressens l'envie de lui crier que je ne le suis pas, que je suis en train de m'enliser dans un cauchemar et que je préfère refouler mes pensées qui m'amènent chaque fois dans le lit de cet homme qui ne veut pas de moi. Je réponds seulement :

— Je crois qu'il n'est pas enthousiaste à l'idée que je sois son épouse.

— Qui n'est plus une idée, souffle Lyham, tu *es* son épouse.

— Ses yeux me rejettent.

— Si on me forçait à me lier à une femme que je ne connais pas, je pense que les miens en feraient autant.

Le coin de la lèvre de Lyham se lève tandis qu'il tente de me rassurer. Peut-être a-t-il raison… Je ne sais encore rien de Tristan. Même si je m'attendais à un autre accueil de sa part, je ne peux deviner ce qui traverse ses songes.

Je hoche la tête en direction de mes frères, résolue à profiter de la soirée malgré mon amertume. Les invités commencent à danser. Je remarque que Kendall, le benjamin de Tristan, est au petit soin avec mes jeunes sœurs. Je n'arrive pas à distinguer Lennon, son aîné, et me demande soudain s'il est venu se joindre aux festivités. La seigneuresse d'Alba, Awena de la tribu des Pictes, vient à ma rencontre et ne tarde pas à répondre à ma question muette.

— Mes fils ont des tempéraments taciturnes, mais Tristan sera un bon époux.

Je hoche la tête sans dire un mot. Mes doutes ne peuvent se soustraire à mes pensées et je ne suis pas de celles qui mentent pour se sortir d'une conversation délicate. Le silence est souvent meilleur orateur.

— Votre fils Lennon ne semble pas être des nôtres, remarqué-je.

Awena plante ses yeux noirs dans les miens. Elle paraît si jeune malgré sa chevelure grise qui encadre son visage, dont les traits enfantins me surprennent… Je crois savoir qu'elle approche la cinquantaine et qu'elle dirige le clan d'Alba depuis la mort de son époux, survenue quinze ans plus tôt.

— Lennon n'a pas pu se libérer de ses obligations, mais a tenu à offrir le taureau sacrificiel en cadeau.

Son cadeau a été égorgé la veille par Fitras, devant le seuil de la masure qui accueillera ma nuit de noces.

Awena me salue et je ne peux manquer son empressement à me quitter. Serait-elle mal à l'aise face à l'absence de son aîné à la fête ? Après tout, en tant que seigneur et héritier des Pictes, Lennon se doit de soutenir son frère et sa famille, qui signe par ce mariage une bien heureuse alliance. La mienne régnant sur tous les clans, beaucoup envient la position des Pictes dans cette affaire. Les liens de nos clans sont désormais scellés et le pouvoir du roi Alistair assure sécurité à la terre d'Alba. Alors pourquoi Lennon brille-t-il par son absence ?

Le temps s'égrène et mon époux n'est toujours pas revenu. Les pas claquent sur les pavés tandis que les danseurs se mettent en ligne. Le vin coule à flots et les mets s'avèrent plus délicieux les uns que les autres. Soudain, je sens une présence dans mon dos, c'est Kenelm, l'apprenti de Fitras. Je le connais depuis petite, lui et moi n'avons que quelques jours d'écart. Né dans la tribu des Namnettes, il a rapidement trouvé sa voix auprès de notre sage. Il est âgé de dix-sept ans, et ses traits ne sont pas encore ceux d'un homme fait. Il est de loin ce qui se rapproche le plus d'un ami à mes yeux. Il se penche sur mon épaule et murmure :

— Il est l'heure, Nova.

— Je sais.

J'inspire et expire. La peur me tenaille, mais je dois honorer ma promesse. *Je dois honorer mon époux...*

---

1. Sidh : « L'autre monde » celtique.

CHAPITRE 3
NOVA

L orsque la porte de la chambre se ferme, je ressens la chaleur de l'âtre se diffuser sur ma peau. Malgré l'été, il fait frais en cette fin de soirée. Aussi frais que l'ambiance qui se dégage de cette pièce que je balaie du regard.

Tristan est de dos. Les sept druides se tiennent dans le fond et patientent dans un silence religieux. Mes joues rosissent un peu. Je sais ce qui m'attend, depuis que Fitras me l'a expliqué. Mais plus les secondes s'écoulent, plus sa présence et celle des autres prêtres me paraissent déplacées et humiliantes. Le charme de cet endroit, où les nuances pourpres du dessus de lit se mêlent aux dorures brodées sur les coussins, est souillé par les futurs témoins de mon accouplement avec le cadet de la seigneurie d'Alba. Ce dernier, que j'ai trouvé si beau au premier coup d'œil, serre les poings et affiche un corps tendu.

Un page vient défaire la broche qui maintient le drapé de sa tunique traditionnelle, un kilt aux couleurs de son clan. Tristan soulève sa tête et laisse l'homme le déshabiller. Des caméristes se dirigent vers moi et entreprennent de me libérer du carcan de ma robe. Je veux qu'il me regarde, mais il ne se tourne pas. Pas même quand il ne porte plus qu'une chemise en lin qui lui arrive aux genoux. Lorsque c'est moi que l'on vêt pour la nuit, je ne peux réprimer l'envie de blottir mes mains sur ma poitrine. Je me sens exposée... et seule.

Les serviteurs sortent de la chambre. Les druides des principaux clans de Drewid restent. Tristan soupire et se tourne enfin. Rien dans ses yeux ne laisse deviner une once de désir pour ma personne. Les larmes me viennent, mais je tente de les refouler en montrant un visage digne. Le regard de mon époux coule alors sur moi. L'inexpressivité de son faciès me glace. Je veux fuir, mais ne le peux pas. Il est mon mari. Il est ma moitié. Du moins, peut-être qu'un jour il le sera dans tous les sens du terme. Celui de mon âme, je l'espère.

Tristan lève un bras tatoué de runes et me fait signe d'approcher. Je déglutis, rougis de plus belle, et m'avance en baissant la tête. Je m'arrête quand sa paume brandie me le signale. Mon souffle s'accélère. S'il tend encore son bras, il peut me toucher. *Va-t-il me toucher ?* La mâchoire ferme, il m'observe d'un regard dur, tandis que sa main se dresse et que ses doigts s'aventurent à me caresser un sein. La fine chemise de nuit que je porte me laisse éprouver son contact, avec un mélange de crainte et de surprise. Personne n'a jamais posé la main sur moi comme Tristan est en train de le faire. La sensation est déconcertante, pourtant je n'ai aucune envie qu'il la retire. Son toucher le lie à moi et je souhaite que nous soyons unis. *Sinon, pourquoi ?* Son visage ne s'est pas adouci, mais il parcourt le peu de distance qui nous sépare. Sa main est toujours sur mon sein, puis se glisse plus haut sur le col de ma chemise. Il la tire lentement vers le bas et un mamelon émerge par-dessus le tissu. J'ose à peine respirer. Mes yeux se lèvent sur Tristan. Son regard coule dans le mien. Il ne manifeste rien. Je ne devine aucune émotion et me demande encore si je l'attire. J'ai besoin de le savoir, alors je lève les mains et les pose sur son buste. Mon audace provoque chez lui un mouvement de recul. Ses yeux se baissent sur mes phalanges et reviennent vers mon visage en une expression étrange.

— Déshabille-moi, m'ordonne-t-il.

Sa voix est un peu plus grave qu'avant. Son effet est immédiat ; l'impact sur mes joues est visible. Néanmoins, rien ne vient attendrir l'air austère de Tristan. Mes doigts font remonter le tissu de sa chemise jusqu'à sa poitrine. De là, c'est lui-même qui se charge de la passer au-dessus de ses épaules. La chemise s'en va choir au sol. C'est à peine si j'ai respiré durant tout ce temps.

Tristan est nu, face à moi et dos aux druides qui épient le moindre de nos gestes. Mes yeux ne résistent pas à l'envie de parcourir son anatomie. Il est musclé, ferme, comme je le pressentais, possédant le corps charpenté des hommes qui bénéficient de l'entraînement traditionnel drewidien. Une fine couche de poils sombres traverse ses pectoraux et sinue vers son ventre. Mon regard s'aventure plus bas. Je peux constater que je ne lui suis pas si indifférente, si j'en crois ce qui se dresse sur son entrejambe et qui m'impressionne. Fitras a eu beau m'expliquer en détail les coulisses d'une vie conjugale, rien ne pouvait me préparer à cela. Je laisse échapper un hoquet ridicule, avant de relever la tête. Tristan me jauge, puis tend le menton, me signifiant que c'est à mon tour de me dénuder.

Mon visage vrille vers les druides, puis retourne à Tristan. Mon cœur se met à battre à tout rompre. Mes joues me brûlent.

— Ne fais pas l'enfant, lâche Tristan, le ton âpre.

Il a raison. Je dois me montrer digne de Drewid, de ma famille, de ma tribu et de mon père, le roi. Je relève la tête et m'exécute, déterminée à assurer mon devoir. Je retire ma chemise. Mes mains se rejoignent sous mon ventre et je patiente, le regard rivé au tapis.

— Allonge-toi sur le lit.

Je réponds à mon époux en allant m'étendre au-dessus de l'épais matelas couvert de velours. Je respire de plus en plus vite et ressens le poids de l'attention de Tristan sur moi. N'osant jeter mes yeux sur lui tant je me sens fébrile, je ferme les paupières et attends.

J'entends mon mari contourner le lit, puis plus rien. De longues secondes passent. Je me risque alors à tourner la tête et à l'observer. Une vue obscène sur son sexe s'imprime dans mes rétines, avant qu'il se décide à se placer au-dessus de moi. Je halète tandis qu'il écarte mes jambes. Mon cœur bat à mes oreilles. Le sang pulse jusqu'à mon visage qui s'embrase un peu plus, dès que sa peau se colle à la mienne. Mais son regard… Son regard est comme une épée qui me perce le ventre. Il me foudroie. Rien dans cet horizon céruléen n'indique une once d'attachement, une once de désir. Si la manifestation physique de ce désir n'était pas érigée sous mes yeux pour me le prouver, je penserais que je le dégoûte.

Ses bras se lèvent. Les paumes de ses mains se placent au-dessus de mes épaules. Ses genoux se campent entre mes jambes, son sexe aborde l'entrée du mien. Il ne me quitte pas du regard tandis que, sans prévenir, il pénètre en moi. Je pousse un petit cri de surprise et lui adresse une expression ahurie. La douleur ressentie me scinde les entrailles en deux. Mes larmes menacent de jaillir.

Tristan ne bouge pas. Il reste en moi et m'observe avec

cette expression où se lient indifférence et aversion. Puis il détourne la tête vers les témoins de nos noces.

— L'acte est accompli. Allez-vous-en.

Les druides s'inclinent et quittent la pièce. Je déglutis et retrouve lentement ma respiration, tandis que Tristan demeure immobile. Quand la porte se ferme derrière le dernier prêtre, le visage de mon époux se penche sur moi. Le silence entre nous est effrayant. J'ai le sentiment qu'il se demande s'il doit continuer ou pas. S'il doit me laisser là, maintenant que son geste est irrémédiable et que notre union est consommée. *À quoi pense-t-il ? Pourquoi ai-je l'air de lui inspirer tant de haine ? Suis-je si repoussante ?* Le moment s'éternisant et amplifiant mon embarras au fil des secondes, je me risque à parler :

— Dois-je… ?

— Tais-toi.

Son timbre grave et ferme déclenche un frisson sur ma peau. Ses yeux clairs, cernés d'un halo noir, me fixent. Ses mèches de cheveux, que de fines tresses viennent parsemer, entourent son visage quand il se penche à quelques centimètres du mien, et murmure :

— Tu ne parles que si je t'y autorise.

Le ton abrupt de Tristan me sidère. Il remarque l'effet qu'ont ces paroles sur moi et soupire encore, avant de se retirer et de sortir du lit. Estomaquée, je ne fais que le suivre du regard tandis qu'il s'apprête à prendre sa robe de chambre pour ensuite la passer sur lui. Sans la chaleur de son corps, le froid me glace les os. Je m'enfouis alors sous les couvertures sans prononcer un mot. Quand il quitte la pièce, il ne m'en adresse aucun, et c'est dans mes propres bras que je me blottis.

CHAPITRE 4
NOVA

Les yeux bouffis par cette nuit agitée, je n'ai pas entendu les cameristes investir la chambre où j'ai dormi seule. Leurs regards me laissent deviner leur surprise contenue lorsqu'elles remarquent qu'un côté du lit n'a pas été défait. Il me tarde à présent de rejoindre ma famille et de serrer chacun de ses membres dans mes bras. Car, aujourd'hui, je dois quitter mon foyer et m'installer dans ma future demeure, en Alba. Mes larmes refluent à cette pensée.

Une fois accoutrée d'une robe en lin, dont les épaules et la taille sont couvertes de cuir, je me rends dans la salle du trône où j'espère voir mon père. Le roi discute avec ma mère tandis que je m'approche d'eux. Des sourires m'accueillent, alors je tente de laisser poindre le mien. Un tic sur le visage de la reine me fait comprendre qu'elle a deviné que ma nuit de noces n'a pas revêtu le charme que j'escomptais. Ses bras se lèvent et ses mains se posent délicatement sur mes joues.

— Patience, ma fille, me souffle-t-elle. Ton père et moi n'avons pas été séduits l'un par l'autre dès notre rencontre, tu sais. Il aura fallu des années avant que l'amour investisse notre mariage.

— Parle pour toi, Deirdre ! s'exclame la voix grave de mon père. De mon côté, j'étais fou amoureux, si tu te rappelles bien.

Un rire cristallin s'échappe de la gorge de ma mère. La main du roi se glisse dans la sienne tandis qu'elle me dit :

— Ton père me paraissait rustre et vulgaire. Je n'ai pas ressenti le moindre sentiment pour lui avant de nombreux mois.

Le roi s'esclaffe et m'envoie un sourire rassurant.

— Cela me réconforte, déclaré-je.

Et c'est vrai. Les mots de ma mère me font du bien. Les yeux caressants de mon père qui la contemple sont tout ce qu'il me faut pour espérer une issue heureuse à mon mariage. Il m'apparaît maintenant que j'ai été bien naïve de croire à un coup de foudre romanesque. Deux inconnus qui s'unissent ne peuvent s'aimer au premier regard. Désormais, je le comprends. Mais la nuit dernière me laisse un goût amer. Même si je n'ai pas d'expérience, j'en sais suffisamment pour être au fait que Tristan n'a pas assuré son devoir jusqu'au bout. Mais cela, je le garde pour moi. Pas question que qui que ce soit ait un jour vent de mon humiliation.

— Vous allez tant me manquer…

Mon père m'offre une accolade touchante. Sa barbe me chatouille la nuque tandis que ma mère resserre son emprise sur ma main. Je voudrais me noyer dans cet instant. Puis le roi Alistair s'écarte et plante son regard dans le mien. Son visage est maculé de tatouages tribaux, des runes parsèment la peau de ses bras.

— Tu feras une noble représentante des Namnettes en Alba, ma fille. Tu leur montreras qui est la princesse des Ifs, au bras de ton mari. Tu leur apprendras ce que l'on t'a enseigné ici.

— Penses-tu qu'ils reçoivent une éducation différente ?

— Chaque tribu possède ses propres traditions, me répond-il d'un ton énigmatique.

Mon père se tourne et je sais qu'il n'en dira pas plus. Pourtant, à son timbre, je devine qu'il a d'autres desseins dans cette affaire que de rendre sa fille heureuse. Mes questions quant à sa décision se multiplient.

Niall et Lyham viennent me saluer avant que le repas ne soit servi. Mon époux n'est toujours pas réapparu quand mes sœurs se joignent à nous. Nimue s'installe même à sa place, de manière à ne pas me laisser seule à la table de Père alors qu'Awena, seigneuresse d'Alba, surgit parmi nous.

— Ton fils est-il si éreinté par sa nuit de noces qu'il décide de refuser l'invitation à déjeuner de son hôte, son roi ?

L'intonation de mon père est acide malgré la douceur de son expression. Awena ne semble pourtant pas intimidée et s'assoit à la gauche de ma mère en répondant :

— Je suis certaine qu'il ne va pas tarder à se montrer.

Son calme m'interpelle tandis que ses yeux se tournent vers moi.

— A-t-il été un amant à la hauteur, ma chère ?

Mes joues s'enflamment à ces mots. Je manque de m'étouffer avec le contenu de ma fourchette. Ma mère étouffe un sourire pendant que Nimue fusille Awena du regard.

— Savoureuse ! lâche la seigneuresse qui se gausse de ma réaction. Votre fille est d'une beauté saisissante, roi Alistair. De qui tient-elle ses cheveux à la couleur si étrange ?

— Cela vient de ma grand-mère, affirme la reine. Sa chevelure virait presque au rouge.

— La carnation du feu, relève mon père, élément que Nova maîtrise à la perfection.

Awena incline la tête et se concentre sur son assiette. Nimue me demande de me lever et de l'accompagner dans la forêt. Je m'y empresse, de peur que la mère de Tristan ait d'autres questions embarrassantes à me poser.

Nimue m'emmène sur la colline aux fées. Une nuée d'animaux nous suivent et nous encerclent lorsque nous arrivons au sommet, où est situé le cœur du dôme de Brocéliande. La pierre de druide qui y trône supporte le Triskel magique qui maintient la coupole depuis des milliers d'années. Au cœur des trois spirales, les artefacts de staurolite[1] et de quartz veillent à tenir les tribus drewidiennes à l'abri des Dynols. Même si nous apprenons tout de leur monde, peu d'entre nous ont le droit d'y mettre les pieds. Mais à l'âge de dix ans, tous les Drewidiens sont invités à vivre une excursion dans leur univers. Je me rappelle encore le bruit effroyable des machines en acier, la puanteur de l'air et les mœurs dynoles. *Du bruit... tant de bruits...* Cela demeure si marqué dans ma mémoire qu'un frisson parcourt ma peau en y repensant. Mon regard se pose alors sur le creux de mon poignet, tatoué du Triskel. Mes yeux se lèvent vers le ciel ; j'y distingue le voile transparent et légèrement scintillant que revêtent les parois du dôme.

Plus de six-cents âmes vivent sous le dôme de Brocéliande, haut lieu de la province de Breizh et premier érigé en Fhrainc, avant celui des Prétrocoriens de Vesunna, des Vellaves de Meyga, des Éduens de Morva, des Ausques d'Oscara, et des Helviens de Cabu, toutes ces tribus dont les plus éminents ambassadeurs sont venus assister à mes noces. Plus de deux mille hectares subsistent sur ces terres de Bretagne, vierges de toute présence dynole et préservées grâce à la magie du Triskel. Mon cœur se serre à l'idée de le quitter.

— Tu as peur ? me demande ma sœur.

— Oui.

Je n'ai pas à développer. Nimue est plus âgée que moi, mais nous sommes les plus proches de la fratrie. Pas un seul jour de ma vie ne s'est déroulé sans elle à mes côtés. Rien que de savoir que je vais la quitter me terrifie. Elle devine mes craintes et pose sa main sur ma cuisse.

— Je viendrai te voir à la nouvelle lune.

Je souris en l'apprenant. Ma sœur déserte rarement Brocéliande. En digne servante du dieu Teutatès, elle protège et nourrit les Namnettes grâce à son arc en bois de frêne et à ses flèches, dont les pointes en métal druidique ont été bénies par Riwanon, l'ovate[2] du clan. Un bruit sur ma gauche me tire de mes pensées.

— Je savais que je vous trouverais ici, mes sœurs ! lance Lyham, avant de s'asseoir au pied du rocher. Je voulais te voir, Genovefa, car je crains de ne pas être assez fort pour te dire au revoir lorsque tu vas nous quitter.

Sa remarque me touche. Mon frère est bien plus courageux qu'il veut bien l'admettre. C'est la notion de séparation qu'il redoute. Nimue, Lyham et moi avons tant parcouru cette colline et la forêt durant notre enfance. Nous sommes si proches, liés même. Ici se trouve le théâtre de nos jeux enfantins. Les abandonner est un supplice. J'aimerais hurler que je veux rester. J'aimerais crier ma peur de la solitude qui m'attend, auprès d'un époux qui me repousse et qui n'a pour moi que des regards acerbes. Mais je ne le fais pas. Je suis princesse des Ifs. Je suis la fille de l'illustre Alistair, chef du clan des Namnettes et roi de Drewid. Mes plaintes sont dérisoires face à mes responsabilités.

Je soupire.

Un silence s'étire.

Puis le soleil arrive à son zénith, et il est temps pour moi de partir…

---

1. Staurolite : minerai en silicate naturel d'aluminium et de fer.
2. Ovate : Devin

CHAPITRE 5
NOVA

Où suis-je ?

Je suis Nova.

Nova.

Pourquoi je ne me souviens de rien ?

Pourquoi suis-je là ?

Du bruit.

Du bruit…

Trop de bruits !

Mes paupières se lèvent difficilement…

Quelle est cette machine qui s'élance jusqu'à moi !

Voiture. C'est une voiture.

Phares. Appel de phares.

Bruit.

Ça fait du bruit.

Klaxon. C'est un klaxon.

C'est quoi ?

C'est quoi ?!

Je respire si vite et mon cœur bat si fort que ma cage thoracique s'apprête à exploser. Soudain, je vois un camion filer à vive allure en ma direction. D'autres véhicules le suivent. Une voiture freine dans un grincement insupportable. Deux femmes en sortent et me hurlent de courir vers elles.

Les pneus crissent.

Le bruit est insupportable.

Le camion me fonce dessus.

Je suis tétanisée.

Qui ? Quoi ? Où ?

Je suis Nova.

Je ferme les yeux et trébuche sur une racine. Je me redresse, prête à accueillir ma mort quand un craquement sonore déchire l'atmosphère. Une branche aussi large qu'un tronc émerge de la forêt et plaque le camion sur la bande d'arrêt d'urgence en béton. Il stoppe sa course à seulement quelques mètres de moi.

— Bordel de merde ! crie la voix d'une femme qui me tire violemment par le bras.

Je me laisse faire et la suis sans me débattre. Sous le choc, mes pensées tournicotent, s'entrechoquent, m'assaillent sans répit quand je m'assois sur le siège arrière de la voiture.

Je suis Nova.

C'est tout ce dont je suis sûre.

Je ne me rappelle rien.

Un trou béant, gigantesque, a envahi ma mémoire.

Mon prénom. Je sais mon prénom.

Je suis Nova.

CHAPITRE 6
NOVA

Mes paupières lourdes se lèvent sur une fenêtre drapée de rideaux fuchsia. La couleur m'agresse les yeux, alors je les referme. *Nova... Je suis Nova...* Je ne cesse de me répéter ces mots dès que j'émerge de ma léthargie. Des murmures parviennent à mes oreilles, tandis que je me recroqueville sur le lit dans lequel je repose.

— On devrait appeler les flics, Ginny.

— Pas question, dit une voix douce.

Un silence. Je ne bouge pas. Je sais que les deux femmes se tiennent derrière moi et sans doute pensent-elles que je suis endormie.

— Sa robe est pleine de sang. Elle a peut-être tué quelqu'un !

— Calme-toi, Rose. As-tu remarqué sa terreur sur la route, tout à l'heure ?

— C'est moi qui ai peur, merde ! T'as vu ce truc avec l'arbre, c'était quoi, putain ?

— Je ne sais pas…

La femme à la voix d'ange laisse traîner ses mots. L'autre

souffle comme un bœuf. Je peux ressentir sa crainte à travers chacune de ses respirations trop fortes. Elle reprend :

— Elle a provoqué un accident. Si ça se trouve, les flics vont venir la cueillir ici. Bon débarras !

— S'ils viennent, nous la cacherons.

— Mais t'es dingue ?! On ne la connaît même pas.

— Je n'ai pas besoin de la connaître pour savoir que cette jeune fille a subi un grave traumatisme. Je ne souhaite pas être celle qui la livrera aux fauves après ce qu'elle a vécu.

— Mais t'en sais rien, de ce qu'elle a vécu, Ginny !

— Peu importe. Elle est jeune et effrayée. Laissons-la se réveiller tranquillement, parlons avec elle, et ensuite nous aviserons.

Celle qui se prénomme Rose grogne un peu et soupire. À ses pas qui s'éloignent, je devine qu'elle a quitté la pièce. Je prends une profonde inspiration avant de tourner ma tête vers cette Ginny, qui a l'air mieux disposée à mon égard. Lorsque mon visage pivote, mes yeux se confrontent aux siens. Ses pupilles noires me scrutent. Son expression est douce sous sa chevelure brune coupée au carré. Elle doit avoir une quarantaine d'années, si j'en juge aux marques que le temps a gravé sur ses traits affables.

— Salut, dit-elle sans bouger du chambranle sur lequel elle est adossée. Moi, c'est Ginny.

Je ne réponds pas. Mon cœur bat trop vite dans ma poitrine. Je soulève ma tête de l'oreiller et examine mon corps. Je suis vêtue d'un pantalon souple et doux au toucher. Mon buste est ceint dans un tissu qui n'a pas l'air naturel. Il me gratte un peu. Mes yeux parcourent la pièce dont la teinte rose me brûle les rétines. J'ai le sentiment soudain de ne jamais avoir vu d'aussi près des couleurs si criardes.

— Où suis-je ? demandé-je d'une voix encore ensommeillée.

— Non loin de la ville de Ploërmel.

— Ploërmel ? répété-je.

— On a emménagé dans cette ferme, il y a un an. On est loin de tout, l'endroit est calme. C'est ce que nous recherchions.

— Pourquoi ?

La femme est surprise par cette question. Tendrement, elle me sourit et vient s'asseoir sur le lit, très près de moi. Trop près. Mon corps marque un mouvement de recul sans que je le veuille vraiment.

— Rose et moi ne te ferons aucun mal.

Son regard inspire la sincérité. Son expression bienveillante attise étrangement ma sympathie. Je réponds à son sourire en étirant un peu mes lèvres. Ginny ose alors poser une main sur la mienne. La chaleur de sa peau me fait du bien. Malgré moi, je ressens une brusque envie de me blottir dans ses bras et d'y pleurer durant des heures. Seulement, j'ignore pourquoi. Je ne sais pas pour quelles raisons la tristesse m'accable à ce point. Je ne sais rien. Si ce n'est une chose :

— Je suis Nova.

J'ai lâché cela comme si je répondais à une question muette. Je ne suis pas loin de me tromper si j'en juge au hochement de tête de mon hôtesse.

— Et d'où viens-tu, Nova ?

— Je… je ne sais pas.

— Et ton âge ?

— Je ne le sais pas non plus.

Son front se plisse. Elle m'observe, m'examine avec douceur et incompréhension. Ses doigts se resserrent sur ma main.

— As-tu d'autres souvenirs que celui de ton prénom ?

Mes yeux coulent dans les siens. Je tente de me concentrer. Mais rien. Rien ne me vient. *Juste Nova.* Je secoue la tête, puis lui dis :

— Je sais que ce que vous portez au cou est un collier en or. Je sais que les pépiements que j'entends dehors sont ceux des oiseaux. Je sais que le ciel est bleu et que le feuillage des chênes est d'un vert soutenu en cette saison. Je connais la couleur de la neige, même si je crois l'avoir rarement vue.

— Tu ferais une amnésie sélective ?

— Une quoi ?

Ses lèvres s'incurvent tandis que Rose, l'autre femme d'apparence un peu plus jeune, fait irruption dans la pièce. Rose est grande et d'une beauté saisissante. Ses courbes voluptueuses et son teint naturellement hâlé, sous des cheveux châtain clair et coupés au niveau des épaules, lui confèrent une expression affable, malgré son regard suspicieux. Ses traits durs ne parviennent pas à m'impressionner.

— Oh, alors elle est réveillée !

Un soupir suit sa remarque.

— Rose, je te présente Nova, lui lance Ginny.

— Nova ? C'est un prénom, ça ?

— C'est le sien.

Le ton sec de Ginny attire l'attention de Rose sur elle. Cette dernière se radoucit un peu tandis qu'elle approche du lit.

— Et tu viens d'où, *Nova* ? s'enquiert-elle.

— Elle ne le sait pas, répond Ginny à ma place.

Les yeux de Rose me scrutent, comme s'ils pouvaient m'arracher des informations. J'aimerais lui dire que j'apprécierais qu'ils le fassent. Que je ne comprends pas ce qu'il m'arrive. *Qui suis-je ? Où vis-je ? Où suis-je ?*

Le silence s'éternise, alors Ginny décide de le rompre en m'invitant à déjeuner. Qu'elle parle de nourriture éveille mon estomac. J'ai une faim de loup. J'accepte donc de les suivre jusqu'au petit salon d'une maison peu lumineuse. Les meubles sont en bois massif et ne font qu'assombrir la pièce. Pourtant, l'endroit dégage une ambiance chaleureuse. Mes pas me portent devant un vaisselier, puis vers une série d'étagères où sont disposés des images représentant les deux femmes, et des objets lourds constitués de pages en papier. *Des livres.* J'en prends un et l'examine.

— Tu as déjà lu *Vingt mille lieues sous les mers*, Nova ?

— Euh… non, je ne crois pas.

J'ouvre le livre dont la reliure est abîmée. Des symboles y sont gravés. *Des runes ?* Cette question soulève en moi un sentiment puissant, mais je ne sais pas pourquoi. *Non, pas des runes.*

— Tu m'en lis un passage ? demande Rose en se postant près de moi.

— Lire ?

— Bah oui. Lis-m'en un passage.

Ma tête se penche à nouveau sur le papier. Les symboles défilent les uns après les autres. Tantôt avec des espaces, tantôt attachés. Des illustrations s'intègrent à ce puzzle fascinant.

— Je ne sais pas lire.

Le révéler me soulage d'un poids. Mais là, encore, je n'arrive pas à me l'expliquer. Je *sais* que je ne sais pas lire. Mes yeux se relèvent sur Rose qui affiche un visage choqué. Ginny avance vers elle tout en disant :

— C'est sans doute lié à ton amnésie.

Je plante mon regard dans le sien et affirme :

— Non. Je n'ai jamais appris à lire.

CHAPITRE 7
NOVA

Deux jours ont passé, deux jours durant lesquels je me suis murée dans un profond silence. Je suis sur la terrasse de la maison de Rose et Ginny quand cette dernière m'y rejoint. Après le déjeuner qu'elle m'a servi sur un plateau, j'ai ressenti le besoin d'être seule. Mes pensées – ou mon absence de pensées – m'engloutissent dans une apathie qui, j'en suis certaine, n'est pas coutumière chez moi. Je me sens triste. Accablée. Parfois, mes poings se serrent, comme si une haine féroce sinuait dans mes veines avant de s'estomper dans le chagrin. *Mais pourquoi ?* Pourquoi suis-je maussade si je ne me souviens de rien ? J'ai le sentiment que mon corps veut me rappeler des événements que mon cerveau a éludés. Je tremble, et la tempête dans mon esprit m'empêche de dormir. Lasse. *Si lasse...*

— La mémoire te revient ? me demande Ginny tandis qu'elle s'assoit sur le banc, à mes côtés.

Je secoue la tête.

Quelque chose en moi me dit que je ne retrouverai jamais mes souvenirs.

Quelque chose en moi me dit que c'est peut-être préférable.

Des larmes baignent mes paupières.

— Nova...

Ginny passe une main sur mon épaule et m'invite à poser ma tête sur la sienne. Alors je m'y blottis, et je pleure. Je pleure peut-être des heures, face aux champs qui entourent la ferme. Des parcelles sont en friche, d'autres sont mieux labourées. Je retiens une envie de fouler ce sol et de plonger mes doigts dans la terre. De m'aventurer dans la forêt qui jouxte le domaine et de m'y perdre à jamais.

— J'en ai discuté avec Rose. Tu vas rester avec nous, le temps que tes souvenirs reviennent à la surface, m'annonce Ginny.

Je ne dis rien, mais la serre un peu plus fort. Rose nous rejoint et prend place à ma gauche.

— J'espère que tu ne vas pas nous causer des problèmes, grogne-t-elle.

— Rose...

— J'ai regardé sur le Net, déclare cette dernière, puis j'ai appelé le commissariat et les hôpitaux du coin. Aucune disparition n'a été signalée. C'est quand même bizarre, non ? Tu nous caches forcément quelque chose, Nova.

— On en a déjà parlé, lui rétorque Ginny.

— Je pense qu'on devrait fouiller davantage. Imagine ses parents ! Elle est à peine adulte ! Ils doivent se faire un sang d'encre.

— Non, lâché-je, sans savoir vraiment pourquoi.

— Non, quoi ?

— Je n'ai pas de famille, révélé-je, comme s'il s'agissait d'une certitude, alors que je ne m'en souviens pas.

Je me détache de Ginny et tourne mon visage vers Rose.

Des larmes roulent encore sur mes joues. Elle m'observe longuement, puis je constate dans ses traits à quel moment elle abdique. Un coin de sa lèvre se lève.

— Si tu crois que tu peux m'amadouer avec tes yeux bizarres, tu te trompes.

— Mes yeux sont bizarres ?

— Pas que tes yeux.

J'incline la tête. Elle porte ses doigts sous mon menton et la relève.

— T'as de la veine, dit-elle. Tout le monde pense que Ginny et moi sommes bizarres. Tu ne feras pas tache avec nous.

— Avec vous, murmuré-je.

— Ouais… On en a parlé avec Ginny. J'suis peut-être une garce quand je m'y mets, mais je ne vais pas te foutre dehors comme un chien. J'ai une conscience, figure-toi !

Ginny pose une main sur mon dos. Mon regard ne quitte pas celui de Rose qui me dévisage, comme si elle tentait de percer le mystère de ma personne. Puis elle hausse les épaules et soupire.

— Bordel de merde, souffle-t-elle en écartant les bras.

D'instinct, je me love contre elle. De surprise, face à mon empressement, elle manifeste un mouvement de recul, avant de me serrer très fort.

— T'as pas intérêt à faire des conneries, murmure-t-elle à mon oreille. Tu respecteras les règles de cette maison ou t'iras voir ailleurs. C'est clair ?

Je hoche la tête et humidifie un peu plus son vêtement de mes larmes. Mais cette fois, un sourire se dessine sur mon visage. La chaleur du corps de Rose me réconforte, et quand Ginny se penche aussi contre moi, je me sens mieux. Bien mieux… *malgré la tristesse qui m'accable.*

Il est presque l'après-midi quand Ginny me demande de venir déjeuner. Je me rends dans la cuisine où une délicieuse odeur de ragoût investit mes narines. Je m'assois à table en silence, tandis qu'une plante disposée près des fourneaux attire mon regard. Les fleurs se fanent.

— Elle serait mieux dehors, dis-je tout en m'emparant de ma fourchette.

— De quoi parles-tu ? demande Ginny.

— La gentiane.

— La quoi ?

Mon index se dresse et montre la plante exposée sur le plan de travail.

— Je viens de l'offrir à Rose. Le vendeur m'a dit qu'on pouvait la conserver à l'intérieur.

— Ce n'est pas bon pour elle.

— Tu t'y connais en botanique ?

Je hausse les épaules, puis commence à avaler le contenu de mon assiette. Rose et Ginny échangent un regard perplexe.

Après le repas, Ginny se lève et Rose débarrasse la table. Je l'observe sans bouger, jusqu'à ce qu'elle me dise :

— Crois pas que tu vas squatter ici sans mettre la main à la pâte. Aide-moi à ranger !

Son ton est si tranchant que je m'exécute aussitôt. Lorsque je prends mon assiette, j'ai l'impression que c'est la première fois que je réalise ce geste. Je tâtonne un peu dans la cuisine, puis reste plantée comme une idiote, ne sachant pas quoi faire de plus que déposer mon auge dans le bac.

— Et les couverts, ils vont se ranger tout seuls ?

— Rose…

Ginny s'approche et plaque une main sur mon épaule.

— Mets tout ça dans le lave-vaisselle. Je me charge du reste.

Le lave-vaisselle ? Devinant que je ne sais pas de quoi il s'agit, Ginny pose ses doigts au creux de mes reins et me pousse vers le coin de la cuisine, avant de me montrer ce dont elle parle. Je crois savoir ce qu'est un lave-vaisselle, mais je suis presque certaine de n'en avoir jamais vu. Lorsque Ginny le referme, je me demande comment les couverts se laveront si personne dans cette pièce ne s'en charge.

Je sens le regard interloqué de mes hôtesses sur moi, mais le mien est étrangement rivé sur la gentiane. Une des fleurs, une cloche blanche flétrie qui ne devrait pas revêtir cet aspect, tombe dans son pot. Je ne résiste pas à m'approcher du végétal et à l'observer.

— Il faut la planter dehors, dis-je encore.

Un silence suit ma remarque tandis que mes doigts se dirigent vers le feuillage d'un vert soutenu. À son contact, un frisson parcourt ma peau. Ce n'est pas une sensation désagréable, bien au contraire. Un sourire naît sur mon visage, et c'est à ce moment précis que le miracle se produit. La plante se met à pousser, comme si elle avait été touchée par un souffle de vie. Des dizaines de cloches blanches se forment et éclosent devant mes yeux ahuris. Rose émet un cri. Ginny est émerveillée.

— Seigneur ! lâche-t-elle.

Seigneur ? De qui parle-t-elle ? Je ne lui demande pas et retire mes doigts de la gentiane.

— OK, allons la planter dehors… balbutie Rose.

Mon visage se tourne vers elle. La peur que je discerne dans ses yeux m'interroge.

— Ça ne va pas ?

Rose adresse un regard à Ginny avant de revenir vers

moi. Elle déglutit un peu lorsqu'elle s'empare du pot de fleurs qu'elle emporte à l'extérieur. Je la suis, juste après Ginny.

Quand Rose s'arrête devant le champ en friche, elle se retourne et me dit :

— Ici, ça ira ?

Mes yeux se lèvent vers le ciel, puis se reposent sur la terre face à moi. Mon index lui indique un endroit en bordure, où je suis certaine que la plante sera exposée convenablement. Rose ne bouge pas et m'observe. Ginny affiche un air mystérieux, avant de river son regard sur le vaste terrain qui entoure la ferme.

— On s'est installées ici pour produire des herbes aromatiques et devenir un lieu de cueillette locale. Nous ne savions pas que la terre ne donnait plus rien depuis des années.

— Que mangez-vous alors ? demandé-je.

La perplexité de Rose est à son comble. Ginny se rapproche.

— Nous avons réussi à obtenir quelques courgettes, explique-t-elle, et avons même eu des fraises en avril. Le reste – les salades, les pommes de terre et les carottes – ne pousse pas. Du moins, pas assez pour constituer un stock de nourriture.

— C'est étrange, remarqué-je. Le temps ici me paraît idéal pour faire pousser des légumes.

Comment sais-je cela ?

— Pas tant que ça, lâche Rose. Apparemment, la terre a été polluée par les pesticides qui ont volé depuis le champ agricole d'à côté. Personne n'a jugé bon de nous transmettre cette info quand nous avons emménagé.

— Et reconnaissons-le, poursuit Ginny, nous n'avions pas les compétences pour réussir dans une telle entreprise. Quand nous avons compris notre erreur, il était trop tard. Rose a dû conserver son emploi d'enseignante à mi-temps, et moi je donne des cours de yoga en ville.

— Du yoga ?

— C'est un sport.

Sport... Je sais ce qu'est le sport. Mais je ne suis pas sûre d'en pratiquer.

— Bref, reprend Rose, notre doux rêve d'agricultrices s'est évaporé avec les milliers d'euros que nous avons investis pour tirer quelque chose de cette maudite terre.

Euro. Monnaie. Mon cerveau assimile et me transmet ce que je dois savoir tandis que Rose s'approche.

— Dis donc, Nova. Ce que t'as fait avec la plante à l'intérieur, tu crois que tu pourrais le reproduire sur cet arbuste ?

Mes yeux se tournent vers l'endroit qu'elle m'indique. La frondaison me donne aussitôt l'information : *Hydrangea*. Sauf qu'elle ne porte aucune fleur, ce qui n'est pas normal en cette saison. Je m'approche de l'arbuste et touche délicatement son feuillage abîmé. Mes paupières se ferment un instant. Quand je les rouvre, la couleur de sa robe se mue en un vert intense, des boules de fleurs poussent les unes après les autres. Les tiges se courbent un peu sous leur poids.

— Bordel de merde ! lâche Rose, effarée.

Je me redresse et l'observe. Elle est pâle comme un linge. Mon attention se reporte sur Ginny.

— Mais qui es-tu, Nova ?

Je hausse les épaules et me détourne vers les champs en friche. Un frémissement me parcourt. Un sourire se dessine sur mon visage. D'abord timide, puis franc. Une émotion proche de l'excitation emplit ma poitrine. C'est alors que je retire mes sandales. Mes pieds nus jonchent la terre tandis que j'avance vers le champ. Quand je fais volte-face, Ginny

et Rose m'observent, plus ahuries encore. Des bourdonne-
ments résonnent à mes oreilles. Je suis entourée d'insectes.
Une nuée d'abeilles virevolte autour de moi. J'élève les bras.
Certaines s'aventurent sur ma peau. Leurs chatouilles m'ar-
rachent un gloussement.

— No… Nova ! s'écrie Ginny. Viens là, c'est dangereux.
Si elles te piquent…

Me piquent ? Pourquoi me piqueraient-elles ?

Je décide de ne pas m'en inquiéter. J'avance encore de
quelques pas. Rose pousse un cri. Je me retourne et remarque
que cette dernière fixe le sol sous mes pieds. Alors que la
terre est dure et l'herbe carbonisée, la végétation jaillit dans
des couleurs vibrantes partout où j'ai posé mes pieds nus. Je
m'ébahis devant ce miracle, puis éclate de rire face à mes
deux hôtesses éberluées.

— J'ai déjà fait ça, crié-je pour mieux les rassurer.

Je le sais. Je le ressens. Je me tourne vers la forêt.

Son chant m'appelle. Je veux sentir l'odeur de la mousse
et des arbres. Je veux fouler la terre et renforcer cet enthousiasme qui me gagne à l'idée de m'y aventurer. Alors je
cours. Vite. Faisant fi des hurlements de Rose et Ginny qui
me demandent de revenir vers elles. Et à chacune de mes
enjambées, la nature reprend ses droits. J'élève les mains. Les
arbres reçoivent cette bouffée de vie que je leur insuffle. Les
fleurs naissent et éclosent dans de sublimes corolles aux
multiples nuances. Les insectes se ruent sur elles, avides de
butiner. Je fais un tour sur moi-même, danse et me galvanise
de l'émotion que j'éprouve et qui palpite dans mon corps.
Des picotements le parcourent, mon cœur s'emballe, mon
souffle s'accélère. J'ai le sentiment de recevoir une décharge
d'euphorie, avant de marquer un mouvement de surprise. À
mes côtés s'avance un cheval robuste, à la robe alezane. Il est

splendide. Mes yeux s'ancrent dans les siens tandis que ma main caresse son chanfrein. Il n'a pas de selle, mais des fers sous ses sabots me prouvent qu'il n'est pas sauvage. Peu importe. J'attrape une mèche de sa crinière afin de me hisser au-dessus de lui. Je le fais avec une telle facilité que je sais que j'ai très souvent accompli ce geste. J'entends Rose et Ginny me hurler de descendre, mais je refuse. Le cheval s'ébroue avant de partir au trot. La sensation est grisante. Le vent fouette mes joues. Le pépiement des oiseaux nous accueille sous l'ombre bienvenue que nous offrent les arbres de la forêt.

Mon regard se lève sous la voûte que forme la multitude de branches des chênes, des hêtres et autres trembles, et le ciel couvert d'un étrange voile scintillant. L'odeur de la flore pénètre mes narines, les bruits des animaux dans les arbres qui suivent mon chemin sont autant de merveilles que je m'emploie à humer, voir et écouter.

Mon corps est complètement détendu quand le cheval ralentit sa course. Une vaste clairière se déploie sous mes yeux. Je contemple un instant les fleurs sauvages et claque des talons sur l'animal qui se lance au galop. Mes cuisses se serrent sur sa croupe pour me maintenir. Mon rire explose de ma poitrine. Je ris tant que je crains de ne plus pouvoir m'arrêter. La sensation est grisante. Salvatrice. Ma monture repart au trot après avoir traversé la clairière. J'observe les lapins, les écureuils et la biche qui viennent de nous rejoindre près de la rivière. Je les fixe un instant. Ils se rapprochent. Cette connexion entre eux et moi me trouble et m'exalte. Un sourire pointe sur mes lèvres.

Je descends et retire ma robe que je pose sur une roche, près du rivage. Mes pieds se plongent dans l'eau. La morsure du froid m'arrache une grimace, mais je ne recule pas. Au contraire, je m'y immerge, nue, en communion avec les éléments qui m'entourent. Le cheval m'observe alors que je barbote. Les oiseaux chantent tandis que je me délecte de ce bain improvisé. Puis je sors, l'épiderme hérissé de frissons. Je m'apprête à récupérer ma robe quand j'entends une voix me dire :

— Si j'étais vous, je m'arrêterais là.

Je fais volte-face vers la voix masculine qui a énoncé ces paroles. Les animaux filent dans la forêt. Je penche un peu la tête pour l'examiner. C'est un jeune homme. Il porte des vêtements étranges : une veste noire sur une tunique blanche en laine, traversée d'un ceinturon en cuir au-dessus d'un pantalon ocre, des chaussures hautes remontent sur ses chevilles. Son regard me transperce. Puis je réalise que je suis entièrement nue devant ces yeux bleu azur qui me scrutent sous une chevelure sombre et ébouriffée.

— Qui êtes-vous ? demande-t-il, suspicieux.

— No… Nova.

Mon visage pivote vers ma robe. Elle n'est qu'à quelques mètres. Je refoule l'envie de courir afin de l'attraper en vol.

— Nova, répète-t-il, curieusement interloqué après ma réponse. Et que faites-vous ici, Nova ?

Mon regard se tourne à nouveau vers l'homme.

— Je me balade.

— Nue ? soulève-t-il, tandis que son sourcil se hausse.

Cette expression adoucit la dureté de ses traits.

— Non. Euh… je me baignais.

— J'ai vu.

Un silence. On s'observe. Mon cœur s'emballe un peu alors qu'il s'approche. Il est tout près quand il s'empare de ma robe et me la tend.

— Il n'est pas prudent de rester ici, Nova.

— C'est la forêt, répliqué-je, ne comprenant pas ce qui pourrait me menacer dans cet endroit, si ce n'est lui.

Un sourire s'imprime sur son visage.

— Rentrez chez vous, Nova.

— Je ne sais pas où c'est, chez moi.

— Bien sûr que si.

CHAPITRE 8
NOVA

J e suis rentrée pieds nus. Le cheval a fui quand l'homme
de la forêt s'est manifesté. Rose et Ginny se jettent sur
moi dès l'instant où j'entre dans la longère.

— Mais bordel, où étais-tu, Nova ?! s'écrie Rose en
m'apercevant.

— Dans la forêt.

— Ce n'est pas prudent de partir à dos de cheval, sans
selle ni personne pour t'accompagner, me rabroue Ginny.

Son inquiétude passée se lit sur les traits de son visage.

— Je m'excuse de vous avoir causé du souci. Ce n'était
pas voulu. C'est juste que…

Je m'arrête de parler, ne sachant pas comment expliquer
ce qui me dépasse.

— … j'étais bien, dans la forêt.

Rose et Ginny se dévisagent un instant, puis m'invitent à
m'asseoir à table. Rose pousse un soupir et grogne un *« Je le
savais qu'elle nous causerait des problèmes »* avant de s'emparer de la louche et de la plonger dans la braisière.

— J'ai croisé un homme dans les bois, annoncé-je après qu'elle m'a servie.

Ginny écarquille des yeux étonnés. Rose plisse les siens.

— Dans la forêt, il y a des promeneurs, dit-elle. Ce n'est pas étonnant que tu y fasses des rencontres.

Je ne renchéris pas. Après tout, elle a raison. Seulement, sa présence m'a paru si incongrue que j'y pense encore.

— J'étais nue.

Cette fois, Rose en lâche ses couverts. Ginny manque de s'étouffer avec sa soupe.

— Quoi ?! s'exclame la première.

— Je prenais un bain dans la rivière quand je l'ai aperçu.

— La rivière ? Quelle rivière ? demande Ginny.

— Une rivière à plusieurs centaines de mètres au nord de la ferme.

— Il... il n'y a pas de rivière près d'ici, Nova.

— Bien sûr que si, je m'y suis baignée.

Rose et Ginny échangent un regard perplexe, avant que la dernière ne revienne à moi.

— Non, Nova. Il n'y en a pas dans le coin. Sans doute un ruisseau, quelque part. Cet homme n'a pas été menaçant, au moins ?

L'inquiétude transperce sa voix.

— Non... il ne l'était pas.

— Eh bien, la prochaine fois que tu veux te balader seule, promets-moi de prendre de quoi te défendre. Ou mieux, n'y va pas sans nous.

— Et pas sans vêtements, marmonne Rose.

Je sais que je ne respecterai pas ce que Ginny me demande. J'ai déjà envie de retrouver le calme de la forêt. J'opine de la tête en guise d'acquiescement, de façon à faire disparaître cette lueur tourmentée sur son visage.

— Méfie-toi des hommes, Nova, lâche Rose en levant son assiette. Ils sont la plaie de ce putain d'univers.

— Rose...

Rappelée à l'ordre par Ginny pour une raison qui m'est inconnue, Rose a un mouvement d'humeur et quitte la cuisine d'un pas lourd, claquant la porte derrière elle. Après l'avoir suivie du regard, je me tourne vers Ginny.

— Je suis désolée si j'ai... enfin... je crois que j'ai fait quelque chose de mal.

— Pas du tout, Nova. C'est juste que... Rose a subi un traumatisme dans son enfance, dans des conditions assez similaires à celles que tu as vécues cet après-midi. Ça n'a rien à voir avec toi.

— Un traumatisme ?

— Oui, mais c'est vieux. Seulement, certaines blessures ne se referment jamais vraiment, tu vois.

— Un homme lui a fait du mal.

Ginny hoche la tête.

— Quand j'ai rencontré Rose, dit-elle, elle était encore plus revêche que maintenant.

— Vous êtes ensemble depuis combien de temps ?

— Comment sais-tu que nous sommes ensemble ? Elle pourrait être ma sœur.

— Non, affirmé-je en laissant échapper un petit rire. Ou alors, ce serait bizarre.

Ginny s'esclaffe.

— Et pourquoi donc ?

Mes lèvres se courbent.

— Parce que lorsque je vous observe, je discerne une forme d'amour qui n'est pas fraternel. Il est authentique, telle une flamme incandescente. Vos regards ne mentent pas.

— Tu as vu tout ça dans nos regards ?

— Je l'ai ressenti. J'espère qu'un jour j'aurai une femme, moi aussi.

Ginny s'esclaffe et des larmes atteignent ses yeux enjoués.

— Les hommes ne t'intéressent pas ? s'enquiert-elle, après s'être difficilement reprise.

— Je ne sais pas, réponds-je en haussant les épaules.

— Comment était celui que tu as vu tout à l'heure ?

— Il devait avoir mon âge. Il avait belle allure et des iris bleus. Il était grand et son regard était…

— N'en dis pas plus, ma chérie, me coupe Ginny après un éclat de rire. J'ai ma réponse.

Le soleil se couche alors que je sors de la douche. Je manie mieux, à présent, les étranges robinets qui font jaillir l'eau. J'ai eu le sentiment de ne pas connaître toutes ces choses quand Ginny me les a montrées. Elle a hurlé dès que j'ai poussé l'eau chaude à fond et qu'elle s'est brûlée ; moi, je n'ai rien senti. Le froid, je le saisis davantage.

Rose passe une tête derrière la porte de ma chambre et attend que je sois vêtue d'une chemise pour entrer.

— Ça va ? demande-t-elle.

J'acquiesce et me dirige d'instinct dans ses bras. De surprise, elle sursaute, souffle, puis m'accueille contre elle.

— Pardon de t'avoir contrariée, glissé-je alors qu'elle me serre plus fort.

Elle soupire et pose sa main sur ma chevelure.

— Tu n'as pas à t'excuser, Nova.

Sa voix semble altérée. Sa présence me réconforte. Les bras de Rose sont un véritable remède à la morosité. Quand elle s'écarte et m'invite à m'asseoir, je devine qu'elle veut me parler de ses dernières réflexions.

— Écoute, je ne sais pas d'où tu viens, mais je sais que personne ne te cherche. Je poursuivrai mes investigations, car tu dois manquer à ta famille.

Je hoche la tête, bien que quelque chose en moi me dise que ce n'est pas la vérité.

— J'ai quelque chose à te proposer, dit-elle encore.

Je l'observe en silence, curieuse de comprendre de quoi il s'agit.

— J'y ai réfléchi longtemps. Il est possible que tu passes un moment ici, avec nous. Et… enfin, je me suis dit qu'il serait sans doute judicieux de parfaire ton éducation. Alors, voilà…

Elle prend une inspiration et déclare :

— Je te propose d'apprendre à lire.

Mes yeux s'illuminent. Je ne sais pas vraiment pourquoi, mais je suis excitée par cette perspective. Cela est certainement lié au fait que je ne saisis pas ce qui est écrit sur les sous-titres de la télévision, ou ce qui s'affiche sur les appareils de Rose et Ginny. *Des smartphones*, m'ont-elles appris. Alors c'est avec un sourire réjoui que je réponds à cette proposition. Rose m'imite, bien que le sien soit plus timide, comme si me le montrer trop distinctement serait trop s'exposer. Mais je commence à comprendre qui elle est et à appréhender son caractère. J'ai même l'étrange impression que j'ai grandi avec une personne dotée d'un comportement similaire au sien. Bourrue, mais généreuse. Dure, mais sensible.

— Bon, d'habitude, j'enseigne à des mioches de la moitié de ton âge, clame-t-elle.

— Je ne connais pas mon âge.

— Ça se voit que t'es à peine majeure. Ça me suffit comme info.

Un silence suit sa remarque. Puis l'enthousiasme débordant, je me rue à nouveau dans ses bras.

Je vais savoir lire…

Et peut-être que je vais même avoir une famille…

CHAPITRE 9
NOVA

*S*eptembre, près de quatre ans plus tard...

— N'oublie pas ton chargeur, Nova ! me hurle Rose qui trépigne à l'extérieur.

— Ça marche ! réponds-je en allant aussitôt le chercher.

Aujourd'hui est la veille de mon entrée à l'université de Rennes. Je suis si excitée, si survoltée... Et pour cause, je ne suis jamais allée à l'école. Grâce à Rose, j'ai assimilé les mathématiques, l'histoire, les sciences, et surtout à lire et écrire. D'après elle, je suis très intelligente et possède une faculté à mémoriser digne d'une surdouée. Je n'ai jamais vraiment compris ce que cela voulait dire. De mon point de vue, j'ai seulement soif d'apprendre, de m'enrichir et de débattre avec mes mères adoptives. Elles ont été surprises de découvrir que je parlais déjà six langues, dont certaines sont mortes depuis longtemps, voire inconnues d'elles. Je n'ai pas su l'expliquer. J'ai décroché mon baccalauréat il y a quelques mois, et c'est grâce à lui que j'ai obtenu mon sésame pour l'université.

Je suis partagée entre l'excitation et la peur. Rencontrer d'autres étudiants me terrifie. Depuis quatre ans, je n'ai pas eu l'occasion de me faire des amis. La ferme de Ginny et Rose est isolée de tout. À part le jeune homme que j'ai croisé une fois dans la forêt, près de la rivière, je n'ai plus jamais revu qui que ce soit en arpentant les bois.

Je n'ai pas cherché non plus à me faire des connaissances, je dois dire. Mon existence auprès de Rose et Ginny me comble largement. Et puis, il y a mes pouvoirs…

Avec le temps, j'ai découvert que j'ai la capacité d'insuffler la vie à la flore, que j'ai de l'emprise sur la faune et, plus effrayant encore, que je sais manipuler le feu.

Le feu… Nous l'avons constaté un soir de décembre. Mon premier Noël. C'était encore l'époque où je me noyais dans cette morosité qui ne me quittait pas, sans que je sache pourquoi le chagrin se drapait autour de moi avec une telle résistance. Presque rien n'arrivait à me faire sourire. Rien n'arrivait à m'arracher des émotions positives, jusqu'à la lecture. Je me souviens de ce jour où j'ai pu lire une page entière d'un roman. C'était le roman *Dracula* de Bram Stocker. Un univers s'est ouvert devant mes yeux fascinés. Ma passion a décidé Rose et Ginny à me proposer toujours plus de livres. Mon goût pour la fantasy était si insatiable que je pouvais lire jusqu'à cinq romans par semaine. Lors de ce premier Noël, j'ai reçu une édition classique du roman *Le portrait de Dorian Grey*. Je me revois encore admirer la reliure, fourrer mon nez entre les pages et sentir l'odeur du papier, un regard émerveillé sur les illustrations et sur les élégantes lettrines en début de chapitres. Puis Ginny a dit quelque chose de façon anodine alors que j'étais plongée dans un profond ravissement :

— J'ai un peu froid.

Alors que mes yeux parcouraient la première ligne de la préface du livre, le feu dans l'âtre s'est soudain ravivé. Le phénomène provoqua un cri chez Rose, et il fallut une couverture épaisse pour l'éteindre de peur qu'il ne se propage. Pour la première fois depuis des mois, et ce fameux jour où Rose et Ginny m'ont vue redonner vie à des plantes, j'ai lu de la crainte dans leur regard. Une peur viscérale qu'elles auraient aimé contenir pour ne pas m'attrister, mais qu'il leur était impossible de dissimuler. À l'époque, je n'avais pas compris pourquoi je provoquais une telle inquiétude chez elles. Lors de ce premier Noël, je le réalisai bel et bien. Nous avons donc convenu que je devais apprendre à maîtriser ce pouvoir destructeur. Et c'est ce que j'ai fait. Un coin isolé de la ferme était destiné à mes entraînements. La facilité avec laquelle je pouvais créer le feu était déconcertante, au début. Il me fallait juste du combustible pour réussir cette effrayante prouesse. Puis j'ai aimé ça, parce que j'en avais le contrôle. Jamais je ne l'ai avoué, évidemment. Mais à chaque fois qu'un brasier s'amplifiait, je restais ébahie par le spectacle.

Rassurées de voir que j'avais acquis l'entière maîtrise de mes pouvoirs, Rose et Ginny ne sont jamais revenues sur cet épisode. Après quelques mois, elles me demandaient même d'allumer le feu dans la cheminée. Quelques bûches pour l'alimenter et le miracle se produisait durant les froides soirées d'hiver. Et le temps a passé, jusqu'à l'apparition des cauchemars…

— C'est bon, t'as fini ? s'enquiert Rose, impatiente.

— Ouais !

Je prends ma lourde valise et le grand sac où j'ai fourré quelques livres. J'aurais aimé en amener davantage, mais Rose et Ginny m'ont assuré que la bibliothèque de l'université en regorgeait. Elles ne sont surtout pas prêtes à commander un camion de déménagement pour emporter tous ceux de ma collection.

Ginny attend dans la voiture quand je m'y glisse, puis Rose démarre en trombe. On est en retard, d'après elle. Je n'ose pas lui dire que la rentrée n'est que demain et que nous avons tout le temps de m'installer dans la chambre du campus. Rose aime râler et moi, j'aime qu'elle le fasse. Cela ne l'a jamais empêchée de me faire un câlin en fin de journée ou de me consoler durant mes nuits d'angoisse.

Les cauchemars...

Ils ont commencé environ deux ans après mon arrivée dans la ferme. Mes cris ont déchiré la nuit claire, la toute première fois. Ils prennent toujours la même forme : d'abord, je marche dans la forêt. Je lève les yeux sur le voile scintillant qui couvre le ciel d'un bleu limpide, comme celui que j'aperçois quand je me rends près de la rivière. Je marche et marche encore. Je longe un couloir en pierre, mes yeux se posent sur le dos d'un homme aux cheveux longs et à la carrure charpentée. Ses larges épaules deviennent floues sous mon regard et son corps se transforme lentement en une porte où un éclair est taillé dans le bois. Je m'approche et j'enclenche la poignée. Puis ma vision se brouille. Du sang. Je vois du sang. Tellement de sang. Mais je n'arrive pas à déterminer pourquoi je vois tout ce sang ni d'où il provient, car je me réveille dans des hurlements.

Au début, les cauchemars étaient rares. Avec le temps, ils se sont intensifiés, et c'est ensuite presque toutes les nuits que je m'éveillais en sueur, la voix ravagée par mes cris, le feu s'embrasant dans l'âtre à chaque fois que cela se produisait. Cela a tant inquiété Rose et Ginny que j'ai dû prendre un traitement à base d'anxiolytiques pour me débarrasser de mes fantômes. Aujourd'hui, je ne le prends plus, car les cauchemars ont disparu. Ils font partie de mon passé. Un passé dont je ne me souviens pas et que je suis certaine maintenant de ne pas vouloir me remémorer. Et finalement, les bûches ont retrouvé le foyer de la cheminée.

On arrive au campus vers onze heures. Mes yeux se lèvent sur une bâtisse qui n'a rien des édifices universitaires en brique rouge que l'on voit dans les séries américaines. Celui-ci est cubique et sans charme. Sans doute trop moderne pour mes goûts archaïques. Ma chambre se situe au deuxième étage. Je vais la partager avec une fille avec laquelle j'ai conversé sur Internet. Elle cherchait une colocataire pour diminuer ses frais. Quand elle m'a dit qu'elle étudierait l'histoire, comme moi, et que son roman préféré était *Frankenstein* de Mary Shelley, j'ai tout de suite su que nous étions faites pour nous entendre. Mon cœur bat à tout rompre à l'idée de la rencontrer alors que je monte les escaliers, le corps un peu tremblant.

J'insère la clé dans la porte et l'ouvre. Le studio n'est pas grand. Deux lits simples jouxtent les murs l'un en face de l'autre, tous deux prolongés par un bureau placé sous la fenêtre qui prend tout l'espace du fond de la pièce. Des fournitures sont posées sur l'un d'eux et je constate que des vêtements jonchent le dessus d'un lit. J'en conclus que ma coloc est déjà arrivée, mais qu'elle est pour le moment absente. Rose ouvre une porte et nous découvrons une salle de bain minuscule et très bien optimisée. Le coin cuisine n'est pas grand, mais là encore, la disposition des meubles et de l'électroménager est bien pensée.

— C'est parfait, lance Ginny.

— Mouais, c'est pas mal, dit Rose alors que son regard parcourt encore le studio.

Moi je souris et ma poitrine se gonfle. J'ai l'impression qu'une nouvelle vie s'offre à moi dans cet endroit. Je m'empresse de sortir les quelques livres que j'ai emportés et les place sur l'étagère au-dessus du bureau. *Ici, c'est parfait.*

Une fois mes affaires installées, Rose, Ginny et moi allons déjeuner dans une brasserie près de l'université. Dès que le repas est terminé, elles me ramènent au campus et m'embrassent en me donnant rendez-vous pour le week-end. Nous avons convenu que nous ne nous verrions pas chaque semaine si mes devoirs étaient trop importants. Puis je dois apprendre à vivre sans elles, aussi. Mais cela, elles ne le disent pas.

Je les serre dans mes bras et discerne les yeux humides de Rose quand elle s'installe dans la voiture pour partir, et qu'elle s'empresse d'essuyer. Ginny me donne encore quelques recommandations, puis toutes deux s'en vont, me laissant seule à mon sort pour la première fois depuis que l'on se connaît. Une émotion étrange et désagréable me traverse la poitrine en voyant le véhicule disparaître au coin d'une rue. Elles me manquent déjà.

Je remonte au studio le cœur lourd. Mes pensées chagrines se dissipent tandis que je range mes dernières affaires dans le placard. Je suis tout à fait absorbée lorsque je dispose l'ordinateur que mes mères adoptives m'ont offert sur le bureau.

Grâce à mes pouvoirs sur la flore, la ferme de Ginny et Rose a connu un tel essor que leurs revenus se sont multipliés. Au fil des récoltes, elles m'ont autorisée à utiliser mes capacités sur la végétation environnante. Très discrètement, j'ai déployé mon don chez les voisins ou dans les terrains abandonnés dans un état lamentable. Ginny dit souvent que je suis le remède à la déforestation, mais il n'est pas question que cela se sache. D'après elle, on m'enfermerait si ça venait à s'ébruiter, car personne ne possède un tel pouvoir. Personne ne me ressemble, et lorsque Lucille, ma colocataire, entre dans la pièce et écarquille les yeux devant la couleur singulière de mes cheveux et celle de mes iris, cela ne fait que le confirmer. Son apparence gothique et sa chevelure noir corbeau m'inspirent d'ailleurs la même expression.

— Oh… salut, Nova, dit-elle d'une voix hésitante, alors qu'elle s'approche pour me serrer la main.

— Bonjour, dis-je à mon tour, ma timidité attisant des rougeurs sur mes joues.

On s'examine, on se jauge, puis, après avoir établi cette reconnaissance oculaire, nous éclatons de rire en même temps.

— Ça fait drôle de se rencontrer, après tous nos échanges virtuels, hein ?

— Je ne te le fais pas dire, réponds-je, assaillie par l'embarras.

Elle détaille encore mon visage et me scrute. J'étudie le sien, m'arrête à ses paupières charbonneuses et à son teint d'une pâleur froide.

— Ils sont bizarres, tes yeux, lance-t-elle. J'ai jamais vu cette couleur ambre. Et tes cheveux ! Wow ! Ils sont sublimes.

Je laisse échapper un petit rire et porte ma main sur quelques mèches.

— Je les ai coupés il y a peu, avant ils m'arrivaient à la taille.

— Ce carré plongeant te va super bien.

— Oh… je… merci.

Puis elle s'esclaffe.

— Une vraie discussion de nanas, hein ! Allez, viens, assois-toi. J'ai reçu l'emploi du temps et j'ai appris qu'on a quasiment le même.

— C'est génial ! m'exclamé-je, un peu trop empressée.

Savoir que Lucille partagera presque la totalité de mes cours me rend étonnamment folle de joie. Je ne serai pas seule au milieu de ces milliers d'étudiants. Je soupire presque de soulagement quand nous nous penchons sur les documents apportés par ma colocataire.

Nous avons discuté toute la nuit, si bien que des cernes marquent le contour de mes yeux, et que je suis obligée d'avoir recours à du maquillage pour cette première journée. De toute façon, je n'aurais jamais réussi à dormir.

Nous nous rendons dans le bâtiment indiqué dans notre brochure et patientons devant un écriteau où est mentionné « *Histoire – Première année* ».

— J'aurais dû prendre une tasse de café supplémentaire, remarque Lucille, qui a l'œil hagard, elle aussi.

— Si j'en avais pris une de plus, je serais en train de trembler.

— Tu trembles déjà, Nova.

Je pose mon regard sur mes mains et constate qu'elle a raison. J'ai la trouille. La foule s'accumule autour de nous et je ne suis pas à l'aise. Certains m'observent en chien de faïence, en raison de mon apparence un peu étrange. Une jeune femme me toise bizarrement et cela agace Lucille.

— C'est la dernière couleur de chez L'Oréal. Tu la trouveras au Super U d'à côté !

La fille, décontenancée, hoche la tête et la remercie. Visiblement, elle apprécierait porter cette teinte que j'aimerais pourtant atténuer. On a essayé, avec Rose. À de multiples reprises. Mais aucun produit ne tient plus de quelques heures. Idem pour la couleur ambre clair de mes yeux. Les lentilles se dissolvent quelques minutes après avoir été posées sur mes pupilles. Ginny et Rose se sont donc résolues à me laisser sortir avec ma physionomie naturelle. J'ai d'abord rencontré les voisins. Au début éberlués par mon apparence, ils sont finalement très vite passés à autre chose. Puis ce fut au tour des commerçants de Ploërmel. Et là encore, après la surprise de la rencontre, j'ai été acceptée comme tout un chacun. Alors, j'ai bon espoir qu'il en sera de même à l'université.

Une femme interpelle l'ensemble des étudiants qui se massent devant l'entrée du bâtiment et nous invite à la suivre. On nous remet des dizaines de prospectus. Je lis rapidement de quoi il s'agit et prends peur en découvrant les quelques formulaires touchant à la sécurité sociale, la restauration et à tant d'autres démarches administratives que je n'arrive pas à comprendre. Lucille me rassure et me dit qu'elle m'aidera à les remplir. Je lui ai confié dans la nuit que je n'ai jamais intégré d'école. Passée sa première surprise, elle m'a raconté tous les événements marquants de son parcours scolaire. Cela concernait plus les garçons que l'apprentissage en lui-même, et ça m'a fait sourire.

Nous entrons dans l'amphithéâtre et nous installons sur les strapontins pour une présentation réservée aux premières années. Je sors un bloc-notes, d'autres leur ordinateur portable, quand soudain une personne se place à mes côtés. Lorsque mon visage se tourne par curiosité, mon cœur rate un battement et le sang quitte mes joues.

— Bonjour, Nova. Quelle surprise de te trouver ici !

C'est le jeune homme de la forêt.

CHAPITRE 10
NOVA

L e choc de retrouver cet homme sur les bancs de l'université me laisse pantoise. Ma colocataire, aux yeux soulignés de traits d'eye-liner qui lui arrivent aux tempes, s'empresse de se présenter avec un grand sourire.

— Salut, moi c'est Lucille.

— Enchanté, Lucille. Je suis Kendall.

Il dresse son bras devant moi et lui serre la main. Hébétée, je les observe se saluer. Je me rappelle que ce jeune homme m'a vue sortir nue d'une rivière, et que cette rencontre m'a fortement chamboulée. C'était peu après mon arrivée à la ferme, durant cette période trouble où mon amnésie m'enlisait dans une telle apathie qu'il m'est douloureux de me la remémorer.

— Je savais pas que tu connaissais des gens, ici, Nova, remarque Lucille en haussant un sourcil.

— Euh… je ne le savais pas non plus, balbutié-je. C'est-à-dire… On ne se connaît pas vraiment.

Je perçois le rictus qui pointe sur le visage de mon voisin.

— Kendall, c'est pas banal, c'est de quelle origine ?

demande Lucille, son grand sourire toujours plaqué sur ses lèvres.

— Celte.

— Oh. T'es donc du coin ?

Nous sommes interrompus par la professeure qui débute son exposé détaillant le programme d'histoire de l'année. Mon attention lui est acquise, mais mon cœur tambourine fort dans ma poitrine. La présence de Kendall me rend nerveuse. Est-ce parce que les circonstances de notre rencontre étaient singulières ? Est-ce parce que j'ai remarqué la différence notable entre ses vêtements actuels et ceux qu'il portait en ce fameux jour près de la rivière ? Il endosse une veste en cuir sur un T-shirt gris et un jean. Cela n'a rien à voir avec son accoutrement passé. Je me souviens de sa tunique en laine beige, de son large ceinturon et de ses bottines en cuir souple. Si j'étais tombée sur lui maintenant, j'aurais imaginé qu'il s'adonnait à une reconstitution historique médiévale et me serais sans doute moquée. À présent, son allure n'a rien de drôle. Il est comme tout le monde. Du moins, c'est ce que je pense avant qu'il ne retire sa veste. Ses bras sont couverts de tatouages. Des symboles serpentent sous de fins poils bruns et disparaissent sous les manches de son T-shirt. *Des runes.* Mon regard se porte sur le triskel gravé au creux de mon poignet, puis revient à lui. Des cicatrices sont disséminées sur sa peau, et je m'interroge sur ce qui lui vaut de telles marques. Mon inspection dure un peu trop longtemps, car ses yeux se fixent vers moi.

— Tu as des questions, Nova ? s'enquiert-il.

Je hausse les épaules et me tourne vers la professeure sans répondre. Mes joues s'empourprent et j'entends Lucille s'esclaffer sur ma droite. Puis elle se penche et me souffle à l'oreille :

— S'il ne t'intéresse pas, dis-le-moi, hein ?

Je me pince les lèvres pour ne pas rire lorsqu'elle se cale sur son dossier en relevant deux fois les sourcils. Je lui dirai plus tard qu'il ne m'intéresse pas du tout, mais je ne lui confierai pas ce que sa présence provoque en moi. C'est un tsunami dans mes entrailles, et je ne sais pas pourquoi.

À l'heure de déjeuner, Lucille et moi prenons notre plateau et sortons du self pour manger à l'air libre. Il fait chaud, alors nous nous installons sur un banc à l'ombre d'un platane. Kendall nous rejoint cinq minutes après que nous avons terminé d'avaler notre repas.

— T'habites où ? s'enquiert Lucille auprès de ce dernier.

— Dans le centre, avec mon oncle.

— Tu es d'ici ?

— On peut dire ça.

Qu'il soit si évasif m'interpelle, mais je me tais. Je ne suis pas du genre bavarde. Pourtant, ma curiosité me pousserait volontiers à le questionner davantage. Quelque chose chez lui me met mal à l'aise. Son regard me scrute, m'examine, comme s'il tentait de percer mes secrets. Ce qui est impossible. Même moi je n'ai pas réussi à comprendre qui je suis.

Plus tard dans la soirée, Lucille me demande d'aller boire un verre en ville. Je refuse poliment et préfère m'atteler à mes premiers devoirs dans la tranquillité qu'elle m'offre en sortant. Non pas que ma nouvelle amie soit envahissante, mais je n'ai pas l'habitude de partager un espace aussi restreint que celui du studio. Dans la longère de Ginny et Rose, j'ai mon propre étage. J'aime la solitude et ce qu'elle m'apporte. Je me sens donc apaisée quand Lucille s'en va, vêtue d'une robe affriolante en dentelle noire et le visage trop maquillé à mon goût.

Avant de me mettre au travail, j'appelle Rose et Ginny. Elles me font sourire quand elles actionnent le haut-parleur du téléphone. Elles se disputent même la parole et leur sollicitude me touche. Je devine dans leurs mots qu'elles s'inquiètent pour moi, et je crois les rassurer.

Je comprends maintenant que je n'avais aucun souci à me faire. J'ai certes été un peu effrayée par la foule, mais rien ne m'a troublée plus que cela, si ce n'est la présence singulière de Kendall. Je suis même plutôt fière de moi quand je termine un devoir et que je me glisse dans mon lit. La nuit noire accueille mes songes et je souris tandis que je me remémore cette première journée.

— Nova ! Nova, calme-toi, bordel !

Je me réveille en sursaut. Un frisson parcourt ma peau et je serre les poings. Mon corps est en sueur. Mon cœur bat à mes tempes. Je pleure et je ne sais pas pourquoi. *Si, je sais. Du sang… Du sang.*

— Oh, bordel ! s'écrie Lucille.

Devant son regard effrayé et la lueur étrange qui investit la pièce, ma tête se tourne vivement vers mon bureau. Mon ordinateur a pris feu. Lucille s'empare brusquement de ma couette et la jette au-dessus, ce qui éteint aussitôt les flammes. Elle a le souffle court tandis que son visage pivote vers moi.

— Eh bien, on a de la chance que je sois arrivée à cette heure-ci. C'est dingue ! Dis donc, c'est quoi, la marque de ton PC ? Non parce que je compte bien rédiger une lettre au fabricant. C'est hyper dangereux, putain !

Elle est livide. Je suis catastrophée. Je sais. *Je sais que ça vient de moi.* Et je comprends que je ne peux pas laisser passer ça sans rien faire. Je soupire et me retrouve au bord des larmes quand, une heure plus tard, Lucille arrive à s'endormir. Moi, j'en suis incapable.

Très tôt, j'appelle Rose sur son portable. Sa voix ensommeillée grogne un peu quand elle décroche.

— T'as fait la fête toute la nuit ou les cours commencent aux aurores ? Ça a bien changé depuis mon temps à la fac !

Mais, face à mon absence de réaction, elle comprend aussitôt qu'il se passe quelque chose d'anormal.

— Nova. Qu'y a-t-il ?

Je lui explique et le silence entre nous s'éternise. Il n'est pas difficile de deviner qu'elle s'inquiète.

— Bon… c'est déjà arrivé, tu te souviens ?

— Oui, réponds-je.

— On sait que plus rien ne s'est produit après ton traitement thérapeutique.

— C'est vrai.

— Je vais voir Cynthia Rive dans la journée et je t'envoie l'ordonnance.

— D'accord.

Les mots de Rose me rassurent. Pas que notre échange soit riche, mais rien que le son de sa voix m'apaise. Il l'a toujours fait.

— Merci, murmuré-je, mais… j'ai peur, Rose. Si ça…

— Ça n'a jamais recommencé avec les médicaments, Nova. Ne t'inquiète pas. On n'aurait pas dû l'arrêter, il y a un an. Je crois que ta nouvelle vie à la fac t'a mise sur les nerfs et que ton esprit réagit inconsciemment. Avec le traitement du docteur Rive, tout se passera bien.

Je hoche la tête derrière mon smartphone, mais je me promets que si mes pouvoirs se manifestent encore, je n'aurai d'autres choix que de quitter l'université.

CHAPITRE II
NOVA

*O*ctobre

— Est-ce donc moi qui vais rédiger tout l'exposé ? soufflé-je à Kendall qui reste le dos confortablement calé dans son siège.

Nous sommes à la bibliothèque pour préparer notre devoir commun sur la mythologie celtique. Lucille n'a pas été inspirée par le sujet et se penche sur les légendes égyptiennes. C'est tout naturellement que j'ai proposé de former un duo avec Kendall, mais je commence à le regretter. Il ne s'investit pas suffisamment à mon goût.

— J'aimerais pouvoir t'aider, Nova, mais mon écriture te ferait frissonner. Je préfère que tu te charges de cette tâche.

— Sauf qu'un devoir commun implique que nous soyons deux à travailler sur le sujet.

— Je suis là, n'est-ce pas ?

— En effet.

— Alors, il n'y a pas de problème.

— Humpf…

Je me repenche sur les cartes de l'Europe que nous avons trouvées dans les archives et en déroule une sur la table.

— A priori, les premiers Celtes viennent du nord de l'Europe et sont…

— Faux, me coupe-t-il. Les premiers sont issus de la Bretagne actuelle.

Je relève des yeux ahuris sur Kendall.

— Ce n'est pas ce que la majorité des écrits nous apprennent.

— C'est pourtant le cas.

— Quelle est ta source ?

— Ma source ? répète-t-il.

— Eh bien, oui. Nous devons mentionner les sources de nos informations.

— Un druide, répond-il enfin.

— Un quoi ?

— Un druide m'en a informé.

Je pouffe de rire.

— Kendall… sois sérieux, s'il te plaît.

Un coin de sa lèvre frémit. Son buste se rapproche de la table, ses yeux bleu clair se rivent aux miens.

— On fera comme tu veux, Nova.

— Je crois que c'est le mieux, répliqué-je en souriant.

Lucille se manifeste sur notre gauche et s'installe à mes côtés en soupirant.

— Je n'aurais jamais dû faire équipe avec Nicolas. Il est si assommant !

— C'est le meilleur dans cette matière, tu devrais t'en réjouir, remarqué-je sans lever le nez de la carte.

— Il fait tout et ne délègue rien, révèle-t-elle. Je m'ennuie à mourir.

— Au moins, tu as envie de t'impliquer, toi ! lâché-je en lançant un regard appuyé à Kendall.

Ce dernier s'esclaffe.

— Je vais au bar *Ménélik* boire un verre, déclare soudain Lucille, vous m'accompagnez ?

— Non, merci, nous devons finir de…

— Avec plaisir ! répond mon camarade d'exposé sous mes yeux stupéfaits.

— Kendall ! crié-je.

La bibliothécaire fait irruption à ma droite et m'inflige son expression agacée.

— Soit vous continuez dans le calme, sois vous sortez, tonne-t-elle. Beaucoup ont le désir de travailler, dans cet endroit.

Ma mâchoire manque d'en tomber. Je suis la première à vouloir bûcher, bon sang ! Mais je n'ai pas le temps de m'insurger que Kendall se lève déjà. Il contourne la table et approche son visage du mien.

— Il faut savoir se détendre, Nova.

Puis il me lance un clin d'œil avant de partir avec Lucille.

Décembre

— T'es prête, Nova ?

— Ouais !

Je sors de la salle de bain et vois au regard de ma coloc que ma tenue me sied.

— Bordel, t'es splendide !

Je souris à cette remarque et m'avance pour l'enlacer. Lucille marque toujours un petit mouvement de recul quand je fais ça, mais je ne peux m'en empêcher. Elle dit souvent qu'elle n'a jamais rencontré quelqu'un d'aussi tactile que moi, tout en étant si peu loquace.

— Bon, allez, en route !

Nous descendons les marches du bâtiment et nous glissons dans l'Uber que Lucille a commandé. Nous sommes conviées à une fête à quelques kilomètres de la ville. Un membre de notre groupe d'étude nous a invitées à l'occasion de son anniversaire. Je trépigne d'excitation à l'idée de me rendre à ma première soirée étudiante. Je stresse un peu, aussi.

Nous parvenons à bon port à peine dix minutes plus tard. Le look gothique de Lucille attire le regard de quelques élèves. Je me tiens derrière elle, de façon que le mien passe plus inaperçu. Je porte une robe bleue, avec un jupon en taffetas, la taille enserrée par une large ceinture noire. Mon bustier laisse deviner mes formes, mes cheveux sont relevés dans un chignon bohème, mes bracelets tintinnabulent au rythme de mes pas. N'ayant pas pour habitude de m'apprêter de la sorte, je suis un peu gênée quand je me cale dans le fond de la pièce. Je remarque les quelques œillades des garçons qui se meuvent sur la piste, et détourne les yeux à chaque fois qu'ils accrochent les leurs.

— Eh bien ! me lance une voix familière. Quel changement vestimentaire !

Mes lèvres s'étirent quand mes yeux rencontrent ceux de Kendall. Lui n'a pas adopté une tenue différente des autres jours, mais il n'en a pas besoin pour attirer l'attention des femmes présentes, et même celui de certains hommes.

— Lucille m'a menacée avec un couteau de chasse pour que je consente à porter cette robe.

— Un couteau de chasse est toujours très utile. Elle a bien fait, tu es resplendissante.

Mes joues se colorent à ce compliment. Pas que je discerne de la convoitise dans ses mots ni dans son regard, mais il est rare que Kendall exprime ses pensées. Comme moi, il est plutôt taciturne.

Il se poste à mes côtés et observe à son tour les danseurs sur la piste. Beaucoup se déhanchent entre les deux canapés qui l'encadrent, et aux voix trop fortes je devine que l'alcool commence à en griser quelques-uns. Quand Ronan, un étudiant de notre cursus, s'étale sur le sol en riant, nous ne pouvons nous retenir d'en faire autant.

Une complicité s'est forgée entre Kendall et moi, au fil des semaines. Je ne suis pas certaine de vouloir refaire équipe avec lui pour un exposé de sitôt, mais sa présence m'apaise. Lucille et lui, en revanche, parlent assez peu, ce qui m'étonne, car ma colocataire peut se montrer très bavarde. Je n'ai pas trop l'occasion de le voir en dehors des cours et ne sors pas souvent du studio, trop concentrée que je suis sur mon cursus universitaire. Je sais qu'il leur arrive de se rencontrer au *Ménélik* après une longue journée d'étude, mais à chaque fois que j'y ai accompagné Lucille, Kendall n'y était pas, et vice-versa.

— Tu veux boire quelque chose ? me demande-t-il.

Je secoue la tête. À cause du traitement de la docteure Rive, je ne peux me permettre une goutte d'alcool, je refuse donc poliment. Kendall part se servir au bar et revient avec un énorme verre jetable à la main. L'odeur qui s'en dégage m'attaque les narines.

Plus tard dans la soirée, Lucille enlace un garçon et

Kendall l'observe tandis qu'elle l'embrasse. De mon côté, j'ai mal aux pieds, perchée sur mes hauts talons, alors je décide d'aller m'asseoir près d'une fenêtre où un siège vient de se libérer. Mon ami ne me suit pas et reste dans le fond de la salle. Il n'a pas dansé de la soirée. Moi non plus.

Les minutes s'égrènent. Mon regard est rivé sur les danseurs. Je les admire, émerveillée. La fête bat son plein, la musique tonne dans mes oreilles. Je ne peux réprimer l'envie de secouer la tête sur le rythme tranchant qui pulse dans les enceintes. Alors que je remarque Lucille lovée dans les bras de son cavalier du soir, un mouvement attire mes yeux. C'est Kendall qui se tient face à un homme de haute stature. Il est plus vieux et sa prestance me saisit. Ses longs cheveux bruns sont parsemés de mèches grises. Son costume souligne des formes charpentées, si j'en juge à la largeur de ses épaules. Il pivote soudain vers moi, son regard clair accroche le mien. Mon souffle se coupe, mon cœur tambourine. Mais cela ne dure pas, car l'homme quitte aussitôt la pièce d'un pas rapide. Kendall tourne alors son visage dans ma direction et me lance un sourire étrange. Je ne sais pas quoi penser de son expression lorsqu'un étudiant s'avance vers lui. C'est un jeune garçon que j'ai aperçu à de nombreuses reprises à la fac. Ils se parlent un long moment et à l'air réjoui de Kendall, j'en conclus que son interlocuteur doit être drôle. Puis Lucille m'arrache à cette vue et se jette sur la chaise libre à côté de moi.

— Bordel, il est canon, tu ne trouves pas ?

— Qui ?

L'expression dépitée de Lucille me fait rire, ce n'est pas la première fois que je discerne cette expression sur son visage.

— Le mec à qui je roule des patins depuis une heure, enfin !

— Oh ! Euh… ouais, il est mignon.

Lucille lève les yeux au ciel.

— Tu sais, Nova, qu'à peu près tous les garçons ici te matent depuis qu'on est arrivées ?

Mes sourcils se froncent. Mes yeux parcourent l'assemblée. C'est vrai qu'il y en a quelques-uns qui me jettent des regards. Je ne l'avais pas remarqué.

— Je… C'est bizarre.

Lucille soupire et pose sa main sur ma cuisse.

— À ce rythme, tu resteras vierge jusqu'à ta mort. Lâche-toi, merde !

Mes lèvres dessinent un sourire et ma tête se secoue.

— Pffff… bon, bah, j'y retourne ! clame-t-elle en desserrant un peu les lacets de ses bottes. Rappelle-moi de ne plus jamais mettre ces putains d'échasses !

Je m'esclaffe quand je la vois trébucher, avant de se redresser comme si de rien n'était. Puis je me tourne vers le fond de la pièce. Kendall a disparu. Je balaie le salon du regard, et le trouve en train de monter l'escalier qui mène à l'étage, tenant la main de l'étudiant qui lui parlait plus tôt et en le couvant des yeux. Ma bouche affiche un « o » de surprise à l'idée de ce que ces deux-là s'apprêtent à faire.

La semaine suivante se termine, et c'est déjà le début des fêtes de Noël. Je saute dans les bras de Rose, puis dans ceux de Ginny, quand elles viennent me chercher à la sortie de mon dernier cours. Je pose un sac de sport dans lequel j'ai fourré quelques vêtements dans le coffre de leur voiture, avant de m'installer à l'arrière.

— Alors, raconte-nous tout ! me lance Ginny, impatiente.

— Je suis allée à ma première soirée étudiante.

— T'as picolé ? me demande Rose d'un ton grave.

— Euh… non.

Je discerne le doute sur son visage dans le miroir du rétroviseur, avant d'y lire du soulagement.

Les kilomètres passent et les rires fusent dans l'habitacle. Quand nous parvenons à la maison, je ne prends même pas le temps de sortir mes affaires de la voiture et je m'élance dans la forêt. Prechaun, le cheval breton qui est venu me voir chaque jour depuis mon arrivée à la ferme et que j'ai depuis longtemps baptisé, me rejoint près du chêne blanc où je l'attends chaque fois que je m'enfonce dans les bois. Dès qu'il s'approche, il caresse son chanfrein contre mon épaule, puis je le monte en quête de la clairière où j'aime tant me retrouver. À peine arrivée, je m'étale sur l'herbe humide et observe le ciel. Le voile scintillant qui le recouvre me fascine. Je le contemple un bon moment tandis que des biches, deux cerfs, quelques lapins et écureuils, viennent batifoler près de moi. Nous restons là quelques heures, enveloppés dans la douceur de la fin de l'automne. Puis je dois les quitter, car malgré l'épaisseur de mon manteau, le froid me glace les os.

Quand je rejoins la longère, l'odeur d'un délicieux repas m'accueille. Nous nous attablons, heureuses de nous retrouver dans l'intimité de la ferme, et je goûte chaque minute de cet instant, après le tumulte de mon séjour à l'université. Ginny me demande d'attiser le feu. Mon regard se pose sur l'âtre ou quelques bûches sont empilées. Un effort de concentration, et elles s'embrasent. Je suis ravie de constater que malgré le traitement aux anxiolytiques que je prends avant de me coucher, j'ai encore la capacité de provoquer ces flammes. Tant que je le contrôle, ce pouvoir ne me fait pas peur. Mais le regard que me lance Rose me fait comprendre qu'il n'en est pas de même la concernant.

— Ça n'est plus jamais arrivé, la rassuré-je.

Elle opine de la tête et pose sa main sur la mienne.

— Et ça n'arrivera plus.

Mon sourire accueille sa remarque.

Le réveillon de Noël arrive vite et se déroule dans une ambiance aimante et chaleureuse. J'adore cette fête et tout le faste qui y est associé. On sort l'argenterie et les assiettes en porcelaine pour l'occasion. Nous passons la journée à décorer la table et le salon. Le sapin supporte un nombre incalculable de boules et de guirlandes que nous avons faites nous-mêmes. Il n'est pas très chic, mais on s'en moque.

À minuit, Ginny et Rose m'offrent un petit paquet enveloppé dans du papier cadeau. Je m'empresse de l'ouvrir et découvre un bracelet en argent très élégant. Sur une plaque est gravé le dessin du tatouage que je porte sur ma peau, le symbole breton du triskel – qui selon Ginny démontre que je suis originaire de la région. Il est reproduit en deux fois et encadre mon prénom en de gracieuses lettrines. Je l'adore, et pour le prouver, je me jette dans leurs bras, après l'avoir attaché à mon poignet gauche.

CHAPITRE 12
NOVA

J*anvier*

Nous avons repris le chemin de l'université. Kendall et Lucille m'entourent de leur présence, lors d'un cours magistral sur la Révolution française. Je suis toujours surprise que Kendall ne note rien. Je me demande comment il va se débrouiller pour réussir ses examens. Il dit qu'il retient tout de mémoire. Je l'envie pour cela. La mienne est défaillante et je ne lui fais pas confiance. Non pas que j'ai oublié les quatre dernières années, mais je n'ai pas les détails de celles qui les ont précédées. C'est même un euphémisme, puisque je ne me souviens de rien de ma vie d'*avant*. Et comme personne ne m'a jamais recherchée, je ne suis pas près de connaître la vérité qui se cache derrière mon amnésie.

À chaque fois que j'y pense, je ne peux m'empêcher d'en

être soulagée. Un voile de tristesse me drape dès que je m'efforce de récupérer mes souvenirs. Cela fait longtemps que je n'ai pas tenté de me les remémorer.

— Ça vous dit d'aller boire un verre, après ?

— Pourquoi pas ? répond Kendall.

— Peut-être demain pour moi.

Lucille semble déçue, mais ne le montre pas trop. Il est encore rare que j'accepte de sortir après les cours.

☙

Les semaines passent et se ressemblent. Je bûche ardemment à l'arrivée des partiels. Un jour que je rentre de la bibliothèque, je me rends au studio avec un casque sur les oreilles. J'écoute un tube du moment, tandis que j'insère la clé dans la porte. Quand j'entre dans la chambre que je partage avec Lucille, mon cœur manque un battement face au spectacle qui se joue sur son lit.

Lucille est à quatre pattes, entièrement nue, une main fourrée dans ses cheveux plaque son visage contre l'oreiller. Derrière elle, Kendall la chevauche ardemment. Elle pousse des gémissements étouffés.

Mon souffle se coupe. Mes yeux se relèvent sur Kendall, qui m'observe tandis qu'il rue en elle. Incapable de bouger, je discerne son sourire quand il invite d'un geste Lucille à s'allonger sur le ventre. Une main emprisonne son épaule, l'autre sa tête. Il la pilonne encore et encore sans jamais me lâcher du regard. Je reste ahurie devant cette scène. Tétanisée. La sensation qui se déploie dans ma poitrine me fait perdre pied. Kendall grogne. Lucille pousse des cris aigus de plaisir. Kendall me sourit, avant d'expirer un dernier râle et de s'étaler de tout son long sur le dos de ma colocataire.

Le silence qui suit est brouillé par les bruits de respiration forte causés par leur effort. Un silence qui me désarçonne et qui me fait enfin reculer. Je ferme doucement la porte avant de quitter le bâtiment, décidant de laisser à Lucille le temps de profiter de celui qui semble manifestement être son nouveau petit ami.

Le choc de les avoir surpris est encore bien présent quand je retourne au studio, environ deux heures plus tard. Je connaissais le penchant de Lucille pour Kendall, mais j'étais convaincue, après la soirée étudiante, que lui n'était pas intéressé par ma colocataire. Assurément, je me trompais. Lorsque je rentre, je suis fatiguée et ne pense qu'à aller dormir. Lucille m'accueille avec un grand sourire.

— Il est tard, dit-elle. Je commençais à m'inquiéter.

— Oh… euh… j'ai traîné à la bibliothèque.

— Vraiment ? Elle fait nocturne le jeudi soir, alors ?

Je hoche la tête pour éviter d'avoir à mentir de vive voix, mais je n'y réfléchis pas longtemps, car Lucille me confie :

— Faut que je te dise, Nova. J'ai baisé avec Kendall !

Elle prend mon regard écarquillé pour de l'étonnement et se met à rire.

— Choquée ? dit-elle. Oh, Nova, depuis le temps que je lui cours après !

— Je suis heureuse pour toi, déclaré-je. C'était bien ?

J'ai posé la question pour mieux dissimuler mon mensonge, mais je réalise que c'est une question très intime. Je me mords les lèvres d'avoir osé demander une chose pareille. Lucille s'esclaffe.

— C'était génial !

— Oh.

— Kendall a des goûts atypiques, cela dit.

— Tu veux dire quoi, par là ?

L'expression sur son visage m'interroge. J'en sais si peu sur le sujet. Son sourire ne la quitte pas quand elle me répond :

— C'est un homme qui n'aime pas passer par les voies conventionnelles, si tu vois ce que je veux dire.

— Oh, répété-je.

Non, je ne sais pas ce qu'elle veut dire, mais je veux fuir cette conversation. Je suis gênée d'être restée là, sans bouger, à regarder leurs ébats. Je n'avais jamais vu de mes yeux une telle passion. Presque de la violence. Et… je crois que ça m'a excitée. Je rougis à cette pensée et file dans la salle de bain.

Après une douche expéditive, je pars m'allonger sans dire un mot. Lucille, toute guillerette, arbore une expression joyeuse. J'en conclus qu'elle aime à se remémorer chaque seconde de ses moments torrides avec Kendall et je la laisse à sa béatitude.

Peut-être même que je l'envie un peu…

Mais je m'endors… épuisée… en oubliant de prendre mes cachets.

Je longe ce couloir en pierre.

Le jour m'éclaire de sa lueur.

Le soleil perce à travers le feuillage des arbres qui surplombent le chemin.

J'avance. Mes yeux me picotent et me brûlent.

Brûlent…

Mon regard est figé sur le dos de cet homme.

Cet homme…

Il ne se retourne pas. À sa place se matérialise une porte.

Je pose ma main sur sa poignée qui n'a rien à faire là.

Des doigts accrochent mon épaule, mais j'arrive à me dégager.

J'ouvre la porte.

Sang.

Sang.

Sang.

Je vois flou et manque m'évanouir quand, soudain, mon regard discerne un peu de peau rose sous tout ce sang.

C'est un pied.

Un petit pied.

Un pied d'enfant.

Je hurle.

Je me redresse sur le matelas en poussant un cri effroyable. Mes yeux fiévreux et fermés se crispent. Une chaleur dévorante parcourt ma peau. J'entends des sirènes à l'extérieur. Tant de sirènes qu'elles perforent presque mes tympans. Mon cerveau refoule mes pensées. Je revois ce petit pied. Mon sang se glace. J'ai chaud. Trop chaud. J'ouvre les paupières et hurle à pleins poumons. Le feu. Le feu. Le feu consume tout dans le studio. Mon visage effaré se tourne vers le lit de Lucille.

Ma gorge me comprime quand je discerne son corps emprisonné dans les flammes.

Mes larmes ruissellent quand je chasse le phénomène que je suis sûre d'avoir produit.

Tuée.

Tuée.

Tu l'as tuée.

Son cadavre carbonisé gît sur les draps. L'odeur est insoutenable. La fumée attaque mes poumons. Mes yeux me piquent.

Lucille…

Insoutenable.

Je hurle encore.

Nova. Je suis Nova.

Et j'ai tué.

Mes genoux s'affaissent et rencontrent le sol dévasté de notre chambre. Mon regard se porte sur les restes du visage de mon amie. Je pleure. Je hurle. Mais personne ne m'entend.

Les sirènes.

Des cris.

Des bruits métalliques à l'extérieur.

Il fait trop jour dans la nuit. J'ouvre la porte du studio. Une bourrasque de flammes fond sur moi. Je la maîtrise et la dissipe dans l'air, le cœur battant à tout rompre. Tout le bâtiment est en feu. Il faiblit, mais je suis si chamboulée que je n'arrive pas à l'éteindre. Un cri déchire l'atmosphère et j'entends :

— Il y a encore un survivant !

Je prends peur. Les flammes me cernent et je ne veux pas que quiconque risque sa vie pour me sauver. Je mérite la mort. Je sais qu'aujourd'hui, j'ai tué bien plus que Lucille. *Lucille…*

Quand je sors de la bâtisse, je tente de reprendre le contrôle. Je me concentre. Mais c'est dur. Je pleure. Je pleure tant. L'incendie se tarit un peu. Les regards hébétés que je croise me torturent, alors que des pompiers courent dans ma direction.

Mais je ne veux pas… *Laissez-moi.*

Je recule et retourne dans le bâtiment.

Une colonne de flammes se dresse entre les combattants du feu et moi. Je me dégage un passage jusqu'à une porte sur le point de céder. À l'intérieur, un homme est mort, allongé sur son lit. Son corps n'a pas brûlé. La fumée l'a sans doute étouffé dans son sommeil. Je plaque mes mains contre mon visage que j'ai envie d'arracher. Ma tête me tourne et je vais sombrer. Les flammes se rapprochent. Je pourrais les arrêter. Mais je veux qu'elles m'enveloppent. Qu'elles me lèchent les jambes et s'emparent de mon corps jusqu'à ce qu'il n'en reste rien. *Mourrai-je seulement ?*

Une vitre se brise. Je lève les yeux, pensant rencontrer ceux d'un pompier. Ce sont ceux de Kendall que je percute, ainsi que ceux d'un autre homme, sans qu'une once de peur traverse leur regard. L'homme de la soirée étudiante, aux longs cheveux poivre et sel, jette une couverture sur le seuil de la fenêtre et accourt vers moi. Je me débats, pensant mériter la mort. Ses mains attrapent mes poignets, son regard d'un bleu limpide glisse dans le mien quand il me dit :

— Venez, Nova, on va retrouver votre mari.

CHAPITRE 13
TRISTAN

*Q*uatre ans et six mois plus tôt

— Es-tu devenu fou ?! hurle ma mère.

Les hommes du clan me retiennent par les bras. Awena, la seigneuresse picte, leur adresse un geste de la tête et le premier poing s'abat sur moi.

— Parle ! tonne-t-elle.

Je m'y refuse. Je n'ai aucun regret. Aucun.

— Encore ! ordonne-t-elle à ses sbires.

Les coups pleuvent et se multiplient. Je trébuche et m'étale sur le sol en pierre, souillé de mon propre sang.

— Tu as tout gâché !

C'est faux. Pas complètement. Elle s'en est chargée. Moi aussi.

— Maîtresse, murmure Gwydian à son oreille, vous

devriez y aller plus doucement, sinon je doute de pouvoir guérir entièrement ses blessures.

Ma mère fait volte-face vers la druidesse et la fusille du regard. Je me plie en deux quand l'impact d'un coup de pied me déchire les entrailles. Mon hurlement attire l'attention de celle à qui je dois mes jours. Elle n'a pas toujours été comme ça. Je me souviens encore du temps où elle me nourrissait de son amour et m'adulait avec fierté. Un temps lointain… Aujourd'hui, ses yeux me foudroient.

— Tu n'avais pas le droit, Tristan ! Je me moque que tu gardes les cicatrices de mon courroux. Porte-les et montre à tous à quel point ta stupidité t'a coûté cher !

Elle s'empare alors d'un couteau et l'approche de mon visage en m'annonçant :

— Tu resteras dans ton dôme minuscule et tu n'en bougeras plus. Tu entends !

Oh oui, je l'entends. Je crie de rage et me libère de mes entraves, bien que mes jambes soient encore emprisonnées entre les poignes de fer de mes persécuteurs. Je colle mon front contre la lame qu'elle tient fermement dans ses mains, et fais un mouvement rapide qui me taillade jusqu'à la joue. Ma mère est si effarée qu'elle en lâche son arme et recule de deux pas.

— Tristan…

Elle lève sa paume pour signifier à ses hommes d'arrêter de me frapper. Un goût métallique a envahi ma bouche, mes côtes me font mal, mon épaule est sans doute déboîtée. La douleur est indicible, mais je la couve froidement, les yeux figés dans ceux de la cheffe du clan des Pictes.

— Ôtez-le de ma vue et assurez-vous qu'il passe le portail.

Je suis traîné sans un mot pour elle. Sans un mot pour personne. Et c'est à cet instant qu'elle s'écrie :

— J'aurais dû la marier à ton frère !

Un sourire ourle mes lèvres. La plaie sur mon visage m'arrache une grimace. Et je pense : *« Oui, tu aurais dû »*.

CHAPITRE 14
TRISTAN

*Q*uatre ans et six mois plus tard

Mon frère Kendall porte mon épouse endormie dans ses bras. Une sensation oppressante envahit ma poitrine quand je découvre son visage blotti contre son torse. Mon oncle Cameron affiche une mine sombre en entrant dans le grand salon de la bâtisse en pierre, où je vis en exil depuis plus de quatre longues années. Il en est donc terminé de ma solitude, et je le regrette. Elle me tenait éloigné des intrigues de clans, de ma mère, de mon frère Lennon et d'*elle*.

Au regard de Cameron, je sais que le moment est venu. Ce moment que je redoute depuis le lendemain de mon mariage. Mes lèvres se crispent à cette pensée quand mes yeux se posent sur la femme que l'on m'a imposée : *Nova*.

— Heureux de revoir ton épouse, Drustan ? me lance

Cameron tandis que Kendall demande à Duncan, le régisseur du domaine, où il peut déposer son… *paquet*.

Ce dernier m'observe, se questionnant sans doute sur mon accord avec ce qu'il se passe ici. Évidemment que je ne le suis pas. Évidemment que je ne veux pas d'elle chez moi. Mais ai-je vraiment le choix ? Alors j'opine de la tête de manière à lui signifier qu'il doit obéir. Et des lames de rasoir me lacèrent la gorge quand je lui ordonne :

— Donnez-lui la chambre du pigeonnier.

Duncan s'incline et se met en quête des servantes. Désormais, Nova sera traitée en épouse. Je n'ai plus le choix.

Nous sommes attablés dans le logis, près des cuisines, quand Brianna, la camériste la plus séduisante de ma maison, nous apporte les plats. Elle laisse traîner son regard sur moi avant de déserter les lieux, ce que mon oncle Cameron ne manque pas de remarquer.

— Demande à tes pages de quitter cette pièce, m'intime-t-il, agacé.

Un signe de tête invite Briac et Elouan à s'exécuter. Dès que la porte principale se ferme, la voix puissante du seigneur de Kernow s'élève, tranchante.

— Tu es stupide, Drustan ! lâche-t-il.

Je sais qu'à chaque fois qu'il utilise le dérivé de mon prénom, ce n'est que pour me faire part de ses remontrances. Je les subis depuis petit. Mais je lui dois tout, alors j'encaisse sans broncher. Je ne suis pas surpris de sa réaction, même si je n'ai aucun regret.

— N'allez pas vous provoquer un saignement de nez, mon oncle, rétorqué-je tout de même. Cela me forcerait à rappeler mes serviteurs.

— Tais-toi et écoute ! rétorque Cameron.

Kendall commence à dévorer son festin, un air narquois plaqué sur le visage. Il se moque de ma situation. J'en aurais fait autant à sa place.

— Tu dois la garder en sécurité, reprend Cameron. Personne en dehors de Cairngorm ne doit savoir qu'elle réside ici.

— Cela sera difficile à cacher, énoncé-je, la voix sombre. Gwydian, la druidesse, ne tardera pas à passer le portail. Je doute qu'elle ne remarque rien, comme je doute que mes sujets se taisent.

— Eh bien, tu dois t'en assurer ! tonne Cameron. Et tes gens doivent se montrer accueillants avec elle, c'est la lady de Cairngorm. Il ne faut pas que…

— Ils se tiennent loin des intrigues des clans, le coupé-je, et ma mère a œuvré depuis longtemps pour que ce mariage soit salué par les miens. De plus, il n'y a pas de druide ici pour leur rappeler constamment des histoires que moi je ne peux guère oublier.

— Tu devras faire des efforts, Drustan.

Je lève le contenu de ma fourchette jusqu'à mes lèvres. Les cuisiniers se sont surpassés avec le gibier. Après avoir nonchalamment avalé ma bouchée, je fixe mon oncle et lui dis :

— Nous devrions l'enfermer quelque part.

— Il n'en est pas question.

— Pour quelles raisons ? Elle serait en sécurité, comme vous le souhaitez. Et sa présence ne me serait pas si into-lérable.

Il me semble que le rouge monte aux joues de Cameron. Je me délecte de cette réaction. Mais c'est avec effarement que j'entends Kendall prononcer ces mots :

— Nova est quelqu'un de bien, Tristan.

— Tu te moques, mon frère ? répliqué-je, n'en croyant pas mes oreilles.

Puis je me rappelle qu'il ne sait rien. Il ne se souvient pas. Et je l'envie tellement pour ça.

Je l'observe néanmoins avec incrédulité. Ses cheveux sont courts depuis ce funeste jour où ma vie a basculé. Une obligation pour mieux se fondre parmi les Dynols. Cela lui va bien. Quant à ses yeux d'un bleu si clair qu'il en est presque transparent, ils n'ont rien perdu de leur insolence.

— Je vois une autre objection à tes remarques, poursuit-il en me fixant. Elle est très dangereuse. Tu ne peux pas prendre le risque de la laisser hors de ton contrôle.

— Qu'a-t-elle fait que je devrais redouter ? m'enquiers-je, intrigué.

— Elle a tué cinquante-trois personnes.

L'étonnement s'imprime sur mon visage. *Cinquante-trois...*

— Que s'est-il passé ?

— Elle n'a pas maîtrisé ses pouvoirs. Tu devrais la garder auprès de toi constamment.

Mon sang déserte mes joues. *Comment ça, des pouvoirs ? Comment se fait-il qu'elle en possède encore ? Rester constamment auprès d'elle ? Est-ce une farce ?!*

— Ses... ses pouvoirs ? balbutié-je un peu, contenant difficilement ma surprise.

— Que croyais-tu, Tristan ? me dit mon oncle. Qu'une enfant de la lignée des anciens pourrait voir ses capacités disparaître en même temps que sa mémoire ? Te rends-tu compte de ce que tu as fait ?!

Qu'il me réprouve ne m'étonne guère, mais je n'ai pas eu le choix. Ou si, je l'ai eu, mais il n'était pas question que je m'aventure sur l'autre chemin. Un chemin qui, après quatre ans, mène quand même jusqu'à moi. Je soupire.

— Pense ce que tu veux, Cameron, je ne regrette rien.

— Et maintenant, qu'allons-nous faire ? demande Kendall.

Mon oncle pose ses couverts en argent et se lève. Il se dirige vers l'âtre gigantesque qui prend tout le mur du logis et place une main sur son linteau.

— Tristan doit la garder ici, dans le plus grand secret. Nous devons nous assurer que les serviteurs et les habitants ne piperont pas un mot de cette histoire. Finalement, c'est moi qui me chargerai de cette tâche.

Il ne me fait pas confiance. Je ne peux pas lui en vouloir, après ce que j'ai commis.

— Et pour moi ? s'enquiert encore mon frère.

— Tu vas retrouver Lyham, le prince des Saules, et veiller à ce qu'il ne pose plus aucun problème.

Kendall se dresse d'un bond.

— Pas question !

Mon oncle fait volte-face et pointe un index sur nous.

— Vous allez arrêter vos fadaises, tous les deux, et maintenant !

— Je n'irai pas ! renchérit Kendall.

Cameron s'élance si vite vers lui qu'un souffle balaie ma chevelure.

— Tu. N'as. Pas. Le. Choix ! tonne-t-il d'une voix à nous glacer d'effroi.

Mais mon frère ne marque aucun recul. Dans son obstination, je sens toute son appréhension de revoir le second fils du roi Alistair. Après quelques mois passés chez les Dynols – période qui lui a permis de se tenir loin de Lyham –, voici qu'il doit le retrouver. Je sais ce qui le tourmente. Il me l'a confié, juste avant de s'exfiltrer hors des dômes de notre communauté. Nous avons tous nos croix à porter.

— Si j'y vais, énonce-t-il plus calmement, je ne suis pas certain de revenir. Tu le sais, Cameron.

— C'est un risque que nous devons prendre.

— Que *je* dois prendre ! le corrige-t-il avec véhémence.

Mon oncle lève sa main à son visage et se pince l'arête du nez.

— Vous êtes des sots, tous les deux. Vous ne réalisez pas les enjeux.

C'est à mon tour de me mettre debout.

— Nous sommes surtout prisonniers de décisions qui ne sont pas les nôtres. Quand un captif est acculé, il ne sert à rien de brandir de vaines remontrances. Tout ce qui l'intéresse, c'est sa liberté.

— Quelle liberté ? Tu te croyais libre avant ton mariage ?

— Je n'étais pas enchaînée à une femme dont je ne veux pas.

— Tu ne l'as pas été longtemps.

— Mais je le suis à nouveau, n'est-ce pas ?

Cameron se tait. Son silence en dit long. Je le quitte la mine sombre, prêt à aller rendre visite à mon… *épouse.*

CHAPITRE 15
TRISTAN

— Comment va-t-elle ? demandé-je à Malvena, la camériste qui sort de la chambre.

— Elle reste prostrée, Monseigneur, et n'a pas dit un seul mot depuis son réveil.

Cinquante-trois personnes...

Je refoule ce que cette pensée m'inspire et pose ma main sur la lourde poignée en métal. Je prends une grande respiration avant d'ouvrir la porte.

Elle est de dos, le regard rivé à la fenêtre. Derrière se déploie un écrin de forêt qui cerne le pigeonnier que j'ai depuis longtemps transformé. Sa chemise de nuit blanche tombe sur ses pieds nus. Un silence oppressant imprègne l'atmosphère de la pièce. Ceint par des murs en pierre, le rez-de-chaussée est dédié aux bains que mon propre espace de vie rejoint. L'étage est voué au sommeil et à l'exploration des étoiles. Un balcon circulaire sous verrière surplombe cette suite nuptiale. *Ou censée l'être.*

— Qui êtes-vous ? s'enquiert-elle sans se retourner.

J'avance de quelques pas, les yeux fixés sur ses cheveux

auburn. Cette couleur étrange qui ne se décide pas entre le châtain, le roux et des nuances fuchsia, qu'elle seule porte, à ma connaissance. Je remarque qu'ils sont plus courts que la dernière fois que je l'ai vue. Je réprime l'émotion désagréable qui investit ma poitrine à ce souvenir. Je me tiens à un mètre d'elle quand je lui réponds :

— Ton mari, Nova.

Mon ton n'est pas chaleureux. Avec toute la volonté du monde, il ne pourrait l'être. Je m'y refuse. Ce qui m'étonne, en revanche, c'est qu'elle ne réagit ni à cette révélation ni à la façon abrupte avec laquelle je me suis exprimé. Son silence s'éternise, puis elle dit :

— J'aimerais voir Kendall.

— Kendall ? répété-je, m'attendant à tout sauf à cette requête.

Elle se tourne enfin. Ses yeux couleur ambre coulent dans les miens. Je ravale ce que son regard m'inspire, et je pense qu'elle le devine. Elle relève la tête et affiche une expression digne.

— Suis-je captive ?

— D'une certaine façon, tu l'es.

— Pourquoi maintenant ?

— Je crois que la réponse est évidente, non ?

— Le feu, murmure-t-elle.

Si c'était l'unique raison... Les larmes baignent ses yeux. Elle semble éprouver du regret. *Cinquante-trois personnes...*

— Tes servantes vont venir t'habiller, dis-je, sans m'attarder sur ses atermoiements. Tu es certes prisonnière, mais pas de ta chambre, seulement de mon domaine.

— Parce que ça change quelque chose ?

Je refuse de lui répondre et me dirige vers la porte. J'ai vu ce que je voulais voir, et j'ai hâte de ne plus avoir à le faire. Néanmoins, je me retourne.

— Tu conviendras qu'il vaut mieux te garder à l'abri du danger, après ce qu'il s'est passé. Ici, tu seras en sécurité, tant que tu m'obéis.

— Vous obéir ?

— Comme toute épouse se doit de le faire.

— N'avez-vous pas peur du risque que je représente ? demande-t-elle en haussant la tête.

— Pas si je me trouve à tes côtés, rétorqué-je, d'une voix sombre. Tu n'es peut-être pas la plus dangereuse de nous deux.

J'ouvre enfin la porte, la referme derrière moi et inspire profondément, les yeux clos. Quand mes paupières se relèvent, je me mets en quête de Kendall.

Mon frère patiente dans le logis, près de la cheminée qui flambe. Il porte son verre de whisky à sa bouche quand je m'installe sur le fauteuil à ses côtés.

— Tu ne tiendras pas longtemps, à te voiler ainsi la face, Tristan, me souffle-t-il après s'être humecté les lèvres de son nectar.

Il n'attend pas de réponse, alors je me tais. Le silence s'étire. Le crépitement des flammes devient sourd au fil des secondes qui s'égrènent.

— Comment c'était ? demandé-je, ma curiosité attisée.

— Sale et déprimant.

— À ce point ?

— Je n'ai jamais eu de goût pour le monde des Dynols.

— Tes goûts sont si différents des miens, mon frère.

Il lâche un soupir d'amusement, et je ne peux me retenir de l'imiter.

— Les tiens te feront peut-être changer d'avis sur ton épouse, à l'avenir.

— Tu sais bien que non.

— Alors, quoi ? Tu vas continuer à trousser ta servante, avec ta femme vivant sous ton toit ?

— Pourquoi devrais-je me passer de l'affection de Brianna ?

Kendall tourne son visage vers moi et plante son regard dans le mien.

— Nova est…

— Ne me dis pas ce qu'elle est, je m'en moque ! pesté-je, agacé.

— Tu aurais dû la voir quand elle est sortie nue de la rivière…

— Tu l'as vue nue ?! m'étonné-je, ahuri par cette révélation.

Kendall s'esclaffe.

— C'est une beauté.

Je me tais. Mes souvenirs me ramènent à ma nuit de noces. Mon regard s'assombrit.

— Lors de ton mariage, reprend Kendall, je me suis demandé si la toison sur son sexe adoptait les mêmes tons que sa chevelure étrange.

— Tu as eu ta réponse.

Il rit de plus belle. Je me renfrogne et fixe le feu dans l'âtre.

— Comment vas-tu faire pour Lyham ?

Kendall inspire profondément.

— Je ne vais rien faire.

— Tu risques les problèmes si tu t'obstines. Il est

dangereux.

— Je le sais mieux que personne, Drustan ! répond-il sèchement.

— Mon intention n'était pas de te vexer.

— Ton intention est de détourner tes pensées de ce qui te tombe dessus, je ne suis pas dupe.

— Il n'empêche que tu t'exposes à la colère de Cameron, et à celle de Mère si...

— Cette remarque venant de toi prête à rire ! J'en ai conscience, figure-toi, mais j'ai un plan.

— Lequel ?

— Retrouver un des autres enfants Alistair.

— Une mission presque impossible, lui signalé-je.

— Presque...

— Si l'un d'eux est...

Je ne poursuis pas ma phrase. Je n'en ai pas besoin. Kendall sait. Il faut espérer qu'il ne réussisse pas. Le silence qui pèse après cet échange est lourd dans la pièce. Alors il se lève et s'apprête à me quitter.

— Je te dis au revoir, mon cher frère. D'autres aventures m'appellent.

— Je t'envie, répliqué-je sans me retourner.

— Tu ne devrais pas.

Je n'ose lui dire qu'en réalité, je donnerais tout au monde pour être à sa place. Mais je sais qu'il ne comprendrait pas, alors je me tais.

Brianna est étendue sur mon lit, sa longue chevelure brune éparpillée sur sa poitrine nue, à la pâleur de craie.

— Monseigneur !

Elle se redresse à ma vue, pose ses pieds nus sur le parquet en chêne avant de s'élancer vers moi. J'ai à peine le temps de lever les bras et de la stopper dans sa course, bloquant mes mains sur ses clavicules délicates. Son air ahuri est adorable.

— Monseigneur ? répète-t-elle.

— Va-t'en.

Elle secoue la tête et marque un pas de recul. Je ne suis pas surpris par cette réaction, et encore moins quand des larmes atteignent ses yeux.

— N'as-tu pas entendu ce que je viens de dire ? Va-t'en.

— Mais...

Elle s'interrompt. Je ne cille pas. Même quand je songe à ces nuits qu'elle a passées entre mes draps, à sa bouche qui connaît le moindre centimètre de ma peau, et à toutes les fois où je me suis introduit en elle. Alors je contourne ma servante sans un mot et expire de soulagement quand, enfin, la porte se clôt derrière elle. Ma solitude est complète.

Je retire mon veston et la dague qui pend à ma taille. Je la pose sur le bureau en chêne en repensant à ce que j'ai commis avec, et qui me vaut ma situation présente : cette femme dans ma demeure. Je ferme les yeux et inspire profondément, tandis que je défais mon ceinturon. Je m'approche de la fenêtre. Nova est-elle comme moi, à contempler les branches qui frémissent sous le vent ? À observer la lueur blanche qui scintille sous la lumière de la lune ? À se demander ce qui lui vaut de subir un tel revirement...

L'oppression dans ma poitrine devient intolérable. Je retire ma chemise et pose ma main sur mon cœur qui bat anormalement vite. Mes nerfs sont tendus et je n'ai pas Brianna pour me soulager. Je regrette de l'avoir congédiée, et décide d'emprunter les escaliers qui mènent aux thermes de ma maison. Les murs en pierre supportent quelques torches. J'en attrape une et pénètre dans le couloir. La flamme rompt l'obscurité qui me précède.

Dès que j'ouvre la porte, la moiteur qui se matérialise en un épais brouillard échauffe mes joues. Je défais mes derniers vêtements, devant l'immense cheminée à trois feux érigée dans le granit. Je me tourne et m'apprête à entrer dans l'étuve, impatient de me détendre dans la chaleur de ses eaux. Je m'arrête net quand, près du rebord, me percute le regard de Nova. Ses mains sont portées sur sa poitrine, ses prunelles paniquées parcourent mon corps. Je déglutis, mal à l'aise. Me retrouver nu devant elle ne faisait pas partie de mes plans pour la soirée. Puis je me rappelle que je l'ai installée dans le pigeonnier, dont les couloirs mènent à cet endroit. Je soupire, puis m'immerge lentement dans le bassin sans la quitter des yeux. Car même si je lutte pour ne pas opérer un demi-tour, je ne veux pas lui laisser la pleine jouissance des lieux. Je m'y refuse. C'est *ma* maison. De plus, cette situation se reproduira sans doute, puisqu'il n'est pas question que je la garde éloignée de moi, avec son pouvoir dévastateur sur lequel elle n'a manifestement aucune emprise.

Je m'accoude à la margelle en pierre et l'observe. Elle a détourné le regard. Le mien disparaît derrière mes paupières. Je goûte le silence et me délecte de l'effet de l'eau sur mes muscles. Puis une légère vague sinue jusqu'à mon torse et je me remémore sa présence. Nouveau soupir. J'ouvre les yeux et la vois emprunter les escaliers qui mènent à la surface. La vapeur s'élève et lèche son épiderme, en remontant ses jambes galbées. Son corps frémit à l'air libre.

Mes yeux détaillent sa silhouette. Ses cheveux sont plaqués sur sa nuque. Sa peau pâle scintille. Ses bras enroulent sa poitrine, tandis qu'elle cherche, atterrée, de quoi se soustraire à ma vue. Un rictus éclot sur mon visage, alors qu'elle contourne les thermes pour aller récupérer sa robe de chambre au pas de course. Dès qu'elle ferme la porte derrière elle, je m'esclaffe.

Puis mon rire se tarit. Car *elle* est là. Vraiment là.

Mon érection me répugne.

Nova…

CHAPITRE 16
TRISTAN

Une semaine a passé sans que je voie le visage de mon épouse. Désormais, si je me rends aux thermes, je vérifie qu'elle n'y est pas. Car si cela m'a amusé de la découvrir si embarrassée, je n'oublie pas que mon sexe s'est durci à sa vue ni la sensation désagréable qui a investi ma poitrine. Ces mêmes sensations ressenties lors de ma nuit de noces, quand je lui ai touché un sein. J'éprouve encore sa lourdeur sous ma paume, la douceur de sa peau sous mes doigts, ce sentiment mêlé de dégoût et d'envie. La chair d'un homme est faible face au corps d'une femme. Mais de *cette* femme ? Cette engeance que l'on m'a imposée ? Non, je n'arrive toujours pas à croire que mon anatomie m'ait trahi. En même temps, cela a facilité la situation. Mon esprit dérive alors sur cette nuit où tout a basculé. À moi qui la pénètre une fois et sans ambages. À ses yeux couleur de l'ambre jaune qui me supplient d'être doux. À ses cheveux qui nimbent son visage sans défaut. *Je la hais...*

Puis me voilà dans mes draps, que Brianna a préparés en espérant s'y étendre. Puis voilà cette nuit qui succède à celle d'hier, et à celle d'avant-hier. Cette sensation d'attente m'empêche de dormir.

Soudain, et alors que mes pensées me tourmentent, on toque à la porte. Les coups sont si forts que je me redresse vivement.

— Seigneur ! s'exclame Duncan, mon régisseur.

— Que voulez-vous ?

Il pâlit en constatant ma froideur. Il devrait y être habitué, pourtant.

— La lady, elle…

— Elle, quoi ?

— Elle ne va pas bien.

— Comment ça ?

— Elle hurle dans son sommeil ! Et… le feu !

Mes yeux s'écarquillent de stupeur. Je me précipite hors de mon lit. Je passe ma chemise avant de m'élancer dans le couloir en courant. Dès que j'atteins la porte de sa chambre, je sens l'odeur de fumée qui provient de l'intérieur de la pièce. Je l'ouvre aussitôt et remarque les flammes qui lèchent le linteau de l'âtre, prêtes à s'étendre sur toute la surface du mur. Je me rue vers l'escalier qui mène à la voûte que compose la verrière du plafond. Ma main attrape vivement la poignée qui en fait coulisser la moitié. Mes yeux se tournent vers le ciel. Il est gris. Des nuages strient la lune. Ma concentration est à son comble quand un énorme cumulus sombre se forme au-dessus du pigeonnier. Un éclair le traverse, le tonnerre gronde. Et c'est alors que la pluie se déverse tel un torrent d'eau dans la chambre. Des picotements parcourent ma peau. Mon souffle se raréfie. Mon cœur bat à mes tempes. Mes muscles se bandent. Nova hurle et hurle encore, ne se réveillant pas, malgré l'averse qui finit d'éteindre les dernières braises. *Pouvoir. Éclair. Tonnerre. Pluie…*

Le nuage se dissipe, la pluie cesse, mais mon épouse se contorsionne toujours sur son lit.

— Duncan, sortez !

— Mais, Seigneur…

— Sortez, vous dis-je !

Ma voix est sombre. J'ai été obligé de la pousser à cause du boucan provoqué par les hurlements de Nova. Je n'aime pas crier. Mon régisseur s'exécute tandis que je dévale les escaliers et me précipite sur elle. Mes mains attrapent les siennes. Sa force me surprend. Je suis contraint de la plaquer contre le matelas. Mais rien n'y fait. La porte s'enflamme.

— Cesse ça !

Rien.

— Tu vas t'arrêter ! beuglé-je, à bout.

Des larmes s'écoulent sur ses tempes. Sa tête se secoue frénétiquement. Elle convulse. Sa crise est si puissante qu'elle arrive à me repousser. Je suis prêt à la gifler quand enfin elle se redresse en hurlant.

— TRISTAN !

Je marque un mouvement de recul. Mes yeux ahuris suivent les siens quand son visage pivote soudainement vers la porte en feu, et qui s'éteint d'un coup. Je me tourne alors vers elle, et elle vers moi. Nous sommes à bout de souffle. Son regard glisse dans le mien. Elle frissonne. Mon cœur bat trop vite. Je détaille sa chemise trempée et qui lui colle à la peau, puis j'observe à nouveau ses traits. La terreur s'y lit. Sa pâleur est cadavérique. Je me maudis déjà de la décision que je prends. Kendall avait raison…

Je me lève et lui tends la main.

— Viens.

Sa bouche s'entrouvre.

— Ne me force pas à me répéter. À moins que tu préfères rester sur ce matelas humide ?

Elle tremble tandis qu'elle pose ses doigts sur ma paume. Le contact de sa peau me ramène quatre ans en arrière. Je tire sur son bras. Elle sort du lit et me suit, sans que sa main quitte la mienne.

Je n'ai plus le choix…

Elle doit rester près de moi.

Ma malédiction.

Nova…

CHAPITRE 17
NOVA

S es doigts qui enserrent ma main me font mal. J'ai froid, je suis trempée. Nous descendons les escaliers dans une obscurité presque totale. Seules de minces meurtrières laissent passer les lueurs émises par la lune. Je trébuche, tombe et m'écorche un genou. Mon bras me tire et je manque de m'effondrer sur les marches, car Tristan ne freine pas sa course. Je me relève péniblement et le suis, glissant sur le sol en pierre, frissonnante du cauchemar dont je me souviens à peine et de l'air glacé sur ma peau humide.

— Ralentissez !

Il n'a cure de ma supplication et me traîne jusqu'à la porte qui mène aux thermes. La chaleur qui s'en dégage me fait sursauter. Tristan me lâche enfin la main et se tourne.

— Baigne-toi.

Ses yeux me foudroient. Qu'ai-je fait ? Qui est-il ? Mes larmes ruissellent.

— Arrête donc de pleurer et fais ce que je te dis.

J'opine de la tête et pars pour me plonger dans les eaux.

— Enlève ta chemise.

Je stoppe mes pas au bord de l'étuve.

— Non.

Tristan m'attrape encore si violemment que je pousse un cri. Je le regarde pour lui signifier que je ne céderai pas.

— Fais ce que je te dis, déclare-t-il d'une voix froide.

Je me dégage de sa prise d'un geste sec. Il s'empare à nouveau de mon bras, me retourne rudement, pose ses mains sur le col de ma chemise et la déchire en deux. Quand mes seins se dressent face à lui, quand le tissu tombe à mes pieds, je ne détourne pas mes yeux et le toise, espérant demeurer digne malgré ma situation avilissante.

Pourquoi ? Pourquoi ?

— Baigne-toi, répète-t-il.

Puis il me plante là, avant de s'asseoir près de la cheminée dont le feu s'est éteint. Ses prunelles sont glaciales, son expression austère. Voilà ce que j'ai mérité. Car j'ai tué. Pas volontairement, mais je l'ai fait. Et cet homme que je ne connais pas est ma pénitence.

Ses yeux se relèvent sur moi. Je ne lui cache rien. L'apathie dont je fais preuve me sidère. Elle me rappelle celle ressentie quand j'ai intégré la ferme de Rose et Ginny. Comme elles me manquent... Puis je me souviens. Le feu. *J'ai tué...* Plus jamais je ne les reverrai, et cette pensée me brise.

Je suis vide.

Je suis une meurtrière.

Tristan est mon châtiment.

Mon corps a plus de volonté que mon esprit. Il se tourne et s'immerge dans les eaux chaudes. La sensation est salvatrice, mais je pleure... encore... toujours... *J'ai tué.*

Mes souvenirs me ramènent à cette funeste soirée. À ce bâtiment en flammes. À Lucille carbonisée.

Kendall m'a sauvée.

Puis son oncle m'a révélé une partie de ma vie que j'avais, pour toujours pensais-je à tort, oublié :

— Tu es l'épouse d'un seigneur du clan des Pictes. Tu n'as rien à faire ici. Il est temps que tu rejoignes les tiens. Le dôme de Cairngorm sera ta nouvelle demeure.

J'avais été incapable d'émettre une parole, comme si ce qu'il me disait avait un sens que mon cerveau assimilait sans avoir à se forcer. Je venais d'enflammer toute une bâtisse pleine d'étudiants, morts si jeunes par ma faute. Tant de familles en deuil *par ma faute*. Plus de Rose et Ginny, *par ma faute*. *Je suis un monstre*.

Alors je me suis laissé faire et les ai suivis.

La cruauté de Tristan aurait pu me faire paniquer.

Je ne sais pas qui il est.

Mais je sais que je *le* mérite.

Car je suis cruelle, moi aussi. Du moins, mes actes le sont… mais le suis-je, moi ?

C'est pour toutes ces raisons que je n'ai pas protesté quand Kendall et son oncle m'ont emmenée dans la forêt de Paimpont, qu'ils ont étrangement nommée Brocéliande, comme la forêt de légende. Certes, j'ai été surprise des précautions prises pour que nous parvenions jusqu'au portail. Ce portail situé entre deux énormes roches, érigées tels deux spectres au beau milieu des taillis lugubres. Une lueur scintillante déformait ma vision en son centre. Et lorsque nous l'avons traversée, le paysage a soudainement changé. Faisant place à une forêt de pins, à sa senteur résineuse et boisée. Faisant place à une pluie battante. Faisant place à un destin anéantissant l'avenir que j'avais choisi, une existence normale au sein de ma famille adoptive. *Rose et Ginny…*

Alors je n'ai plus avancé. Je me suis évanouie dans un cri. Et quand je me suis réveillée, j'étais enfermée par mon mari.

Ce mari froid et obscur, dont le visage marmoréen est fendu d'une cicatrice de son front à sa joue gauche. Chaque côté de son crâne est rasé et couvert de symboles tatoués. Sa longue chevelure châtain est ramenée dans une multitude de tresses, attachées les unes aux autres, et serpentant jusqu'à ses omoplates. Il est beau. D'une beauté impassible que même sa balafre ne peut altérer, et encore sublimée par son corps charpenté et parsemé de motifs dont j'ignore la signification. Mais ses yeux me glacent.

Il est mon malheur. Et je l'ai mérité.

— Sors ! ordonne-t-il.

Son regard ne me quitte pas. Le mien ne se détourne pas non plus tandis que je m'exécute.

Il se lève et me tend une robe de chambre qui traîne sur une patère près de la sortie. Si c'est une sortie…

Et ça ne l'est pas. C'est le chemin de sa chambre. Et j'inspire profondément avant d'y entrer.

CHAPITRE 18
NOVA

S a chambre revêt la même décoration que le pigeonnier, si ce n'est que les murs ne sont pas circulaires. Le plafond est presque entièrement vitré et laisse entrer la douce lumière de la lune, perdue au milieu de l'espace et bercée par une nuée d'étoiles scintillantes. Je me pose aussitôt la question : combien de temps a-t-il passé dans son lit à admirer le ciel ? Moi, je ne fais que ça depuis que je suis ici. Enfermée... À penser à ce mari que je ne connais pas, à cet endroit qui m'est étranger, à ruminer mes fautes, à me condamner pour mes actes. Mais le ciel... Qu'il soit ici ou ailleurs, qu'il est réconfortant de savoir qu'il sera toujours là.

— Allonge-toi.

Ces mots me colorent les joues, me font écarquiller les yeux, font battre mon cœur trop vite. *Non*...

— Non, murmuré-je.

— Ne me force pas à me répéter.

Je reste plantée au milieu de la pièce. De mes cheveux humides glissent des gouttes qui viennent s'écraser sur le tapis. Tristan relève son regard céruléen sur moi et soupire. Puis il prend un linge dans une commode et s'approche pour me le tendre. Ma main s'en empare timidement. Je me frictionne sans le quitter des yeux. J'ai peur…

Que va-t-il me faire ?

Veut-il que…

— Maintenant, allonge-toi.

Je secoue la tête, m'y refusant. Mon visage me brûle. Mes joues s'embrasent en imaginant ce que mon soi-disant époux suggère. Mais ai-je le choix ? Dois-je encore tuer pour comprendre que je suis maudite ? Ceci est mon sort. Mais je ne bouge pas.

Alors, n'en pouvant plus d'attendre que je me décide, Tristan m'attrape et me traîne jusqu'au lit. J'ai beau essayer de l'en empêcher, il est trop fort. Trop véhément. Il me pousse sur le matelas, le souffle court, le regard intense de celui que la colère habite.

Je me glisse dans les draps et retiens mes larmes. Je ne lui ferai pas le plaisir de pleurer. Non. Il ne me brisera pas, car je suis déjà brisée. En morceaux. *Car j'ai tué…* Des innocents. Et que jamais je ne reverrai Rose et Ginny. Et que jamais je ne remonterai Prechaun… Ma vie est en lambeau, alors que reste-t-il ? *Mon châtiment.*

Tristan parcourt la chambre et souffle chaque bougie, ne laissant plus que celle, oscillante, sur son chevet, qui nous éclaire de sa faible lueur, dans cette chambre où tout m'oppresse. Où *il* m'oppresse.

Puis il retire ses vêtements et je détourne la tête, me plaçant sur le flanc à son exact opposé. Je l'entends émettre un rire sinistre. Mais moi, je pleure quand mes larmes débordent. Je le redoute tant. Va-t-il me toucher ? Va-t-il me prendre ? Je n'ai jamais… ne me suis jamais trouvée aussi proche d'un homme. Je veux fuir. Plus loin, la porte semble accessible, si je cours. Mais ensuite… Mon existence sera-t-elle celle d'un paria ? D'une fugitive ? De… mais que suis-je ? Mourir… peut-être, mourir… Disparaître… et ne plus jamais ressentir cette douleur qui sinue dans mes entrailles, tel un serpent distillant son venin acide.

Mourir… Pourquoi pas ?

Puis il s'allonge à son tour, dans des bruissements de draps, dans les craquements du bois du cadre de lit. Même si je suis de dos, j'éprouve sa proximité. Comme si mon corps vibrait sous sa présence écrasante, s'attendant à tout moment à ce qu'il me touche. À ce qu'il réclame son dû d'époux. *Non… Pitié… Non…*

Mais rien ne se passe. Et quand enfin, j'entends sa respiration calme, de celle qui caractérise le sommeil, alors je lève mes yeux vers le ciel et pleure encore.

Pleurer…

Jusqu'à ce que j'essuie ces larmes qui ne servent à rien. Car je ne mérite pas de déverser ainsi ma culpabilité.

Je suis Nova. Et j'ai tué.

CHAPITRE 19
NOVA

— R éveille-toi.

L'ordre est clair, mais mon cerveau ne l'assimile pas tout de suite. Un voile rouge traverse mes paupières. *Le jour.*

Les draps se soulèvent et laissent mes membres à la merci de la fraîcheur. Je frissonne.

— Tu vas te réveiller ! beugle Tristan, comme si cela faisait plusieurs fois qu'il me le répétait.

Pourquoi le devrais-je, si c'est pour rester enfermée ?

Mais j'ouvre les yeux et rencontre les siens. Je m'étonne alors de la sensation que j'éprouve quand je discerne une lueur que je n'ai jamais vue dans son regard, sans pouvoir la déterminer. Elle disparaît aussitôt.

— Viens.

Je ne comprends pas.

— Où ? m'enquiers-je seulement.

Il ne me répond pas et part ouvrir la porte à deux caméristes qui investissent la pièce. Lui la quitte sans un mot. Je me redresse sur le lit.

— Nous allons vous habiller, lady Nova, m'annonce l'une d'elles.

J'acquiesce sans émettre une parole.

— Je suis Malvena, Madame.

Ses traits sont ceux d'une femme d'un âge avancé. Des mèches grises parsèment sa chevelure rousse, ses mains calleuses montrent qu'elles ont dû accomplir de durs labeurs dans leur jeunesse. L'autre est une jeune femme. Une servante splendide, à la longue tignasse brune et aux lèvres pulpeuses. Sa tenue en laine révèle un bustier, au creux duquel émergent deux monts, comme des fruits mûrs prêts à être cueillis. La troisième, une femme au visage affable, entre avec une robe pourpre qu'elle dépose sur le lit, avant d'afficher un grand sourire.

— Voici Brianna et Ildut, annonce Malvena.

Je leur adresse un salut muet avant de me lever. La première va rallumer un feu, tandis que l'autre s'attelle à interpeller des hommes dans le couloir.

— Ici ! leur indique-t-elle.

Son index est brandi vers un espace vide du mur. Ces hommes déposent une coiffeuse, à l'exact emplacement qu'elle leur a signalé. Ils veillent à ne pas me regarder avant de quitter les lieux.

— Nous allons vous apprêter pour le petit déjeuner, Lady, m'explique la cameriste en me tendant la main.

Je l'attrape et n'émets pas d'objections, quand elle m'invite à sortir du lit.

— Le… le petit déjeuner, répété-je.

— Oui, Madame.

Ma surprise est totale. Je laisse les servantes me coiffer, m'habiller et me poudrer, tandis que j'observe leurs gestes sans trahir la moindre expression. Est-ce un piège ?

Je ne sais pas pourquoi me vient une idée si saugrenue. Je suis *déjà* empêtrée dans un piège.

— Vous êtes prête, déclare Ildut avec un sourire.

Mes cheveux sont coiffés dans un chignon qui laisse échapper quelques mèches ici et là. La robe pourpre ceint ma taille et se déploie dans un large jupon, qui se déroule jusqu'à mes pieds chaussés de sandales en cuir souple. Je devrais sans doute trouver cette tenue ridicule en comparaison de celles que j'ai portées ces quatre dernières années. Mais ce n'est pas le cas. J'ai au contraire l'impression d'enfin revêtir des toilettes qu'il m'est naturel d'endosser.

— Vous êtes majestueuse, ma lady, me dit Ildut, toujours souriante.

Mes yeux se tournent vers elle, mais je ne peux me laisser aller à l'imiter.

— Seigneur Drustan vous attend au logis.

Je prends une inspiration et hoche la tête. Malvena me fait signe de la suivre. J'arpente un premier couloir, puis un vaste salon au mobilier rustique et sentant agréablement la sauge. Des plantes sèchent, suspendues sur un mur, d'autres s'élèvent et fleurissent sous la lumière ardente que de grandes fenêtres laissent pénétrer.

— C'est le salon de Monsieur, il aime s'y recueillir.

J'écoute Malvena d'une oreille distraite, admirant ici et là les broderies sur les assises, les dorures sur les meubles en bois massif, les tapisseries anciennes qui ornent les murs. *Mais pas de livres...*

Puis nous empruntons un nouveau couloir, entrons dans une cuisine où des feux d'un autre temps brûlent sous les marmites et les poêlons, où des domestiques s'affairent à leur tâche, se montrant soudain silencieux à mon passage. Leurs révérences m'embarrassent, jusqu'à ce qu'enfin nous parvenions au logis.

— Voilà, lady Nova.

Mon cœur s'emballe d'un coup quand la camériste me désigne la porte. Je devine Tristan derrière. Mon corps tremble à cette pensée. Alors, j'inspire profondément et pénètre à l'intérieur, après que Malvena a enclenché la poignée.

Une vaste table rectangulaire traverse un grand espace où seuls des vaisseliers et des tentures d'une rare diversité habillent les murs de pierre froide. Le propriétaire est assis au bout de la tablée et mange dans son coin, sans daigner détourner les yeux vers moi.

— Madame est ici, Monseigneur.

Tristan grogne, congédie Malvena d'un geste sec de la main et me désigne ma place, à son exact opposé. Un silence de mort s'abat alors, seulement brisé par les bruits des couverts de Tristan s'entrechoquant contre la porcelaine de son assiette.

— Tu es servie. Assois-toi.

J'inspire et m'exécute. La faim tenaille mon estomac. C'est avec appétit que je me jette sur ce qui me semble être de la pintade. *Au petit déjeuner ?*

— Un problème ?

Je hausse les épaules sans prendre la peine de le regarder. Puis je ne me fais pas prier. Je dévore le tout en l'espace de quelques minutes et me trouve enfin rassasiée. Quand je relève les yeux sur mon mari, ce dernier me fixe intensément. *Depuis quand ?*

— Nous visiterons le domaine dès que tu auras terminé, déclare-t-il.

Mon expression ahurie lui inspire un rictus. Décontenancée, je ne peux réprimer l'envie de comprendre ce qui me vaut ce soudain intérêt de la part de mon époux.

— J'ai terminé, lui dis-je. Mais… vous… vous souhaitez que je visite le domaine ?

— Es-tu sourde ?

— Non.

— Alors pourquoi veux-tu me faire répéter ?

— Ce n'était pas mon intention, répliqué-je en baissant les yeux sur mon assiette désormais vide.

Tristan se lève et se poste face à l'une des fenêtres qui donnent sur des bois. Il paraît réfléchir à ce qu'il va me dire et prend une profonde inspiration avant d'à nouveau m'adresser la parole.

— Tu es la maîtresse de cette maison, dorénavant, Nova. Je dois me résoudre à ce que tu l'administres à mes côtés.

— Mais…

Ses yeux glacials m'épinglent, impitoyables.

— Mais j'ai failli le détruire, votre domaine ! lui fais-je remarquer. Vous… voulez encore de moi ici, alors ?

Le visage de Tristan s'adoucit étrangement à ces mots. Mon incompréhension s'amplifie lorsqu'il s'approche, tire une chaise et s'installe à ma gauche. Sa soudaine proximité provoque un sursaut dans ma poitrine.

— Tu ne détruiras rien du tout, Nova. Je t'en empêcherai.

Son regard d'un bleu intense s'ancre dans le mien. Une émotion inhabituelle m'enserre la gorge. Je détourne le mien, mais Tristan reste là, à m'observer, comme cette fois-là, dans les thermes, où j'aurais tout donné pour qu'il cesse de le faire. Puis il se lève et me toise de toute sa hauteur.

— Viens.

Mes yeux se relèvent sur la main qu'il suspend devant moi. Ce geste a dû être instinctif, car il la reprend dès qu'il réalise ce que cet acte accueillant signifie pour moi. Je me lève à mon tour, tête baissée, et suis Tristan jusqu'à la porte qui mène à l'extérieur. Ce dernier attrape une pelisse qu'il me tend et passe la sienne sur ses épaules avant de sortir. Je noue la mienne au niveau du col en fourrure, tandis que les rayons du soleil inondent mon visage. La sensation me provoque un léger sourire. Enfin, l'air libre...

La forêt est dense et encercle la demeure de Tristan. Deux tourelles encadrent la façade de l'entrée, les ombres des arbres dansent sur les murs que je soupçonne être vieux de plusieurs siècles. Le décor devient lugubre lorsque le soleil se voile derrière d'épais nuages. Je me fais la remarque que l'édifice ressemble davantage au propriétaire des lieux quand l'astre se cache.

Mon époux n'a que faire de mes réflexions quand il accélère le pas, soupirant par moment, comme s'il perdait son temps en ma compagnie. Je ne suis pas dupe, et sais bien que c'est ce qu'il pense. Sur le sentier, seuls le bruit des cailloux écrasés sous nos pieds, le chant des oiseaux et les feuilles qui frémissent au vent rompent le silence entre nous. Mes yeux se lèvent sur son dos. Sa pelisse noire, posée sur ses larges épaules, se déploie et tombe sur ses chevilles enserrées dans des bottes. Sa longue tresse, qui trouve naissance sur son crâne à moitié rasé, s'étire jusqu'à ses omoplates.

Quand mon regard se détache enfin de mon mari, c'est pour aller se poser sur un buisson dont la moitié des branches dépérit. Je soupçonne aussitôt une maladie et m'arrête devant lui. C'est une espèce qui résiste à l'hiver et qui devrait exposer un feuillage d'un vert soutenu en cette saison, et non cette couleur ocre qui a attiré mon attention. Mon index se tend vers son sommet et rencontre le bois pourrissant. Mon pouvoir opère. J'esquisse un sourire en constatant la magie du phénomène que je provoque grâce à ce don dont j'ai hérité je ne sais comment. Quand l'arbuste retrouve son plein éclat, mon visage se tourne vers mon époux. Ce dernier m'observe, insondable, la poitrine se soulevant sous le rythme d'une respiration rapide.

— Je… je sais faire ça, lui dis-je, alors que ce n'est pas vraiment utile, puisqu'il vient de le voir.

— Je suis au courant, lâche-t-il sans bouger.

Son attention me gêne, alors je me tortille un peu en baissant les yeux. Je m'attends à tout moment à ce qu'il m'attrape par le bras et me traîne sur le sentier. Mais il n'en fait rien et se retourne sans un mot. Je le suis encore sur une centaine de mètres avant de découvrir une clairière, au milieu de laquelle trône un rocher d'une hauteur impressionnante. Au sommet, un mince filet scintillant en émerge et pointe vers le ciel. Ce ciel couvert d'un voile transparent qui me fascine. *Comme près de la rivière, non loin de la ferme de Rose et Ginny…*

Tristan s'arrête à quelques pas de la pierre dans laquelle sont gravés des symboles dont j'ignore la signification.

— Sais-tu ce que c'est, Nova ?

Mon regard se tourne vers lui. Son visage fixé sur le roc, son expression ne trahit pas ses pensées. Mon absence de réponse le pousse à m'en dire plus.

— Ici est le centre du dôme de Cairngorm, ma demeure, où je suis condamné à rester depuis plus de quatre ans.

— Quatre ans ? répété-je.

— Depuis que toi et moi sommes mariés.

Cette révélation provoque une embardée dans ma poitrine.

— Alors cela fait quatre ans… Mais… c'est à ce moment-là que je…

— Que tu as perdu tes souvenirs, je sais.

Sa voix grave me déclenche un frisson. Ce qu'il dit me bouleverse. Pourquoi ? Comment ? Est-ce sa faute si je ne me souviens de rien ?

Il prend une forte inspiration, sans que ses yeux quittent ce qu'ils mettent tant d'ardeur à couver.

— Le dôme protège les Drewidiens des Dynols, comme il protège les Dynols des Drewidiens.

— Les… quoi ?

Tristan se tourne alors vers moi et fixe son regard perçant sur moi.

— Les Dynols sont les humains. Tu n'es pas humaine, Nova. Tu es Drewidienne.

Je déglutis, ne comprenant pas vraiment ce qu'il me dit. Mais je me tais, de peur qu'il ne poursuive pas ses explications, malgré la glace qui coule le long de mon échine, sous ses yeux pénétrants.

— Ta famille vient du dôme de Brocéliande, en Breizh, le plus puissant des dômes. Sa magie va bien au-delà de ceux d'Alba, de Kernow, et de tous les autres partout dans le monde.

Je l'écoute, captivée et surprise, ne comprenant pas pourquoi il m'offre soudain ces explications. Des explications dont j'ai besoin et que j'assimile avec une facilité déconcertante, même si je n'en saisis pas le sens.

Il soupire, puis me dit :

— Tu es Nova, princesse des Ifs, et héritière du savoir ancestral des anciens…

Quoi ?

— … Tu recèles en toi des pouvoirs que peu de Drewidiens possèdent.

— Toi, tu en possèdes, fais-je remarquer dans un souffle de voix. Le tonnerre…

— Ma famille est puissante et ancienne, me coupe-t-il, c'est pour cette raison qu'on nous a unis, tous les deux.

— Et... où est ma famille, maintenant ? Vais-je les revoir ?

— C'est impossible.

— Pourquoi ?

Il se détourne et amorce une marche qui l'emmène jusqu'à l'orée de la clairière. Je m'empresse de le suivre, ayant bien compris que je ne peux espérer plus de réponses de mon mari, qui pour la première fois depuis mon arrivée, me parle comme si... comme si j'existais. Moi qui pensais mériter sa froideur, mes actes me condamnant à ce châtiment, je ne peux m'empêcher d'éprouver un sentiment d'apaisement qui me submerge. Non pas que Tristan se révèle affable, mais qu'il me montre un infime intérêt m'inspire une émotion nouvelle. Et je m'en veux de la ressentir avec une telle force, car je ne le mérite pas. *J'ai tué*, me rappelé-je.

Nous marchons près de deux kilomètres sans qu'un mot soit échangé. Mes yeux se perdent sur les pins, les aulnes, les frênes, mélèzes et autres noisetiers, me repaissant de leur odeur et de la sensation salvatrice que me procure cette marche, après le cauchemar qui m'a amenée jusqu'ici. Mes réflexions austères se dissipent et disparaissent après avoir traversé les bois. Derrière le voile scintillant, un vaste panorama de landes et de montagnes s'étire devant ma vue fascinée. Au loin, je discerne un village. *Les Dynols*, pensé-je, en me rappelant le terme que Tristan a employé pour nommer les habitants d'un monde que je croyais mien.

— Ici s'achève le dôme de Cairngorm. Tu seras libre d'errer à ta guise dans son périmètre, mais tu ne dois jamais aller plus loin que la distance que nous avons parcourue depuis la Roche des dieux. Est-ce compris ?

Le ton de Tristan est sans ambages, mais je ne m'en préoccupe pas, car la vue est d'une splendeur à couper le souffle.

— Les Highlands d'Écosse, supposé-je, ébahie.

Je sens le regard de mon époux se poser sur moi.

— C'est ainsi que les Dynols ont baptisé cette région.

— Les Drewidiens l'appellent comment ? demandé-je sans détourner les yeux.

— Les Terres Vierges d'Alba.

Sa réponse se suspend dans le silence. C'est un joli nom pour désigner le paysage sublime qui se déploie à ma vue. Un sourire se dessine sur mon visage, et je ne résiste pas à l'offrir à Tristan, envers qui je suis soudain reconnaissante de m'avoir fait découvrir un endroit si majestueux. Mais il évite mon regard et me fait signe d'un geste vif de la main qu'il est l'heure de rentrer. Je secoue mollement la tête, puis me décide à le suivre. Mais avant de me dissimuler à l'ombre des pins qui parsèment le dôme de Cairngorm, je jette un dernier coup d'œil aux Terres Vierges d'Alba.

CHAPITRE 20
NOVA

Après notre retour dans la maison de Cairngorm, Tristan m'a laissée dans le logis. Mais je n'ai su qu'y faire.

Ni livre ni distraction.

Mon châtiment, ma condamnation.

Alors je me suis rendue dans la chambre de mon époux, ai retiré mes vêtements, et me suis prostrée sur le lit sans un regard vers le ciel. Le chagrin a repris le dessus, après l'euphorie fugace que cette balade dans le dôme m'a inspirée. *Ma famille…*

Je ne cesse de me répéter les mots de Tristan : « *C'est impossible* ». Et en moi, je ressens que ça l'est. Pour une raison inconnue, je sais que je ne reverrai pas les auteurs de mes jours, et cette pensée me brise. Une autre pénitence. Une autre damnation pour ce que j'ai commis. *Le feu…*

Mes yeux se portent sur l'âtre et le brasier sur le point de se tarir. Ma concentration fait refluer les flammes, tandis que la porte s'ouvre sur mon époux.

En me découvrant sur ma couche, il marque un temps

d'arrêt. Puis il contourne le lit et retire pelisse, ceinturon et vêtements, avant de se rendre dans les thermes, habillé d'une robe de chambre en velours vert sombre.

Je n'ai pas observé ses gestes. Je n'ai pas regardé son corps que j'ai aperçu il y a peu. Je suis restée là. Sans espoir de rédemption. Me remémorant Ginny et Rose autour d'un repas, Lucille autour d'un verre, et moi cernée de flammes.

Puis je m'endors… mais étrangement, je ne rêve pas.

Les jours se succèdent sans que je sorte de mon mutisme. J'ignore pourquoi je suis si atone, mais les quelques mots que Tristan m'a adressés et qui m'ont tant inspirée lors de cette escapade dans les bois tournicotent dans mon cerveau embrumé par un désarroi que je ne m'explique pas. *Ma famille…*

Chaque nuit, Tristan se glisse dans les draps, mais je ne le vois pas s'étendre à mes côtés. Je lui tourne le dos. Même si je ne peux faire fi de sa présence orageuse, je me refuse à bouger. Au fil des jours, la crainte de cet homme se mêle à une sorte de fascination. Plus de quatre ans que je l'ai épousé, et aucun souvenir de cette union. Ai-je déjà fait l'amour avec lui ? Au regard de son indifférence et de son amertume à mon encontre, j'en doute. Mais cette pensée m'obsède. En moi s'immiscent des sentiments contradictoires. C'est mon époux. Je dors chaque nuit auprès de lui. Je l'ai vu en tenue d'Adam. J'ai contemplé son corps durant d'infimes secondes que je me suis aussitôt reprochées. Car c'est un étranger. Mais ce lien qui se tisse dans les méandres houleux de notre froide distance se matérialise chaque jour un peu plus, ancré dans la routine de ces derniers jours, renforcé par mes maigres découvertes au sujet de mon mari.

À travers la fenêtre de la chambre, je l'ai vu donner des ordres à des habitants du dôme. Le moulin a été endommagé, puis le silo à grain a nécessité son attention. Il dirige son domaine et s'attache à ce que, chaque jour, du pain soit posé sur la table de chacun de ses sujets. D'après Malvena, l'hiver a été rude et les récoltes maigres. Le dôme de Cairngorm n'est pas grand, aussi peu nombreux sont ceux qui vivent sous sa protection. On les appelle les Calédoniens. Les cousins des Pictes.

— Combien sont-ils ? ai-je demandé un jour.

— Une cinquantaine habitent ici, tout au plus. Avant nous étions plus nombreux, mais beaucoup ont rejoint les Pictes qui règnent sur ces terres depuis si longtemps. Les Calédoniens font partie de leur clan et aujourd'hui, beaucoup préfèrent mener leur existence sous le dôme principal d'Alba, le dôme de Kilda. La mère du seigneur Drustan en est la maîtresse.

— Comment s'appelle-t-elle ?

— Awena la Grande, ma lady.

— Pourquoi un tel surnom ?

— Pour sa grandeur d'âme, voyons.

— Pensez-vous que je la connaîtrai un jour ? ai-je demandé à ma camériste, qui termine de nouer mon corset.

— Sans doute, Madame. Bien que cela fasse bientôt cinq années qu'elle n'a pas mis les pieds ici.

— Bientôt cinq ans, vous dites ?

— Oui, Madame.

Mes réflexions m'ont ramenée à ce jour où j'ai rencontré Ginny et Rose. Ce jour où j'ai échappé à la mort. Quand mes souvenirs ont disparu.

Je me rends au logis pour prendre mon petit déjeuner, l'esprit hanté par ces songes. Tristan enfourne le contenu de son assiette, comme chaque matin où je le rejoins. Dans le silence. *Silence...*

Après m'être installée à ma place, tentant de me faire la plus discrète possible, je ne peux finalement taire ce que j'ai en tête depuis ma discussion avec Malvena.

— Tristan...

Je déglutis, après avoir pour la première fois interpellé mon époux. Son regard surpris se lève sur moi sans qu'un mot s'échappe de sa bouche. J'hésite à me lancer, puis me décide.

— Je... j'aimerais vous aider.

Sa tête se penche. Ses sourcils se froncent, mais je ne cille pas, ce qui est inédit de bien des manières.

— J'ai eu vent des difficultés que vous avez rencontrées avec les récoltes, continué-je, et je... disons que j'ai de l'expérience dans ce domaine.

— Tes pouvoirs, déclare-t-il subitement.

J'opine de la tête, prends une inspiration et poursuis.

— Là où je vivais, chez les Dynols, j'ai eu l'occasion d'utiliser mes capacités et j'ai fait prospérer les affaires du couple qui m'a recueillie, après mon...

Je me tais. Lui aussi.

— Enfin, ce que je veux dire, c'est que je pourrais agir avec mes pouvoirs, afin que les habitants de ce domaine puissent manger à leur faim et n'aient plus à se soucier du lendemain.

Tristan me dévisage. Insondable. Mystérieux. Un frisson parcourt ma peau sous l'intensité de son regard.

— Pourquoi ferais-tu une chose pareille ?

— Vous le refusez donc ?

— Je te demande pourquoi, réponds.

Ma bouche s'entrouvre face à son ton péremptoire, mais je ne me démonte pas.

— Parce que je le peux. Et qu'il serait barbare de laisser mes sujets…

— *Tes* sujets ?

— Euh… je ne sais pas. Ce n'est sans doute pas la bonne formulation.

— En effet. Tu n'as aucun pouvoir sur ces gens.

— Mais j'ai celui de les nourrir à leur faim.

Un nouveau silence oppressant s'abat sur la pièce, tandis que Tristan se lève et s'approche. Certaine du bien-fondé de ma proposition, je ne quitte pas son visage des yeux. Ce visage d'une beauté saisissante, barré d'une cicatrice et respirant la méfiance.

— La nature est ce qu'elle est. C'est notre lot à tous de subir ses errements, assène-t-il avant de passer devant moi.

Par réflexe, ma main vient attraper son bras. Surpris, il stoppe ses pas et baisse ses yeux sur moi. Alors je m'exprime :

— Victor Hugo disait : « *C'est une triste chose de penser que la nature parle et que le genre humain n'écoute pas* ».

Un tic sur ses traits me fait comprendre qu'il ne saisit pas mes paroles.

— Nous sommes des Drewidiens, pas des Dynols, me répond Tristan avant de dégager rudement son bras.

Mais il ne bouge pas et m'observe. Je m'attends à ce qu'il s'en aille, mais il n'en fait rien. Au contraire, il tire une chaise et s'y assoit, sans que ses yeux quittent les miens.

— Qui est-il ? demande-t-il.

— Pardon ?

— Cet homme dont tu as parlé, ce Victor Hugo.

— C'était un auteur.

— L'auteur de quoi ?

— De nombreux romans.

— Les livres… murmure Tristan, avec un regard soudain fasciné.

— Oui, confirmé-je en opinant de la tête.

— Qu'a-t-il écrit ?

Sa question me surprend, mais je me plais à lui répondre. L'intérêt de Tristan est si inédit que je ne peux m'empêcher de refouler le sourire qui atteint mes lèvres.

— Il a écrit des monuments de la littérature française.

Tristan cligne des yeux, marquant sa curiosité en m'invitant à continuer. Cela m'encourage à poursuivre.

— Mes préférés sont *1893* et *Les Misérables*, avec un penchant pour *1893*, malgré tout.

— Parle-m'en.

Un sursaut agite ma poitrine. Son intérêt fait naître en moi une émotion agréable, qui m'enveloppe et me pousse à développer.

— Euh… ça parle de l'histoire de la Révolution française et des massacres qui ont eu lieu durant la période qu'on appelle « la Terreur ». Un marquis, qui incarne à lui seul les vieilles coutumes et la monarchie, et un ancien prêtre, qui représente la face noire et inflexible de l'esprit révolutionnaire, sont…

Tristan lève la main et me coupe dans mon élan.

— Tu sais lire, dit-il.

Cette remarque m'étonne. Mes yeux s'écarquillent un peu, avant d'acquiescer d'un signe de tête.

— Que sais-tu d'autre ?

— Les sciences, l'histoire, la géographie… mais vous le savez sans doute, puisque Kendall, votre frère, m'a surveillée

durant mes quelques mois à l'université. L'école d'étudiants… dynole, précisé-je, voyant à son expression qu'il ne
comprend pas mes derniers mots.

Tristan baisse les yeux un instant et me répond :

— Non, je ne le savais pas. Du moins, je n'avais pas les
détails.

Son regard se pose alors sur mon bracelet, où mon
prénom est cerné par deux symboles bretons. Des triskels.

— Il est écrit « Nova », lui révélé-je.

Son visage se redresse et ce que j'y lis me submerge. Son
expression est comme… envoûtée. Jamais je n'ai vu une telle
agitation sur ses traits, si tant est que j'en aie déjà perçu une
seule, si ce n'est la froideur. Puis ce que je crois deviner dans
cette lueur disparaît, pour ne laisser place qu'à un masque
glacial.

Tristan se lève et me quitte. Et il faudra encore plusieurs
jours avant qu'il ne m'adresse de nouveau la parole.

CHAPITRE 21
TRISTAN

Ce soir, je me refuse à me coucher auprès d'elle, alors je m'allonge sur le canapé du salon. Duncan prend soin de m'apporter une couverture épaisse tandis que mes songes me ramènent à Nova.

J'ai beau me rappeler que je la hais, elle et sa famille, qui a à jamais ruiné mes chances d'être heureux, j'ai de plus en plus de difficulté à rester placide en sa présence. Si je n'avais rien vu ce jour-là, quand j'étais enfant, si j'étais demeuré dans mes convictions innocentes, alors peut-être que j'aurais pu lui trouver du charme. Peut-être même que je me serais laissé aller à poser une main sur sa peau à la douceur de miel, et que je l'aurais butiné de mes lèvres. Peut-être que j'aurais laissé le désir qui couve en moi m'emporter, après des semaines d'abstinence, et me serais glissé en elle, comme je l'ai fait une fois. Une seule fois... Car je ne pouvais faire plus. Je m'y refusais, malgré la trahison de mon corps, qui lui a montré un intérêt que ma raison ignorait.

Suis-je encore capable de l'ignorer ? Je ne l'aime pas. Elle ne m'inspire que du dégoût. Mais durant quelques minutes, alors que nous déjeunions ce jour-là, une émotion d'une intensité inconnue et soudaine a éclos dans ma poitrine. J'ai bu ses mots, réprimant l'envie de toucher le bracelet qui orne son poignet et où est gravé son nom. *Nova.*

Me répéter ce nom, me remémorer ce qu'elle est, me pousse à expirer un soupir. Non. Non. *Non.* J'hésite à demander à Duncan d'appeler Brianna. J'ai besoin de me lover dans ses bras. J'ai besoin de me ruer en elle, et d'oublier... *d'oublier.* Alors, je me décide et mon régisseur s'exécute.

Brianna entre dans le salon à pas feutrés, s'interrogeant sans doute sur ce que j'attends d'elle. N'est-ce pas clair, pourtant ? Pourquoi aurais-je besoin de cette cámeriste si ce n'est pour la trousser ?

Je repousse la couverture et m'assois, lui faisant signe d'approcher.

— Déshabille-toi.

Son sourire manifeste toute sa fierté d'avoir été rappelée par son seigneur, mais je ne ressens rien face à son expression exaltée. Je veux juste me soulager. Me soulager de cette oppression dans ma poitrine, de ce douloureux sentiment que j'éprouve dans ma chair et qui réclame les bras d'une femme. *Une femme ?* Non. N'importe quelle femme. Et Brianna fera l'affaire. Pas Nova.

Elle défait son corset, se rapproche et libère ses seins généreux. J'enlace sa silhouette gracile, ma bouche fond sur un mamelon. Ma langue le lèche, le mord, et je me repais des gémissements de la servante qui m'attrape la nuque pour que mon visage se colle à son corps frémissant. Ma main remonte ses jupes, se glisse jusqu'à son entrejambe et sa chaleur humide que mes doigts se plaisent à explorer.

— Oh, Monseigneur...

— Chut.

Qu'elle se taise. Je ne suis là que pour entendre ses complaintes de plaisir, pas sa voix haut perchée que j'ai toujours eu du mal à supporter.

Mes doigts s'agitent. Elle feule en enfouissant ses mains dans mes cheveux. Ma bouche embrasse son corps qui se réchauffe sous mes caresses quand un bruit sur ma gauche attise ma curiosité. Mes lèvres quittent un téton dressé, mes phalanges se figent dans la moiteur du sexe de Brianna. Je me tourne pour découvrir à qui je dois cette interruption, prêt à renvoyer l'importun qui me dérange. *Nova...*

Son regard n'exprime rien. Elle demeure immobile. Sa bouche s'entrouvre. Il se passe quelques secondes interminables tandis que nous nous dévisageons.

— Va-t'en, ordonné-je.

Je la vois déglutir et reculer précipitamment. Mes yeux se reportent sur la servante, un sourire joue sur ses lèvres charnues. Que croit-elle ? pensé-je. Qu'elle a une quelconque valeur à côté de la lady de Cairngorm ? Mon inconséquence me submerge. J'extirpe ma main de sous sa jupe et la repousse de l'autre.

— Va-t'en, toi aussi, lui intimé-je sèchement.

Son regard interloqué ne me fait ni chaud ni froid. Je veux qu'elle parte, et mes yeux glacials finissent par la convaincre de rebrousser chemin.

Une fois le calme revenu, je m'allonge et repense au visage de Nova, me demandant ce qu'il s'est passé dans sa tête quand elle m'a découvert en si délicate posture.

Qu'a-t-elle cru ? Que parce que je l'ai laissée parcourir le domaine, j'éprouve un quelconque intérêt pour elle ? Non. Elle ne comprend pas. Si j'ai décidé qu'elle pouvait assumer sa position de lady de Cairngorm, ce n'est que pour faire taire les rumeurs à son sujet. Des rumeurs qui peuvent s'étendre au-delà du dôme. Le feu dans le pigeonnier a attiré la crainte de mes serviteurs. Il devenait urgent de la faire sortir, puisque manifestement, la séquestrer était dangereux.

Je me tourne et me tourne encore, mes côtes douloureuses à cause du manque de confort. Mon esprit hanté par deux prunelles à la couleur de l'ambre qui m'observent, sans expression.

Sachant que je n'arriverai pas à dormir de la nuit et songeant aux dangers que représente le fait de laisser Nova seule, bien qu'aucun incident ne se soit produit depuis ce fameux soir dans le pigeonnier, je me décide à rejoindre ma chambre.

Et quand j'y parviens, c'est une Nova assise dans mon lit que je découvre. Lorsqu'elle lève ses yeux sur moi, ils sont baignés de larmes. Se pourrait-il que ce soit ma faute ?

Bien sûr que non. Pas après tout ça. Pas après cet accueil que je lui ai réservé et cette froideur constante que je me plais à entretenir.

Alors je contourne notre couche nuptiale et me glisse dans les draps.

Et je ne dors pas…

CHAPITRE 22
TRISTAN

J'ai pensé que lui faire visiter le domaine l'inciterait à rencontrer ses habitants. Mais elle n'en a rien fait. Quotidiennement, elle se rend à la Roche des dieux et contemple le ciel. Je l'ai vue, un jour que je chassais avec Duncan et mes pages Briac et Elouan. Elle était entourée d'animaux de toute sorte, chacun paisiblement installé près d'elle, comme s'ils étaient là pour la soutenir dans le chagrin qui la consume.

Je dois reconnaître que j'ai été ému par cette vision. Au début, j'ai cru que sa tristesse était liée à moi. Je pense toujours que c'est le cas, d'une certaine façon. Mais après quelques bribes de conversation, j'ai deviné que son accablement a pour origine le massacre dont elle est responsable. En mon for intérieur, j'ai été soulagé de constater son remords. Que son apathie a été engendrée par ses actes, et non par son inintelligence. Elle n'est pas creuse, et loin d'être sotte. Quand un soir, elle a laissé entendre à Malwena qu'elle méritait son châtiment, je l'ai enfin compris.

Je l'ai si bien compris que j'en ai même éprouvé du respect. J'ai l'étrange sentiment que la couche de glace qui nous sépare s'est passablement fissurée à cette révélation. Puis je me suis souvenu. C'est une Drewidienne de Brocéliande. C'est la fille du roi Alistair. À cette pensée, toute compassion m'a déserté. Et les jours se sont succédé, jusqu'à maintenant, où je la trouve encore près du grand Rocher.

Il fait froid. Une légère bruine humidifie ses joues rougies par l'air glacial. Son regard est porté vers le ciel. Dès que je m'approche, une biche se carapate, rapidement imitée par les autres animaux qui l'entourent. Personne, en dehors des descendants des seigneurs namnettes, n'a cette capacité que Nova possède, si j'en crois l'attachement manifeste de la faune locale.

Un craquement sous mes pas attire son attention. Son visage se fige à ma vue, ses yeux d'ambre coulent en moi. Je respire un peu plus vite quand je prends place à ses côtés, sentant rapidement l'humidité poindre sous mon séant.

Sa tête se pose contre la Roche des dieux, mon regard suit le sien. Un silence s'étire sous le ciel nuageux. Malgré moi, j'apprécie ce moment. Ce qui m'a poussé à la rejoindre, je l'ignore. Cela fait bientôt une lune qu'elle a bousculé mon quotidien et j'ai depuis peu réalisé que je ne lui en veux plus de me tourmenter. Plus de quatre ans sans espoir de revoir les autres dômes, et une vie de châtelain, ont installé une routine qui m'a pesé, au fil du temps. Même si je nourris un profond ressentiment pour Nova, ces quelques semaines ont altéré cette aversion des premiers jours et ont rompu mon ennui. C'est déjà ça. Elle est une prisonnière du destin. *Comme moi…*

— Vous et moi avons…

Ces mots n'ont été qu'un murmure. Son visage n'a pas

bougé, mais quand le mien se tourne vers elle, je remarque que ses joues sont encore plus écarlates qu'à mon arrivée.

— Avons quoi, Nova ? l'encouragé-je à poursuivre par curiosité, même si ma voix ne trahit guère le moindre intérêt.

Cette fois, elle baisse les yeux sur ses genoux qu'elle serre contre elle. Ses bras s'enroulent autour, son menton se pose sur l'un d'eux.

— Je peine à le dire.

J'ai envie de lâcher « *Alors, tais-toi !* », mais quelque chose m'en empêche, et je n'aime pas ça.

— Est-ce que lors de nos noces, nous avons... Je veux dire... un époux et sa femme font...

Je penche la tête, me demandant ce qu'elle essaie d'exprimer avec tant de mal. Puis je comprends. *Un époux et sa femme.* Si elle savait seulement à quel point notre mariage a été une mascarade...

— Je n'ai pas envie d'en parler.

Mon ton ne prête pas à discussion, mais il n'est pas aussi dur que je l'aurais souhaité. J'aurais aimé qu'il soit tranchant. Mais, captivé par le profil de Nova dont j'imagine les pensées, je ne peux résister à la regarder. Et ça me tord les entrailles. Mes yeux retournent vers le ciel, mon visage accueille la petite pluie fine qui se déverse sur lui.

— Parle-moi encore de ce que tu as appris chez les Dynols, demandé-je.

Cette fois, c'est à elle de m'observer.

— Ils sont... différents, déclare-t-elle, tandis que je sens son attention rivée sur moi. J'ai rapidement su que je n'étais pas comme eux. Dès le premier jour où je me suis trouvée sur cette route, au milieu de nulle part, sans aucun souvenir de ce qui m'était arrivé.

Un silence que je ne veux pas rompre. Un soupir de son

côté. Mes pensées qui s'entrechoquent en se remémorant ce funeste jour, le lendemain de nos noces.

— Un couple de femmes m'a recueillie, continue-t-elle. J'irais même jusqu'à dire qu'elles m'ont sauvée. L'une d'elles est la douceur incarnée, l'autre est plus bourrue de caractère, mais son cœur s'est ouvert à moi. Je lui dois toutes mes connaissances. Je leur dois tout…

Quand je me tourne vers elle, Nova sourit en triturant son bracelet. Je n'ai jamais vu cette expression sur son visage, et ce qu'il signifie provoque une émotion puissante dans ma poitrine.

— Elles te manquent ?

Ses yeux si singuliers se relèvent sur moi.

— Chaque seconde. Mais…

Et subitement, elle se tait.

— Mais quoi ? insisté-je, ma curiosité à son comble.

— Mais je ne les reverrai jamais. Pas après ce que j'ai fait.

Cinquante-trois personnes…

Son sourire s'est effacé. Son expression s'est muée dans cette intolérable lassitude que je lui connais depuis son arrivée.

— Tu n'as pas contrôlé tes pouvoirs, je pensais que…

— Que quoi ?

— Que tu n'en avais plus.

— Alors, vous saviez ? demande-t-elle, ahurie par cette révélation.

— Oui, je le savais, réponds-je en me levant. Et pas un jour je n'ai regretté mes actes.

— Vos actes ?

Mes yeux se soudent aux siens. Mon visage se durcit. Je

ne veux pas qu'on en parle. Je veux juste… Je ne sais pas ce que je veux…

CHAPITRE 23
TRISTAN

— Monseigneur, un cavalier est ici pour vous délivrer un message, m'annonce Duncan, posté sur le seuil de mon office.

J'ordonne à mon régisseur de le laisser entrer. Le messager pénètre fièrement dans la pièce, puis se tient droit devant mon bureau.

— J'ai pour vous un message de votre frère Lennon.

Je congédie Duncan d'un geste et invite le nouveau venu à parler. Ce dernier ferme les yeux et débite ce qu'il est venu me révéler :

« Mon très cher Tristan,

J'ai eu vent d'une nouvelle qui m'a empli le cœur d'un sentiment violent. J'ai appris pour ton épouse.

Es-tu heureux, mon frère ? As-tu trouvé le chemin de son lit ?

Je m'égare dans ma curiosité. Mais je t'avoue que je ne cesse de m'interroger sur celle que l'on dit si belle. »

Le cavalier se racle la gorge avant de se lancer :

« L'as-tu baisé ?

Mais comment le pourrais-tu ? Vas-tu vraiment la garder auprès de toi ? Trahiras-tu ton clan ?

Rassure-toi, Mère ne sait rien de tout cela, mais je me demande... Oncle Cameron a l'air de penser que tu t'es adouci avec le temps. Ces quatre longues années t'auront rendu mou, il faut croire. Je viens donc m'assurer que mon frère a encore toute sa tête en t'annonçant mon arrivée prochaine. À l'occasion de la fête de Litha, je me ferai un déplaisir de rencontrer ma chère belle-sœur. Il est grand temps, je crois.

À bientôt, mon frère,

Prince héritier, Lennon »

L'émissaire reprend son souffle, je me pince l'arête du nez. Il ne manquait plus que Lennon se mêle de cette affaire. Un long soupir précède le moment où je m'adresse au cavalier, le sommant de transmettre un message en retour.

« Mon très cher Lennon,

Je n'ai pas les moyens d'accueillir ta "cour" à Cairngorm, alors sois mesuré, cette fois. Quant à mon caractère, rien n'est venu l'adoucir. Aurais-tu perdu l'esprit ?

Sache néanmoins que sa réputation de beauté est surfaite. C'est une fille d'Alistair. Une Namnette. Cela te rassure-t-il à propos de mes intentions envers celle que l'on m'a forcé à épouser ? Ou te délectes-tu de mon infortune, comme tu t'en es délecté à l'annonce de mon mariage ? Je devine déjà ton sourire en lisant ces lignes...

On se voit à Litha, mon frère.
    Tristan »

Le cavalier enregistre chaque mot dans sa tête. Comme tous les autres émissaires, il a été choisi pour sa mémoire infaillible. Puis je me rends aux thermes, me souvenant des mensonges que j'ai adressés à Lennon. Car je ne considère pas que la beauté de Nova est surfaite. Je ne pense pas non plus être le même qu'il y a peu, alors que l'on m'a imposé sa présence. Depuis, je la vois tous les jours, et ce n'est plus pareil... sans que je m'en explique le motif. Et pourtant, mes entrailles se tordent, je ne veux pas m'adoucir à son sujet. Non, il ne le faut pas. Lennon a peut-être raison, je suis devenu fou.

Il est plus tôt que d'habitude quand je me rends aux bains, mais je ressens le besoin de me détendre. Je ne me doutais pas qu'en ouvrant la porte qui mène aux bassins, Nova serait là. J'aurais dû m'assurer de son absence, mais je suis moins vigilant, ces derniers temps. Mon regard, lorsque je la découvre se rincer sans qu'elle m'aperçoive, ne peut se détacher de sa silhouette. Les mots transmis par mon frère résonnent en moi. Lennon, mon frère... que j'ai toujours apprécié contrarier.

Ne voulant laisser la jouissance des bains à Nova ni jouer une scène similaire à celle que nous avons vécue lors de son arrivée, je me déshabille sans être vu et plonge dans les eaux. Au moment où ses yeux percutent les miens, des rougeurs atteignent ses joues humides. Même la vapeur qui se dégage de l'étuve ne peut masquer son embarras. Une gêne qui me fait sourire. Je m'approche d'elle, arborant cette expression sur mon visage. Sa timidité a quelque chose de rafraîchissant. Ou alors, serait-ce ces longues semaines d'abstinence qui me tenaillent et me rendent plus prompt à trouver cette émotion délectable ?

Alors que je ne suis qu'à un mètre d'elle, Nova s'apprête à quitter les lieux en se dirigeant vers les escaliers qui la mèneront à la surface. Je la coupe dans son élan et agrippe son poignet. Son regard pivote lentement vers moi.

Elle ne semble pas apeurée, juste étonnée.

— Reste, dis-je, la voix plus rauque qu'à l'accoutumée.

Ses yeux observent vers la sortie, puis reviennent à moi. Je déclare :

— Lave-moi.

À ces mots, elle marque un pas de recul. Ses bras sont croisés sur sa poitrine, comme pour éviter que je la contemple. *Contempler ? Maudite abstinence !*

Mon regard s'oriente vers le seau sur la margelle, et dans lequel se trouvent l'éponge et le savon. Le sien aussi. Elle s'empare de son contenu et tente de se cacher avec. Je me tourne, puis murmure :

— S'il te plaît.

Je ne peux voir ce que mes mots provoquent en elle, alors je réprime la curiosité qui m'étreint. D'abord, elle commence par mon dos. Ses mouvements sont délicats quand elle sinue sur mes épaules. L'eau retenue dans l'éponge se déverse sur la peau de mon torse et de mes bras. L'odeur du savon s'invite dans mes narines, la vapeur m'enivre et me détend. Puis Nova s'attelle à ma nuque, passe sur mes clavicules, puis de nouveau sur mon dos, avant d'arriver lentement sur mes côtes. L'éponge glisse jusqu'à mes reins, s'arrêtant juste avant mon fessier, d'une manière hésitante. Je ne dis rien et me retourne. La respiration de Nova marque un sursaut quand mes yeux rencontrent les siens. Elle les baisse aussitôt. Mon souffle est plus soutenu tandis que je contemple sa poitrine nue. Ses tétons sont joliment dressés. J'admire malgré moi le volume de ses seins, ni trop imposants ni trop petits. Ils m'avaient déjà captivé lors de notre nuit de noces. Même si les toucher me révulsait, mon corps m'avait trahi. Sans qu'elle émette un mot, l'éponge parcourt mes bras, mon cou, puis mon torse et descend, descend encore… avant de s'arrêter subitement. Son regard se relève sur moi. Il se passe du temps. Un temps qui me paraît infini, tandis que je me plonge dans ses pupilles d'or et son expression digne. *Princesse des Ifs…*

— Va te coucher, dis-je sans que ma voix trahisse mes pensées.

Elle s'exécute sans demander son reste. Je refoule l'envie de la suivre des yeux, mais je m'en empêche. Puis ma mémoire me revient, et je me déteste.

Que fais-je ? À quoi rime ce manège ?

C'est une Namnette, et je la hais.

CHAPITRE 24
NOVA

Je n'ai pas tremblé. Je l'ai fait. Ai-je d'autres choix que de lui obéir ? Malwena m'a expliqué les coutumes des Drewidiens, si différentes et si archaïques en comparaison de celles des Dynols.

Sauf que cette fois, il a dit « *S'il te plaît* ». Et ça change tout. Mon cœur bat à tout rompre. Même si je ressens l'envie profonde de me rebeller, je n'en ai pas la force. Je suis si lasse… *Lasse… J'ai tué.*

Mais… ce « *S'il te plaît* » a provoqué en moi une émotion étrange. Je ne la comprends pas. Je crois que la surprise de l'avoir observé sans qu'il y ait cette constante aversion dans son regard, sans cette amertume à mon encontre, que je ne m'explique toujours pas, m'a empêchée de protester. Ou alors est-ce mon abattement. *Peut-être...*

Plusieurs fois déjà, j'ai remarqué ce changement chez lui. Depuis que nous avons parlé de Victor Hugo. Depuis qu'il a posé des questions sur ma vie parmi les Dynols. Depuis ce fameux jour où il s'est assis à côté de moi, près de la Roche des dieux. Malgré moi, j'éprouve un sentiment de soulagement.

Mais j'ai vu... je *l'ai* vu. Je me souviens de ce soir-là, quand je suis entrée dans le salon, alors que je souhaitais me rendre aux cuisines et qu'il était avec Brianna. Je me rappelle encore son visage enfoui dans sa poitrine, sa bouche embrassant son mamelon et sa main sous sa jupe. En moi se sont mêlés choc et curiosité. Et quelque chose s'est brisé...

Il ne m'aime pas. Il me donne des ordres que je ne peux refuser. Puis des « *S'il te plaît* » qui n'ont pas de sens. *Je ne comprends pas.*

Ma réflexion tourne court quand je l'entends arriver derrière la porte qui mène à notre chambre. Je reconnais son pas lourd, désormais. Il entre dans un profond silence. L'atmosphère change dans la pièce, après ce moment surréaliste enveloppé dans la chaleur des bains. Où j'étais nue... Je n'ai pas aimé qu'il fixe mes seins. Même si une voix en moi se ravissait qu'il éprouve ne serait-ce qu'une once d'intérêt pour ma personne, je me souviens de lui se délectant de ceux de ma camériste. Mais ce soir, je l'ai vu me regarder. Vraiment me regarder. *Qu'est-ce qui a changé ?*

Mes réflexions s'entrechoquent. Je tremble un peu dans le lit. Quand je l'entends s'y glisser, je réprime un instant l'envie de me retourner et d'admirer le ciel. Cette nuit, il est dégagé, mais je ne le vois pas. Mes pensées sont comme des remparts à mon regard.

Pas un mot n'est échangé, même une heure plus tard, tandis que nous sommes enfouis sous les fourrures de notre couche. Je sais à sa respiration qu'il ne dort pas. Une pulsion m'incite à ne plus résister. Alors je m'allonge sur le dos et quand je m'incline un peu sur ma gauche, je vois du coin de l'œil que le corps de Tristan est tourné vers moi. Je pivote encore et lui fais face. L'étonnement sur ses traits est visible, mais il ne bouge pas. Moi non plus. Je suis couchée sur le flanc, et mes iris se perdent dans le cobalt des siens.

On n'échange pas un mot.

Nos regards ne se quittent pas.

Nos respirations s'apaisent.

Nos yeux se ferment.

Quand le lendemain je les ouvre au petit jour, Tristan n'est plus là. Son absence m'enserre la gorge d'un trouble accablant, mais je n'ai pas le temps de m'y attarder, car mes caméristes font irruption dans la pièce. Je me retourne et repère Brianna parmi elles. Comme chaque matin, depuis ce fameux soir où je l'ai découverte dans les bras de Tristan, je lui accorde à peine un regard. Un jour, j'ai cru discerner un sourire sur son visage, et c'est le même que j'aperçois aujourd'hui. Mais il a dit « *S'il te plaît* », et ça change tout.

— Y a-t-il quelque chose qui vous amuse, Brianna ?

Le choc sur ses traits qui se figent m'arrache une bouffée de satisfaction. Je la réprime en affichant une expression placide.

— Euh… non, Madame, répond-elle, balbutiante.

— Bien.

Et j'en reste là. Malwena me décoche un regard dans lequel je devine une lueur de fierté. Je me pince les lèvres pour ne pas sourire, tandis que mes joues se colorent.

Vêtue d'une longue robe en lin, je me rends au logis. Tristan y déjeune. Ses yeux se lèvent sur moi dès mon arrivée. Je lui adresse un salut de la tête et m'installe. Après l'étrange nuit que nous venons de vivre, je ne sais comment interpréter son humeur matinale. Son expression est toujours si dure…

— J'aimerais passer la journée avec toi, Nova.

Je ne peux masquer la surprise que cette phrase m'inspire, et qui s'amplifie quand je découvre le sourire furtif qui traverse son visage.

— Oui… volontiers, déclaré-je, m'efforçant de cacher mon émoi.

— Ne crois pas que nous nous baladerons main dans la main, je veux simplement te présenter quelques habitants du dôme.

— Oh.

La déception est dure à camoufler. Mais après tout, n'est-ce pas mon imagination ou le désir de le voir s'adoucir qui m'invite à penser que son comportement change au fil des jours ? Sa dernière réplique douche cet espoir.

Espoir ? Vraiment ? Est-ce que je mérite d'espérer ? Assurément, non.

Je hoche la tête et fixe mes yeux sur mon assiette. Le reste du repas se déroule en silence.

Plus tard, mes servantes m'habillent d'une tenue plus adaptée. J'enfile des chaussettes m'arrivant à mi-cuisse et une longue tunique en laine, dont les manches forment une coupe verticale. Les broderies aux ourlets de la robe sont finement travaillées. Cousues de fils d'or, elles subliment le vêtement et affirment mon rang, d'après ce que m'a expliqué Malwena. Brianna me passe la pelisse sur les épaules. Je refoule l'envie de lui dire de sortir de cette pièce, de lui hurler dessus pour ne plus avoir à regarder son visage d'une beauté époustouflante.

Serait-ce digne de moi de me comporter ainsi ? J'en doute, mais il m'est difficile de ne pas penser aux lèvres de Tristan sur sa poitrine et au plaisir qu'elle prenait sous le feu de sa langue. Ce qui m'irrite, c'est que je ne comprends pas pourquoi cela me rend aussi nerveuse. Il ne m'aime pas, et je ne l'aime pas. Tristan et moi sommes prisonniers d'un mariage sans amour. Ça, je l'ai saisi dès mon arrivée. Alors pourquoi ressens-je cette émotion déplaisante serpenter dans ma poitrine quand mes yeux se posent sur elle ? Et, plus important encore, pourquoi éprouvé-je de la joie à l'idée de sortir en compagnie de mon mari ? L'isolement me rendrait-il folle ?

On me guide près de la grange. Comme la bâtisse de Cairngorm, cette dernière est dissimulée sous les feuillages. Des dizaines de chevaux sont enfermés dans des enclos. Je ressens leur présence avant même d'entrer dans leur abri. Dès que j'apparais, les montures tournent leur tête vers moi et s'ébrouent. Je souris à cet accueil et vais caresser chanfreins et encolures en plongeant mes yeux dans les leurs. L'apaisement que j'éprouve à leur contact me fait soupirer de contentement. Je pense à Prechaun, que j'ai laissé en Bretagne. Mon compagnon me manque. Une jument à la robe noire semble lire dans mon esprit et vient poser ses naseaux contre ma joue. Son geste est délicat et je l'accueille avec bonheur en plaçant ma main derrière son oreille dressée.

— Châtaigne t'a choisie, me lance une voix grave près de l'entrée.

Je me tourne et fais face à Tristan qui se tient droit, son regard me pénétrant comme de la glace. Mes yeux reviennent à la jument et je murmure :

— Veux-tu bien de moi, Châtaigne ?

Un coup de tête répond à ma question. Je ne peux

réprimer l'éclat de rire qui me vient et caresse son encolure, tandis qu'un domestique la scelle à la demande de Tristan.

C'est sans difficulté que je la monte et me rends auprès de mon époux qui, lui, chevauche un étalon blanc. Je l'ai entendu l'appeler *Tonnerre*. Tel son pouvoir… Ce pouvoir qui a éteint les flammes de mes cauchemars. Des cauchemars qui ne viennent plus me hanter depuis que je dors aux côtés de Tristan. Le réaliser m'inspire une sensation fugace, mais je n'ai pas le temps de m'y attarder que mon mari talonne déjà son cheval. Je l'imite et me lance derrière lui, les muscles de Châtaigne roulant sous mes cuisses.

Après un ou deux kilomètres, nous atteignons une petite maison en pierre. Des chiens aboient dès notre arrivée, des poules caquettent et détalent au bruit des lourds sabots de nos montures qui frappent sur la terre. Un homme d'une bonne quarantaine d'années, et dont les cheveux longs et noués sur la nuque sont plus gris que bruns, se présente avec sa femme dont le ventre est joliment arrondi. Trois enfants en bas âge s'accrochent à sa robe tandis qu'un adolescent sort à son tour. Il se tient, fier et captivé, devant le chef de sa tribu.

— Bonjour, Craig, lance Tristan en sautant de son cheval.

— Monseigneur, lui répond l'homme aux cheveux gris.

— Comment vas-tu, Roy ? demande Tristan au jeune garçon qui gonfle sa poitrine.

— Je vais bien, Monsieur.

— C'est votre lady ? s'enquiert soudain la petite fille d'à peine cinq ans qui quitte les jupons de sa mère pour s'approcher de moi.

Mes yeux se portent sur mon époux que je vois déglutir, avant de répondre par l'affirmative. Je m'empresse d'aller saluer cette famille et accepte volontiers le thé qu'on me propose.

Dans la pièce principale, il y a peu de lumière. Une seule fenêtre vient éclairer le logis. Le feu crépitant dans l'âtre apporte une seconde touche de clarté. Trois lits sommaires se superposent dans un coin, un autre est niché dans une alcôve, une porte doit mener à la chambre des propriétaires. La table du petit déjeuner n'a pas été débarrassée et des miettes de pain y traînent encore. La femme de maison s'empresse de nettoyer jusqu'à ce que je m'approche et l'aide dans sa tâche.

— Ce n'est pas un travail pour vous, Lady, me dit-elle.

— Aucun labeur n'est épargné aux âmes vaillantes, réponds-je avec un sourire.

Le sien vient se dessiner sur son visage. Sa bonhomie attise aussitôt ma sympathie.

— Je suis Amy MacKlow.

— Nova… euh…

Je ne sais pas si j'ai un nom de famille sous le dôme de Cairngorm. Dans le monde des Dynols, je portais celui de Ginny. J'ai failli le mentionner.

Amy me tend une tasse de thé, tandis que Tristan s'entretient des futures récoltes avec son mari.

— Vous êtes une Namnette, n'est-ce pas ? s'enquiert le garçon adolescent.

À ces mots, ses parents se figent.

— Pardon ? soufflé-je, incrédule, ne sachant ce que ce nom signifie.

Tristan s'interpose subitement et me demande de finir mon thé, prétextant que nous avons d'autres visites à assurer.

Je quitte Amy et sa famille en promettant à la première de revenir sous peu. Cela m'a fait tant de bien de la rencontrer que je nourris l'espoir de m'en faire une amie. Jusqu'à présent, je n'ai pas osé aller à la rencontre des habitants du dôme. Je ressens encore la crainte de leur faire du mal, me rappelant tristement

Lucille et les étudiants du campus, dont certains sont morts par ma faute. De plus, me présenter seule aurait été malvenu. Sans doute suis-je trop timide pour cela. Je crois n'avoir jamais eu pour habitude de me mettre en avant, même avant que mes souvenirs ne s'estompent. Cela fait partie de mes quelques certitudes quant à mon caractère. L'oubli n'efface pas tout. La nature est ce qu'elle est, et la mienne s'avère plutôt réservée.

La journée s'étire sans que Tristan m'adresse un mot. Il est d'humeur taciturne, mais il n'hésite plus à me présenter comme son épouse à la dizaine d'autochtones que nous visitons en cette journée. L'une des familles nous a invités à déjeuner, une autre m'a offert des mouchoirs brodés de runes, s'empressant de me dire qu'elle avait confectionné ce cadeau dès qu'elle avait appris mon arrivée.

À quelques regards et murmures, je comprends que tous ces gens sont au courant de faits que j'ignore. Comme tant d'autres… Je ne me formalise pas, goûtant déjà cette amélioration de ma situation. Tristan me présente à ses sujets, et je ne peux en espérer plus pour l'instant. *Pour l'instant...* Car une foule de questions m'assaillent à mesure que les heures s'égrènent.

Dans le milieu de l'après-midi, nous sortons d'une maison à l'orée du bois. Tout près, le voile scintillant me fait comprendre que nous sommes aux limites du dôme. Je tire sur mes rênes et invite Châtaigne à s'y rendre. Le sublime paysage des Terres Vierges d'Alba plonge mon regard dans la contemplation. Au loin, j'aperçois un petit village. Les fumées s'extirpant des conduits de cheminée s'échappent sous un ciel grisâtre. Mes pensées retournent à Ploërmel où je vivais sous le toit de Rose et Ginny. La nostalgie me gagne, mais je dissimule ce sentiment derrière mon visage fasciné par l'horizon.

— C'est le village d'Avon, annonce Tristan, bien connu pour sa distillerie et le loch qui le borde.

— Vous vous y êtes déjà rendu ? m'enquiers-je, sans quitter des yeux le bourg niché dans les montagnes des Highlands.

Un silence répond à ma question. Ma tête se tourne vers mon mari.

— Pourquoi ? demandé-je encore.

Tristan soupire, puis dit :

— Car cela est interdit aux Drewidiens.

— J'ai vécu parmi les Dynols pendant plus de quatre ans, et même Kendall et votre oncle…

— Ce n'est pas pareil, me coupe Tristan. Ils sont les rares à y être autorisés. Ils ont été formés aux us et coutumes des Dynols. Pas moi.

— Vous ne les avez donc jamais rencontrés ?

— Une seule fois, réplique-t-il d'une voix rauque, le regard perdu sur les collines.

Est-ce du regret que je discerne dans ses propos ?

— Tous les Drewidiens doivent effectuer le rite de passage à dix ans, explique-t-il. Il inclut un séjour parmi les Dynols, le temps d'une rotation du soleil. C'est court.

Quelques secondes s'étirent avant que Tristan ne reprenne.

— Je me souviens de ma fascination quand j'ai découvert les machines roulantes, les lumières des enseignes et l'accoutrement des habitants. Moi-même j'étais déguisé en Dynol et j'ai tant ri avec mon ami Aedan Campbell…

Le sourire qui s'imprime sur son visage est inédit. Je ne l'ai jamais vu et l'émotion qu'il m'inspire m'enveloppe aussitôt d'un sentiment nouveau. Il ne s'est jamais montré si disert. Je refoule un éclat de rire tant mon cœur bat de l'entendre ainsi. Alors je déclare :

— Pourquoi ne pas s'y rendre tous les deux ?

Le visage de Tristan pivote soudainement vers moi. La lueur d'intérêt que je lis dans son regard me provoque un léger sursaut.

— Puisque je te dis que c'est interdit, tonne-t-il, tout sourire effacé.

Déçue, j'opine de la tête et la tourne à regret vers le paysage. Je m'attends à ce qu'il tire sur ses rênes et opère un demi-tour, mais il n'en fait rien. Alors j'ose encore un regard et vois le sien fixé en direction du village. Quelque chose dans son attitude me laisse entrevoir qu'il hésite à se lancer, et malgré moi, je me réjouis qu'il y songe.

— Nous ne pouvons décemment pas y aller dans nos habits, affirme-t-il, comme s'il se parlait à lui-même.

Il a raison.

— On pourrait en emprunter, fais-je remarquer, contenant ma surprise.

— En voler, tu veux dire ?

— Ce ne sera pas du vol, si nous les rendons.

Ses yeux bleu glacier se tournent vers moi.

— Mais, mon allure… mes tatouages… je serai… démasqué.

Je ne peux empêcher mes lèvres de se courber.

— Croyez-moi, nombre de Dynols arborent bien plus de marques sur la peau que vous, expliqué-je, avant d'observer sa longue tresse rabattue sur son épaule. Quant à votre allure, elle pourrait surprendre, mais vêtu à leur mode, elle passera presque inaperçue.

Je sens le dilemme en lui et la curiosité irrépressible qui le tenaille. C'est celle dont il a fait montre quand il m'a posé des questions sur ce que j'ai appris dans ce monde qu'il ignore.

Le silence qui suit fait palpiter mon cœur. Je ressens l'envie de revoir le seul monde dont je maîtrise les codes. Et quand Tristan accepte, un frisson parcourt ma peau, un sourire ourle mes lèvres. Mon cœur s'affole.

— D'accord, mais soyons brefs.

J'opine de la tête en contenant ma joie. Je claque des talons sur ma jument et, cette fois, c'est à Tristan de me suivre.

CHAPITRE 25
NOVA

Nous longeons le dôme de Cairngorm au pas, suivant un loch, passant devant des chutes d'eau qu'il m'aurait plu d'apprécier en été. Je retiens l'endroit pour plus tard, me voyant déjà m'y plonger sous un soleil aride. Si tant est que ce soit possible dans cette région. L'odeur boisée qui investit mes narines et celle de la terre fraîchement arrosée par la pluie sont agréables. Un mince brouillard stagne au-dessus de la végétation tandis que nous traversons le voile scintillant formé par la frontière du dôme.

C'est au galop que nous parcourons la lande, de peur d'être repérés dans nos accoutrements drewidiens. Je pourrais dire à Tristan que si nous sommes surpris, nous pourrions argumenter en expliquant que nous sommes les acteurs d'une reconstitution historique, mais je préfère me taire. Il chevauche à une allure soutenue devant moi, et il n'y a pas âme qui vive à l'horizon. Je peux presque ressentir son excitation dans les coups de talons qui claquent sur sa monture. Puis nous arrivons au trot, près d'une demeure moderne, tout en béton et cernée par les bois. J'entends au loin les bruits provoqués par le propriétaire qui travaille dans son garage, tentant de faire tourner le moteur de son véhicule.

— Attendez, Tristan !

Je saute aussitôt de mon cheval et l'attache à une branche, sous les frondaisons. Quand je me lance en direction de la maison, je sens mon époux se tendre. Je réalise qu'il craint que je ne m'enfuie, puis je crois que, comme moi, il se dit « Pour aller où ? ».

Je contourne la demeure à pas feutrés. À part le vacarme qui provient du garage, aucun son ne semble troubler le silence des lieux. J'enclenche une poignée et pousse une porte qui mène à la cuisine. Je passe rapidement ma tête et m'infiltre dans la pièce sur la pointe des pieds. Au fond, je repère une autre porte percée d'une ouverture ronde en son centre. Je m'y rends et entre dans une buanderie. Un sourire se dessine sur mon visage quand je perçois le panier à linge propre. J'en extirpe des vêtements pour homme, un jean et un pull bleu marine, un peu froissés, et ceux d'une femme qui seront peut-être trop grands pour moi. Les mains chargées de mes trouvailles, je sors de la maison en prenant garde que personne ne puisse me surprendre. Je cours jusqu'à l'orée du bois et m'enfouis en dessous, avant de rejoindre Tristan dans un éclat de rire, le cœur battant à tout rompre par l'exaltation que m'a procuré cette incursion.

Mon époux m'observe avec un regard étrange tandis que je lui tends les vêtements empruntés. Il les attrape et descend à son tour de son cheval. Je contourne le mien et ôte ma pelisse. J'enfile le pantalon étroit que j'ai subtilisé. Il est un peu large à la taille, mais la serre suffisamment. Je retire ma robe et ma chemise, les plie sommairement et les range dans une des sacoches que supporte la selle. Le froid me tétanise, alors je me vêts rapidement du sweat-shirt épais. La pelisse devenue inutile, je tente de l'enfourner dans l'autre sacoche, mais ce n'est pas une mince affaire. Je ne suis pas assez couverte pour la saison, mais la perspective de retrouver la vie en dehors du dôme est suffisante pour me réchauffer.

Quand je me retourne, Tristan est juste derrière moi. Vêtu de son jean et du pull assorti à ses yeux, il est d'une beauté à couper le souffle. Le voir ainsi semble lui donner une dimension différente. Plus réelle. Moins obscure. Je tente de dissimuler mon émoi, mais ne peux réprimer le rouge qui monte à mes joues. Un silence s'étire entre nous avant qu'il ne grimpe sur son cheval et ne prenne la direction du village.

Nous attachons nos montures dans la forêt. Le bourg n'est qu'à une centaine de mètres, nous entendons déjà les bruits de l'agitation qui en émane. Je fais quelques pas, mais dois m'arrêter quand je constate que Tristan ne me suit pas.

— Il y a un problème ?

Son regard se tourne vers moi. Insondable. Puis il secoue la tête et me rejoint.

Nous sortons des bois et nous retrouvons devant un vaste terrain de football où se joue un match. Comme je ne m'intéresse pas à ce sport, je vais pour contourner le terrain, mais remarque au bout de quelques mètres que Tristan ne m'a pas suivie. J'opère un demi-tour et le rejoins, surprise de découvrir son profil captivé par ce qui se déroule sous ses yeux.

— Quel est ce jeu ? demande-t-il, sa voix réduite à un murmure.

Mon attention se dirige vers les joueurs qui se font des passes du pied. L'un d'eux tente un tir vers les buts, mais l'arbitre signale un hors-jeu. Plusieurs de ses camarades s'insurgent et invectivent l'arbitre qui n'en a cure.

— Du football, réponds-je.

Mon regard se détourne vers Tristan, toujours en pleine contemplation.

— Quelles en sont les règles ? s'enquiert-il encore.

— D'après ce que je sais, l'objectif est de marquer un maximum de buts. Celui qui en encaisse le moins a gagné.

Un silence passe durant le temps que mon époux observe une action.

— Cela ressemble un peu au *cawlich*, annonce-t-il.

— C'est un jeu drewidien ?

Il hoche la tête en signe d'acquiescement.

— Tu ne te souviens pas non plus de nos jeux, dit Tristan en pivotant son visage vers moi.

— Je ne me rappelle rien de ma vie à Drewid.

Il m'observe sans que son expression trahisse ses pensées.

— Tu verras des rencontres de *cawlich* à la fête de Litha, déclare-t-il.

— La fête de Litha ?

— C'est une tradition drewidienne. Nous fêtons le solstice d'été. Je crois que les Dynols l'appellent de cette façon, si mes souvenirs sont bons.

— Il me tarde de voir ça.

À ces mots, Tristan se rembrunit, puis il me fait signe que nous pouvons partir. Je devine sa curiosité à l'idée de découvrir d'autres pratiques dynoles et m'empresse de le suivre.

L'heure qui s'écoule démontre que j'ai eu raison. Il est fasciné par tout ce qu'il voit. Les voitures, les gens collés à leur téléphone portable, les enseignes lumineuses, les magasins, la vie… Tristan déambule dans le village et examine tout ce qu'il lui est possible d'apercevoir. Certains s'offusquent même un peu de son insistance à les observer.

— Oh bah, ça alors ! crie soudain un homme dans la cinquantaine, près de la devanture d'un pub.

Mes yeux se détournent vers lui.

— Mylène, t'es revenue !

— Euh…

Tristan penche la tête tandis que l'homme s'approche.

— Ton père ne m'a pas dit que tu étais dans le coin ! Bordel, ce que tu as grandi depuis la dernière fois que je t'ai vue. Et cette couleur de cheveux te va à ravir, ma belle ! Oh, mais tu as des lentilles. C'est joli.

Il me prend pour quelqu'un d'autre. Sans doute la fille d'un des habitants du village. Je n'ose doucher son enthousiasme et lui souris.

— C'est ton petit ami ? demande l'homme en tendant la main à mon époux.

Tristan pose les yeux sur la main de l'homme et tend la sienne à son tour, par mimétisme. Notre interlocuteur l'attrape et la lui serre, la secouant énergiquement sous l'œil effaré de Tristan. Je réprime un gloussement.

— Allez, je vous offre à boire les jeunes, entrez !

Mon mari et moi échangeons un regard éberlué. Puis celui de Tristan se plisse. Est-ce un sourire que je vois sur son visage ?

Il porte sa main dans le creux de mon dos et me pousse vers le pub où nous attend l'homme. Ce dernier nous montre une table un peu à l'écart du tohu-bohu, et nous allons nous asseoir.

Le bar est bondé. Le vacarme me martèle les tympans après le calme paisible du dôme. Je n'ai plus l'habitude du bruit et me sens soudain troublée par ce changement d'atmosphère. Mes souvenirs me ramènent à la dernière fois que j'ai fréquenté les Dynols, et mon humeur s'assombrit.

— N'y pense pas, me lance Tristan.

Mes yeux percutent les siens. Son attention est péné-trante. Elle réchauffe mes os gelés par le froid. J'aimerais lui dire « *Comment faire autrement, après ce que j'ai commis ?* », mais je me tais.

L'homme qui nous a invités dans cet endroit ramène un plateau chargé de deux pintes de bière et de deux verres de whisky. Tristan l'observe déposer tout cela sur la table, le regard fasciné.

Les clients entonnent soudain une chanson écossaise en trinquant.

— Vous fêtez quelque chose ? demandé-je à l'homme qui nous sert en m'efforçant d'adopter au mieux l'accent de la région.

— Oui, ma belle. L'équipe nationale de rugby s'est quali-fiée pour les quarts de finale.

— Oh.

Je me tourne vers mon mari et lui dis :

— C'est un peu le même jeu que le football et…

— Ça n'a rien à voir ! s'insurge le propriétaire du pub.

Je crois avoir commis une lamentable erreur, mais suis soulagée quand l'homme s'explique :

— Le football est un sport de gentlemen joué par des voyous, le rugby est un sport de voyous joués par des gentle-men. Tu saisis la différence, mon beau ?

Tristan est captivé par les propos de l'homme et lui adresse un hochement de tête. Le propriétaire du pub lui lance un clin d'œil avant de retourner se placer derrière son comptoir.

— On ne rigole pas avec le sport chez les Dynols, plai-sante Tristan.

Je reste coite devant son ironie et le sourire qui l'accompagne. Puis il lève son verre de whisky, le boit cul sec, puis se rince le gosier avec la bière. Il me vient soudainement une question : a-t-il l'habitude de boire ? Je crois ne l'avoir jamais vu faire. Je décide de ne pas lui poser la question et trempe mes lèvres à mon tour. Le whisky est très fort. Il sinue dans mon œsophage et me réchauffe instantanément. J'attrape la pinte et en prends une longue gorgée avant de la replacer sur la table.

Nous passons inaperçus parmi les Dynols qui profitent de l'alcool qui coule à flots. Il n'est pourtant pas dix-sept heures. Ils sont si joyeux que je doute qu'ils tiennent jusqu'à ce soir, à ce rythme.

— Ils sont fascinants, lâche Tristan dont les yeux parcourent la salle.

— Je trouve aussi, conviens-je. Du moins, beaucoup le sont.

Il se tourne et plisse les paupières.

— Je veux dire que... repris-je, parfois je ne les comprends pas.

— Comment cela ?

— Ils ont une forte inclination pour la destruction.

À ces mots, je me dis que je suis ingrate de les juger, au regard de ce que j'ai commis, mais que je n'avais pas prémédité.

— Ils mènent des guerres ? s'enquiert mon mari.

— Par exemple. Les guerres dynoles ont fait beaucoup de victimes.

— Comme le font tous les conflits, réplique Tristan, l'air songeur. Ils ne sont pas si différents de nous, finalement.

Le propriétaire du bar revient avec une carte qu'il me tend.

— Vous mangerez bien un petit quelque chose, n'est-ce pas ?

Les yeux de Tristan se perdent sur la carte. Les miens se lèvent sur l'homme.

— Oh… euh… non, je… Nous n'avons pas pris d'argent, et on… on se baladait, c'est tout, vous savez.

— Ma jolie, je ne vais pas faire payer la fille MacCormack, enfin ! Choisissez, et je me charge du reste.

Puis il part aussi vite qu'il est venu.

— C'est un gentilhomme.

— Oui, c'est vrai, concédé-je.

Un silence s'étire.

— Ce n'est pas bien ce que l'on fait, dis-je encore.

— Nous avons déjà volé des vêtements, alors nous n'en sommes pas à un larcin près.

— Emprunté, corrigé-je.

Mon regard se baisse sur la carte que je mets en travers de notre table pour que Tristan la consulte.

— Que voudriez-vous manger ? demandé-je.

Pas de réponse. Je relève les yeux et rencontre ceux de mon mari. Je discerne un trouble dans son attitude et devine aussitôt pourquoi.

— Vous ne savez pas lire, affirmé-je.

— En effet.

— Je ne savais pas lire non plus en arrivant chez les Dynols, mais je pensais que c'était lié à mon amnésie. Ou… non. Je crois que j'ai tout de suite su que je n'avais jamais lu.

— Notre enseignement est prodigué à l'oral, par les druides.

— Il n'y a pas de druides à Cairngorm, n'est-ce pas ?

— Non. Si c'était le cas, tu aurais été présentée.

— Y en a-t-il sous chaque dôme ?

— À part à Cairngorm, oui.

— Et pourquoi pas à Cairngorm ?

— Parce que je n'en veux pas chez moi et que de toute manière, aucun d'entre eux ne souhaiterait vivre sous un dôme aussi petit. Tous les druides sont ambitieux.

— C'est votre opinion ou est-elle partagée par tous ?

Ma remarque attise un rictus sur le coin de ses lèvres.

— Peu m'importe l'opinion des autres. Je n'en veux pas chez moi.

Cette phrase sonne la fin du sujet. Je lui fais alors part de la liste de snacks proposés sur la carte. Nous portons tous deux notre dévolu sur des œufs à l'écossaise.

— Excellent choix ! nous lance le propriétaire du bar, avant de se rendre aux cuisines.

Tristan sirote sa bière. Ma gorge me brûle à cause du whisky. Quand quelques clients entament une danse, je souris bêtement et réalise que l'alcool me monte à la tête. L'un d'eux aperçoit mon air béat et m'attrape par le bras, avant de s'adresser à Tristan.

— Une femme comme elle, il faut la faire danser, mon gars !

Ahurie, je me laisse tirer sur la piste étroite devant le bar, le regard rivé vers Tristan, le suppliant de me venir en aide. Ce dernier éclate de rire, et je crois que je suis encore plus éberluée par cette expression joyeuse sur son visage que par l'homme qui me fait tourner dans tous les sens, sur un air de pop. Après trois danses avec deux autres clients enjoués, j'arrive à m'extirper de la cohue et expire de soulagement en reprenant ma place près de mon époux. Je suis en nage, mes cheveux me collent à la nuque. Tristan m'observe avec une étrange lueur dans le regard, mais ne dit mot.

— Vous auriez pu me sauver, soufflé-je, devinant la moquerie derrière son attitude.

— J'aurais pu.

— Mais vous ne l'avez pas fait.

— En effet.

Je soupire de plus belle. Il glousse. Le choc me saisit. *Vient-il vraiment de glousser ?*

— Vous vous moquez.

— En effet, répète-t-il.

Son visage est plus doux qu'à l'accoutumée. Le bleu de ses yeux me fait penser à une piscine sans fond tandis que je m'y plonge. Un silence entre nous s'étire, jusqu'à ce qu'il se racle la gorge quand le propriétaire du bar nous sert nos commandes.

À la mine que fait Tristan, je devine que le plat n'est pas à son goût. Les produits industriels utilisés pour le concocter sont bien loin des denrées naturelles qui composent les menus Drewidiens. Mon mari fait néanmoins glisser le tout avec une lampée de bière.

Dès que nous avons terminé le contenu de nos assiettes, il me tend la main et m'invite à me lever.

— Il est temps de partir.

J'acquiesce d'un signe de tête. Avant de quitter les lieux, je déclare à leur propriétaire :

— Merci beaucoup pour votre accueil. Je ne manquerai pas d'en parler à mon père.

L'homme m'adresse un grand sourire et nous souhaite bon vent. La faculté avec laquelle je lui ai menti m'étonne, mais, grisée par l'alcool, par les danses, et la brûlure sur mes doigts enserrés par ceux de Tristan, je n'ai éprouvé aucune difficulté à le faire. Cette journée est décidément bien insolite.

Après avoir fait quelques pas dans la rue, Tristan me lâche la main. Le vide qu'il laisse sous ma paume m'étreint la gorge, mais je dissimule cette émotion au mieux. Alors que nous contournons l'angle d'un boulevard, j'aperçois un cinéma.

— Venez ! lancé-je à mon époux.

La devanture nous montre que seulement trois films sont en cours de projection. L'accueil est fermé puisque la prochaine séance n'est que dans une heure. Sur ma droite, je discerne un passage où personne ne semble faire le pied de grue. J'attrape le bras de Tristan et le tire jusqu'à moi, avant d'emprunter le chemin qui nous mène à une salle. Ce dernier se laisse faire et me suit. Nous ouvrons une lourde porte et nous plongeons dans la pénombre de la salle obscure. Le bruit dans les enceintes et l'image sur l'écran gigantesque provoquent un temps d'arrêt chez mon époux. De peur que nous soyons découverts, je tire encore sur son bras et nous glisse entre une rangée de sièges. La salle est presque vide, alors il n'a pas été difficile de nous faufiler sans être surpris.

Dès que nous prenons place, Tristan affiche un air subjugué par le film qui se déroule sous son regard captivé. C'est un des *Avengers*, ou une production du genre. Je lève les yeux au ciel en le comprenant.

— C'est incroyable ! s'écrie mon mari quand un homme vêtu d'une cape et de collants lévite dans le ciel.

— Chut ! chuchoté-je vivement, tandis que l'attention des rares personnes présentes dans la salle se porte soudain sur nous.

— Comment font-ils ça ? demande-t-il.

— Des effets spéciaux, réponds-je. Mais gardez le silence où nous allons être démasqués, Tristan.

À sa mine, je vois qu'il ne comprend pas. Comment pourrait-il en être autrement ? Je tente alors de lui expliquer la manière dont se tournent les productions cinématographiques, tandis que ses yeux subjugués sont rivés à l'écran. Puis il se laisse entraîner par l'histoire du film, bouche entrouverte, fasciné par la magie du spectacle. Une heure s'étire avant qu'il ne soit brutalement tiré de sa rêverie.

— Dites donc, vous deux ! braille une femme postée sur notre droite. Ça ne vous dérange pas de pas payer votre entrée !

Je marque un sursaut et pousse Tristan sur l'épaule. Ce dernier comprend mes intentions et se lève, avant de courir vers la sortie.

— Putain de voyous ! entends-je, derrière moi.

Je pensais que la femme ne nous suivrait pas. Mais c'est mal connaître les Écossaises. Elle se précipite derrière nous, alors que nous approchons de l'entrée par laquelle nous sommes arrivés. Un homme surgit devant, prêt à nous réceptionner. Mon regard se tourne vers une porte au-dessus de laquelle est mentionnée « Exit ». J'attrape la main de Tristan et l'invite à me suivre en courant. J'ai à peine le temps d'actionner la barre latérale que la femme apparaît sur notre gauche et l'homme sur notre droite. La porte s'ouvre, Tristan en traverse le seuil aussitôt et je la referme sèchement avant de déboucher dans une ruelle. Nous nous ruons vers la forêt à une allure folle. Les poumons me brûlent, ma gorge est en feu. Ma main dans celle de Tristan éprouve la chaleur de la sienne.

À l'orée du bois, je tourne la tête et constate que nos poursuivants ont abandonné.

— Ils sont partis ! lâché-je, haletante, impatiente de m'arrêter.

Tristan regarde par-dessus son épaule pour s'en assurer,

puis stoppe sa course. Il est à peine essoufflé. Je me plie en deux, pose mes mains sur les genoux, attendant que mon cœur ralentisse sous ma cage thoracique. Une fois que ma respiration se calme, je me redresse et percute le regard bleu glacier de Tristan. Il se passe quelques secondes sans qu'il prononce un mot. Puis il pince les lèvres et s'esclaffe. Je tente de retenir un gloussement, exaltée par cette échappée ridicule, puis l'imite. Nos rires se répercutent entre les arbres encore un moment, avant d'enfin se dissiper. Je pousse un profond soupir de soulagement, les yeux plongés dans ceux de Tristan. Cet instant dure plus longtemps que nécessaire, j'en reste hypnotisée et craintive à l'idée de retrouver le dôme. J'ai peur que mon mari ne redevienne comme avant cette escapade.

CHAPITRE 26
NOVA

Mes craintes étaient justifiées. Quand nous arrivons sous le dôme, Tristan se tait. Ses yeux m'évitent. À peine avons-nous passé le logis, revêtus de nos tenues traditionnelles, après avoir rendu ceux que nous avions empruntés, qu'il me laisse seule. Je pars me baigner dans les thermes, les pensées s'entrechoquant dans mon esprit. La déception m'enserre la poitrine.

Cette journée avait un goût de merveilleux. Comme une lueur d'espoir au milieu de ma sinistre situation. Mariée à un homme que je ne connais pas, qui me dissimule mes origines, et moi, une tueuse, qui ne mérite pas d'éprouver le bonheur. J'en ai conscience. Pourtant, je l'ai ressenti quelques heures, et plus particulièrement dans les bois où ont résonné nos éclats de rire. Celui de Tristan a été si agréable à entendre qu'il m'a enveloppée telle une couverture chaude et réconfortante.

Mais c'est loin, maintenant. Tout cela a-t-il seulement existé ? Je ne peux réprimer la tristesse qui m'étreint à cette pensée.

. . .

Les heures s'écoulent, et je mange seule. Au coucher, Brianna vient m'apporter une chemise de nuit propre, avant de me peigner. Face au miroir de la coiffeuse, je me rappelle Tristan, le visage enfoui dans sa poitrine généreuse. Poitrine qui se dandine, obséquieuse au-dessus de ma tête. Nous ne nous parlons pas. Elle sait ce que j'éprouve. L'humiliation est mon châtiment et je l'accepte. Mais je ne peux m'empêcher de me demander à quels moments il la rejoint dans sa chambre ni comment il lui exprime sa tendresse, alors que moi je n'ai droit qu'à son indifférence.

Je me couche en refoulant des larmes. Le chagrin a réinvesti mon esprit torturé, tandis que je regarde vers les cieux. Pas une étoile ne brille. Les nuages sont épais, tout comme ceux qui ont englouti mes songes. La déception me ceint la gorge.

La porte qui mène aux thermes s'ouvre, mais je ne bouge pas. Je sais que c'est lui. Comme chaque soir, il souffle les bougies et contourne le lit avant de s'y allonger. J'entends sa respiration à mes côtés. Je n'entends même plus que ça, jusqu'à ce qu'il dise :

— Nova ?

Mon visage pivote vers lui. Il est couché sur le flanc, me faisant face, vêtu d'une simple chemise en lin, l'épaisse couverture ramenée sur son torse. Je ne réponds pas et l'observe.

— Merci, murmure-t-il.

Ma bouche s'entrouvre à ces mots. Sans que j'y pense vraiment, mon corps se tourne dans sa direction, adoptant la même pose que lui.

— Pourquoi me remerciez-vous ? chuchoté-je, comme si

je craignais que cet instant ne se brise si je parle d'une voix trop forte.

— Tu le sais, pourquoi.

Un silence. Mes yeux coulant dans les siens. Mon cœur loupant un battement.

— C'est à moi de vous remercier, dis-je.

— Le monde des Dynols te manque ?

— C'est tout ce que je connais.

Son regard erre sur mon visage. Mon souffle se coupe quand sa main se lève et se pose sur mon bras. Ses doigts semblent hésiter, avant d'entamer une caresse qui sinue jusqu'à mon poignet, puis de faire chemin inverse. Chaque passage de sa paume me consume. Ses yeux ne quittent pas les miens, bercés dans ce silence ténu et cette atmosphère étrange qui baigne notre chambre. Cela dure longtemps. Ma peau me brûle. Je me perds dans son regard d'un bleu polaire, dans la moiteur de ce moment. Je revis cette journée dans mon esprit, goûtant chaque seconde, chaque instant. Nos rires et nos échanges. Nos silences et nos riens. J'ai le sentiment que la glace fond entre nous, mais peut-être est-ce un fol espoir, mon cœur s'emportant à cette pensée ? Puis il dit :

— J'aimerais…

Mais il se tait, avant de laisser échapper un soupir. Je crois qu'il va continuer à me parler, mais il n'en fait rien, et je reste frustrée et dévorée de curiosité. Que veut-il me dire ?

Mais plus rien ne passe la barrière de ses lèvres, alors je me décide à m'exprimer à mon tour, de peur que le sommeil nous happe, rompant la magie de cet instant.

— J'ai pensé à quelque chose, affirmé-je.

Ses doigts courent encore sur mon bras, tandis que son regard m'invite à poursuivre.

— Seriez-vous… commencé-je, hésitante. Seriez-vous d'accord pour que je vous apprenne à lire ?

L'expression surprise sur ses traits me bouleverse, sans que je sache vraiment pourquoi. Il hoche la tête, un coin de sa lèvre se lève, creusant une fossette sous la cicatrice qui lui barre le visage. Sa main remonte jusqu'à ma nuque, contourne mon oreille et redescend sur mon cou. C'est à peine si je respire. C'est à peine si je contiens l'émotion puissante que provoque son toucher délicat sur ma peau. J'en veux plus, mais n'ose lui dire. Il m'enivre et me torture. Il me captive dans ses gestes, dans l'air étrange qu'il affiche, comme s'il me découvrait pour la première fois.

Je réprime des pensées inconvenantes, car au fond de moi, je ne songe qu'à me blottir contre lui. Mais je ne le fais pas. À la place, je m'endors sous ses caresses et son regard envoûtant.

CHAPITRE 27
TRISTAN

L a nuit est déjà bien avancée quand je me lève. Je suis abasourdi, ne comprenant pas ce qui m'arrive ni pourquoi je me suis laissé aller à la cajoler. *Nova*. Une Namnette. Mes yeux se posent sur ma main, celle qui a caressé sa peau, avant que le sommeil ne l'emporte. Celle qui n'a pas résisté à la toucher, après cette journée parmi les Dynols, après ces dernières semaines où nous avons appris à nous connaître. Et encore, j'en sais si peu sur son caractère profond, sur les pensées qui l'animent. Je n'ai plus que ses rires en tête et je me déteste d'être aussi lâche. Lennon a raison, je me suis sans doute adouci, mais elle est…

J'ai cédé à une certaine complicité, grisé que j'étais par mes découvertes. Je la revois danser avec les clients du bar, essoufflée par notre course alors que nous tentions d'échapper à nos poursuivants, après ce moment incroyable passé au cinéma. Ce que j'ai ressenti en sa compagnie m'a fait vibrer d'une émotion nouvelle, que je n'aime pas.

Elle a perdu la mémoire. Elle n'est donc pas la même jeune fille que j'ai rencontrée lors de mes noces ni celle que j'ai déflorée. À cette pensée, je déglutis. Si un jour elle se souvient, que se passera-t-il ? Me pardonnera-t-elle ? C'est impossible. Pas après les événements qui ont eu lieu. Pas après ce que j'ai commis. Elle me vouera une haine si féroce qu'aucune rédemption ne sera envisageable. Je la perdrai. Et alors que je songe à ce que ma vie à Cairngorm serait sans elle, je réalise que je n'ai aucun désir de retrouver ma solitude. Que mon exil ne me pèse plus autant. Qu'elle prend une place bien trop importante à mes côtés. Ma femme. Mon épouse. *Nova*.

Elle va m'apprendre à lire. Cette perspective m'emplit d'allégresse. Comment osé-je ? Comment puis-je me comporter ainsi sans qu'elle sache la vérité ? Comment puis-je entretenir cette relation étrange qui nous lie chaque jour un peu plus, alors que je l'ai trahie ? Alors que je la hais ! Non. Mon mensonge est pathétique.

Il n'est pas digne de moi.

Il faut que j'arrête *ça*.

Je sors de la chambre, décidé à retrouver Duncan.

Lorsque je frappe à la porte, je ne suis pas surpris d'attendre un peu et de découvrir Malvena dans son lit.

— Monseigneur ?

— Veuillez m'excuser pour cette visite nocturne, déclaré-je face à ses yeux ensommeillés, mais je dois savoir si le pigeonnier est de nouveau habitable.

— Euh… oui, il l'est. Nous avons nettoyé les dernières traces de l'incendie et avons changé le mobilier.

— Très bien.

Je m'apprête à faire demi-tour quand mon régisseur m'interpelle.

— Mais, Monsieur…

— Oui ?

— Elle… euh, je veux dire… la lady pourrait… elle pourrait encore l'enflammer si elle y reste seule, ne croyez-vous pas que c'est dangereux ?

— Plus rien ne s'est passé depuis cet incident, affirmé-je afin de le rassurer.

La chambre de Duncan se trouve tout prêt du pigeonnier. Je comprends son inquiétude, mais je n'ai pas le choix. Lui, en revanche, ne semble pas l'entendre de cette oreille. Il s'avance dans le couloir d'un pas hésitant, fermant la porte, de crainte que Malvena se réveille.

— Si je peux me permettre, seigneur Drustan, elle n'a plus commis d'incident depuis que vous et elle… enfin, depuis qu'elle passe ses nuits à vos côtés.

Ma tête marque un recul. Duncan a raison. Suis-je si tourmenté par mes sentiments la concernant que j'en oublie la sécurité de ceux que j'ai le devoir de protéger ?

J'acquiesce sans un mot et me rends au rez-de-chaussée. Par les cuisines, je quitte ma demeure et prends un grand bol d'oxygène. Malgré mes tentatives pour apaiser mes doutes, mes pensées ne cessent de torturer mon esprit.

Elle est belle. Elle est intelligente. Elle est triste. Elle est forte. Ses yeux sont d'une profondeur infinie. Elle est dangereuse. C'est une Namnette. Je la hais. Elle me captive. Elle me dégoûte. Je la désire.

À cette dernière réflexion, la vérité me saute au visage. Je la désire… Je l'ai peut-être même toujours désirée. Depuis ce jour où j'ai soulevé son voile et que je me suis fourvoyé. Depuis cette nuit où je lui ai caressé un sein et que mon corps m'a trahi. Depuis que je me suis glissé au creux de son ventre, refoulant ce que son regard implorant m'inspirait. Je n'ai pas été correct. Ce que j'ai fait à Brocéliande ne mérite aucun pardon. Sans parler du reste… Comment puis-je penser à elle de cette façon ?!

Je suis prêt à hurler de dépit tant je me sens tiraillé. Je serre les poings et la mâchoire, songeant qu'il est grand temps de faire preuve de plus de sagesse.

— N'avez-vous pas froid ? entends-je soudain derrière moi.

Je fais volte-face et percute des yeux couleur d'ambre qui luisent sous la lumière de la lune. Un sourire éclaire la douceur des traits de Nova tandis qu'elle me tend ma pelisse. Ma main l'accepte, mon cœur me martèle la poitrine.

Ses cheveux détachés lui arrivent aux épaules. Sa cape recouvre la chemise de nuit qui tombe sur ses pieds nus.

— Vous… tu… devrais être couchée, Nova.

Elle m'observe, penche un peu la tête, se demandant sans doute quelles pensées ténébreuses m'ont poussé à quitter le lit. Ou alors, elle le sait. Notre relation a pris un tour inattendu, hier. En me rappelant le contact de mes doigts sur sa peau et la sensation que cet acte a provoquée en moi, je me détourne d'elle et plonge mes yeux dans l'obscurité de la forêt. Un épais brouillard pèse au-dessus du sentier qui mène à la Roche des dieux, l'air est humide.

— Les travaux dans le pigeonnier sont terminés, annoncé-je d'un ton ferme. Tu pourras le retrouver demain soir.

Un silence suit ma déclaration. Je réprime l'envie de me retourner pour constater ce que mes mots ont inspiré à Nova. Au bout de ce qui me paraît être une éternité, je me décide à lui faire face. Quelle n'est pas ma surprise quand je découvre qu'elle n'est plus là ! Je rentre alors dans la cuisine et discerne une ombre se diriger vers le couloir qui mène au pigeonnier. Ne pouvant me raisonner, je m'y précipite et gravis les escaliers d'un pas rapide. Nova est en train d'ouvrir la porte quand je me retrouve derrière elle.

— Attends.

Sa main se fige sur la poignée. Un courant d'air froid investit le palier. Le pigeonnier n'a pas été chauffé. Nova fait volte-face, les yeux embués. Découvrir cette lueur chagrine sur son visage m'oppresse. Mon regard se glisse dans le sien quand je fais un autre pas pour me rapprocher. Elle se voit obligée de lever la tête pour m'observer.

— Ne vous inquiétez pas, dit-elle, je... je comprends. Ce sera mieux ainsi.

Mes mots se bloquent dans ma gorge. De n'importe quelle femme, je me serais attendu à une autre remarque. Mais elle est Nova, princesse des Ifs. Elle a été habituée à faire preuve de dignité en toute circonstance. Je l'avais déjà deviné lors de notre nuit de noces. Bien qu'elle ne se rappelle pas cette époque, elle a naturellement conservé les préceptes qui lui ont été enseignés.

— Veuillez m'excuser, déclaré-je seulement, réalisant à peine que je viens de la vouvoyer.

Son air surpris ne m'échappe pas. Puis je la quitte, la gorge serrée, la poitrine prise dans un étau. Je retourne à ma chambre et à ce lit vide qui m'attend. Le filtre de son visage s'imprime devant mes yeux. Je m'étends, refoulant l'envie de briser quelque chose. Car je m'en veux. Oh, comme je m'en veux ! J'ai été stupide et l'avenir me jugera.

Le ciel disparaît sous mon regard pour ne laisser qu'elle.

Finalement, je ne réussirai pas à dormir, tandis que mes yeux se fixent désormais sur l'oreiller froid à mes côtés.

CHAPITRE 28
TRISTAN

J e la retrouve au petit déjeuner. Pour une fois, c'est elle qui s'est attablée en premier. Son attitude est morose, presque apeurée, si j'en crois ses doigts tremblants et la pâleur de son visage. Ses yeux sont légèrement gonflés. A-t-elle pleuré tout le reste de la nuit ? Cette pensée m'étreint d'un sentiment pénible. Dès qu'elle me regarde, son expression se transforme, comme si elle éprouvait du soulagement à ma venue. Je refoule ce que cela m'inspire, la salue d'un signe de tête et pars m'installer.

Le repas se déroule en silence. Le déjeuner aussi. Le dîner n'aura vu que des platitudes échangées jusqu'à ce qu'elle me dise :

— Êtes-vous prêt pour votre première leçon ?

La surprise doit se deviner sur mes traits.

— J'aurais pensé que…

Je ne termine pas ma phrase. Qu'elle ait toujours le désir de m'enseigner la lecture, alors que je viens de la congédier sans ambages de ma chambre, force mon admiration.

— Je le suis.

Ma réponse lui inspire un minuscule sourire. Voir cette marque d'apaisement sur son visage me rassure. Je n'ai pas pour dessein de la blesser davantage. J'ai déjà tant fait pour l'anéantir.

— Il nous faudrait un livre pour commencer, déclare-t-elle, loin de deviner mes songes. Un de vos serviteurs pourrait peut-être s'introduire chez les Dynols pour en ramener un.

— Aucune personne ici n'y est autorisée, remarqué-je, avant de me lever. Suivez-moi.

Je l'emmène dans le salon, puis me dirige vers la vieille commode. Le feu crépite dans l'âtre tandis que j'ouvre un des tiroirs. J'en extirpe le seul livre existant à Cairngorm.

Mes pensées me ramènent à mes dix ans, quand j'ai passé le rituel d'incursion chez les Dynols. Je l'avais chapardé et glissé sous ma chemise, avant de retourner sous le dôme de Kilda où j'habitais à cette époque.

Mes yeux se posent sur la reliure abîmée. Je me souviens comme elle m'avait captivé alors que je n'étais qu'un enfant, et de cette envie irrépressible de me l'approprier. Je ne savais pourtant pas lire le titre de l'ouvrage ni son contenu. Et c'est encore le cas aujourd'hui.

— *Le portrait de Dorian Grey*, dit-elle en le découvrant. C'est une œuvre magistrale.

Mon regard se porte sur elle.

— Vous l'avez lu ?

— Oui, répond-elle, ses joues se colorant étrangement, il n'y a pas si longtemps que ça. Je nourris une profonde affection pour cette histoire. Rose et Ginny, les deux femmes dynoles qui m'ont recueillie, me l'ont offert à Noël.

— Noël ?

— C'est une fête dynole, où l'on s'offre des cadeaux, où

l'on décore son salon d'un grand sapin, où l'on mange jusqu'à ne plus rien pouvoir avaler pendant toute la semaine suivante.

— Vous l'évoquez avec bonheur.

Elle rougit à cette remarque. Un sourire ourle ses lèvres tandis qu'elle pose ses yeux sur son bracelet.

— C'était en effet des jours heureux.

Un silence s'étire. Elle est perdue dans ses pensées. Mon attention se reporte sur le livre.

— De quoi ça parle ?

Elle secoue un peu la tête, comme si cela pouvait l'aider à recouvrer ses esprits.

— D'un homme qui va peu à peu déserter son âme dans le but de conserver les traits de sa jeunesse, affirme-t-elle. Son portrait vieillit à sa place.

— C'est impossible.

— Comme tous les récits fantastiques, Tristan.

Le calme revient sans que nos yeux se quittent. Puis elle me désigne le divan de la main et me propose de m'y asseoir.

— Pouvez-vous m'en lire quelques lignes ? demandé-je.

— Oh, euh… je pensais que vous préféreriez le faire vous-mêmes, une fois que…

— Il me tarde de connaître cette histoire.

Nova incline sa tête et prend le livre que je lui tends. Ses doigts en caressent d'abord la reliure avant d'en tourner les premières pages. Et alors, tout commence…

— « *L'atelier était plein de l'odeur puissante des roses, et quand une légère brise d'été souffla parmi les arbres du jardin, il vint par la porte ouverte, la senteur lourde des lilas et le parfum plus subtil des églantiers… »*

Ma bouche s'entrouvre, car je suis aussitôt captivé par le récit et par le profil de Nova. Mon admiration pour elle s'amplifie à mesure que les mots s'échappent de sa gorge délicate. Sait-elle ce que ce moment représente pour moi ? Elle m'éveille sur un monde qui m'est inconnu. Elle m'emporte avec elle dans un univers si fascinant que je regrette la nuit et le sommeil qui ne tend qu'à nous happer. Plus tard, c'est avec amertume que je la vois arrêter sa lecture et me quitter pour aller retrouver le pigeonnier.

Je reste au salon, *Le portrait de Dorian Grey* dans les mains, l'expression d'un enfant plaqué sur le visage. Je réalise alors que j'ai oublié de la remercier.

C'est un jour de mars. Nos soirées lecture sont devenues des rituels que je chéris.

— Vos… thé..o… ries… sur l'a…mour, celles… sur… le… plai…sir, tenté-je de dire d'une traite sans y arriver.

— C'est incroyable, Tristan. En si peu de temps, vous…

— Je suis un incapable, vous voulez dire !

— Pas du tout, rétorque Nova, c'est même tout le contraire que j'affirme.

Mes yeux se fixent dans les siens. Son sourire plisse ses paupières. Je m'apprête à me pencher à nouveau sur l'ouvrage quand j'entends un ricanement d'homme derrière moi. Je me redresse, tourne vivement la tête pour découvrir Aedan Campbell sur le seuil de l'entrée. Je me lève aussitôt et pars le retrouver, un rire éclatant dans ma gorge. Notre accolade est franche, tandis qu'il ne cesse lui aussi de s'esclaffer.

— Tu m'impressionneras toujours, mon ami, me lance-t-il, son visage affichant toute sa bonhomie. Mais qu'attends-tu pour me présenter ?

Son regard est rivé sur ma femme. Je secoue la tête et

tente de maîtriser l'érubescence qui s'invite sur mes joues. J'étais loin d'être prêt pour cette présentation. Aedan rit de plus belle et il me prend l'envie de le frapper.

— Aedan, je te présente mon épouse, Nova.

Le grand gaillard à la peau hâlée part saluer Nova d'un pas vif. Cette dernière se lève, incline sa tête et l'observe, sans doute curieuse d'en apprendre plus sur celui que je qualifie souvent comme le meilleur de mes compagnons, le seul ami qu'il me reste. Malvena, alertée un peu plus tôt par le vacarme de l'arrivée fracassante d'Aedan, surgit à son tour dans la pièce et dépose un plateau contenant trois tasses de thé sur la petite table.

— Il me tardait de faire votre connaissance, Madame, dit Aedan à Nova, en prenant place sur un fauteuil.

— Tristan m'a parlé de vous, mais je... je ne savais pas que vous viendriez, déclare-t-elle avec une expression amusée à son intention.

— Oh, je ne le préviens jamais ! lâche-t-il, hilare. Et il est grand temps que la taverne rouvre à Cairngorm.

— La taverne ? répète Nova.

— Eh oui, ma chère lady. J'ai dû m'absenter durant l'hiver pour rendre visite à ma mère malade.

— Va-t-elle mieux ? demande mon épouse, toute expression rieuse disparue à cette nouvelle.

— Elle est morte.

Le ton cru d'Aedan provoque un regard ahuri chez Nova. Je m'approche de mon ami et pose ma main sur son épaule.

— Désolé, mon frère.

Ses pupilles noires se tournent vers moi et se figent dans les miennes, puis un sourire las atteint son visage.

— Cela fait deux mois que son âme immortelle a touché les dieux. Elle perdait la tête. Je suis heureux de savoir qu'elle a rejoint le royaume de Sidh. Là-bas, elle n'a plus rien à craindre de la maladie.

Un silence suit ces mots, avant qu'Aedan ne jette ses yeux sur le livre que je tiens encore dans mes mains.

— Alors, tu apprends à lire ? s'enquiert-il avec surprise.

— En effet.

Il se tourne vers Nova.

— Quelle patience vous avez ! Cet homme est impossible.

Je soupire.

— Il est très doué, ce n'est donc pas difficile de lui enseigner, lui rétorque-t-elle.

Je hausse les sourcils face à un Aedan qui se gausse.

— Eh bien, je suis impressionné. Tristan est quelqu'un d'indocile en temps normal...

— Aedan...

Son attention est tournée sur Nova. Il la scrute, l'examine, et je sais ce qui lui traverse l'esprit. Je ne peux rester plus longtemps à le laisser faire, alors qu'une pointe acérée me transperce l'estomac. Je n'aime pas qu'il la regarde. Je n'aime pas qu'il estime pouvoir le faire aussi librement. Je m'apprête à lui parler pour détourner ses pensées, quand Nova décide qu'il est l'heure de nous quitter.

— Vous avez sans doute beaucoup de choses à vous dire, dit-elle. Nous reprendrons nos leçons demain, Tristan. Enchantée de vous avoir rencontré, Aedan. Bonne nuit à tous deux.

Puis elle part dans une envolée de jupons. Les yeux de mon ami et moi suivons ses pas, jusqu'à ce qu'elle ferme la porte derrière elle.

— Que fais-tu, Drustan ? déclare soudain Aedan d'une voix plus grave.

Mon visage se tourne vers lui. Je sais ce qu'il veut dire, mais je ne peux…

— Je ne dors plus avec elle.

— Parce que tu as dormi avec elle ? s'étonne-t-il. Tu as partagé sa couche ?! Ne me dis pas que tu…

— Non. Je n'ai rien fait. Je… quelques caresses, mais rien…

— Arrête ça, assène-t-il.

— Mêle-toi de tes affaires, mon ami.

— Tristan.

— Aedan.

— Si elle apprend…

— Elle ne saura rien.

— Tu te fourvoies. Elle saura, mon frère.

Mon frère… Il ne l'est pas, mais nous avons toujours utilisé cette formule pour désigner notre relation. Lennon n'a jamais aimé ça.

— Je n'ai rien fait avec elle. Je ne veux pas…

— Lui faire du mal ? me coupe-t-il.

Je baisse mon regard sur ma tasse de thé.

— Elle… je… je la désire, Aedan.

— Tu ne peux pas.

— J'en suis conscient.

— Si cela vient aux oreilles des druides ou à celles de ta mère…

— Je sais.

La lassitude m'envahit. Mon ami me rappelle tout ce que je me suis évertué à ignorer ces derniers temps.

— Tristan.

Je relève mes yeux sur la mine sombre d'Aedan. Ses cheveux arborent la même carnation et cascadent sur ses larges épaules.

— Je vois que tu éprouves des sentiments pour elle, déclare-t-il.

— Non, tu te trompes.

— Par Dagda, tu es aussi bon menteur que bretteur !

— Je suis bon bretteur.

— Pas contre moi.

Je ris. Et ce rire me fait du bien. Il contient néanmoins une certaine tristesse que je m'efforce de mettre de côté.

— Alors, c'est si flagrant, murmuré-je.

Un soupir s'échappe de la gorge d'Aedan. Il acquiesce et me dit :

— Tu dois lui dire la vérité avant d'aller plus loin, Tristan.

— Non, je m'y refuse. Elle…

— Elle te haïrait.

— Je sais.

— Mais ton honneur, mon ami ! Ton honneur, tu l'oublies ?

Il a raison, et mon mutisme ne fait que confirmer mes pensées.

— Bon, il est temps de passer à quelque chose de plus fort que le thé. Allez, viens. Allons nous saouler !

En avril, rien n'a changé. Nova et moi entretenons le même rituel. Petit déjeuner, déjeuner, dîner, leçons de lecture. Sur les recommandations d'Aedan, je me suis évertué à garder une certaine distance avec elle. Après quelques jours où j'ai cru discerner de la déception sur le visage de mon épouse, la situation a semblé s'apaiser. S'il en était autant de mes battements de cœur qui s'emballent chaque fois que je la vois, je pourrais peut-être éprouver cette même quiétude. Mais c'est tout le contraire. Plus le temps passe, plus sa présence est oppressante, et délicieuse, et enivrante... Bon sang, je ne sais comment mieux la qualifier ! Le printemps a tardé, mais les récoltes n'ont jamais été aussi prospères.

Je me souviens encore de ce jour-là, lorsque Nova a posé ses doigts sur la terre et que les premières pousses de légumes ont surgi en des lignes parfaites, tapissant la surface du vaste lopin proche de ma maison. Chaque habitant de Cairngorm a été invité à assister au phénomène, tous s'écriant dès lors que la lady assurerait les prochaines moissons. Les sourires et les remarques enjouées ont empli son cœur d'une joie qu'elle a eu peine à contenir. Après toutes ces marques de dévotion, elle m'a dit :

« Il est plus aisé d'apprécier son existence, quand elle se veut profitable ».

Les semaines se sont succédé et je l'ai admirée un peu plus chaque jour. Toute l'amertume endurée par le passé a déserté mon cœur. Mais je ne peux toujours pas réprimer mon embarras à éprouver de tels sentiments en sachant ce que j'ai commis, et ce qu'elle ignore. Je me fais l'effet d'un usurpateur. Chaque fois que j'y songe, mon humeur s'assombrit. Chaque fois qu'elle m'enseigne la lecture, elle s'éclaire. Chaque fois que mon regard erre sur sa peau, je m'abandonne à des pensées inconvenantes. Si je la désirais avant, aujourd'hui je n'aspire plus qu'à me perdre en elle. Chaque nuit, l'idée de la savoir si proche sans pouvoir la toucher me dévore. Elle m'obsède. Me consume. Et je l'admire. Je l'admire tant.

Aedan se fait un devoir de me rappeler mes obligations morales quand il constate que je dérape. Il m'a dit que mes yeux parlaient pour moi. Qu'ils devraient se taire. Mais je n'arrive plus à me maîtriser. J'en suis incapable…

Elle me captive encore et encore.

Elle hante mes nuits, encore et encore.

Et je ne veux pas que cela cesse.

Je m'en délecte.

Et je me hais de m'en délecter.

Quand nous lisons près du feu, qu'elle attise d'un bref effort de concentration, je l'observe, me repais de son profil et de sa voix cristalline. Lorsqu'elle s'aperçoit de l'insistance de mon regard, j'enfile mon masque d'impassibilité. Et ça devient plus dur chaque jour que Dagda fait. J'aimerais lui dire : *« Sais-tu à quel point tu me fascines ? Sais-tu que mon âme n'aspire qu'à se lier à la tienne ? Sais-tu que cela nous est impossible ? »*. Mais je me tais, et mon silence m'assassine.

Je suis en train de terminer la lecture du *Portrait de Dorian Grey*. Mes hésitations m'agacent, mais mon épouse prétend que j'apprends avec une facilité stupéfiante. Elle pense que les Drewidiens détiennent la faculté d'assimiler rapidement. Elle m'a confié qu'elle a appris vite, elle aussi, et que sa mère adoptive en était sidérée. Je me montre fier quand elle me félicite. J'ai progressé et parfois, il me prend l'envie de dissimuler mes démonstrations de réussite, de manière que nous continuions, et continuions encore. Que ces moments perdurent à l'infini. Qu'elle m'apprenne ses connaissances en se penchant près de mon épaule, son index désignant une lettre, sa tête se tournant vers moi. Mon souffle se coupe à chaque fois.

Mais je m'améliore, à mon grand dam. Alors je me suis rendu à Avon, dans le village dynol, un jour où le vent glacial a convaincu la plupart de ses habitants à rester dans leurs demeures. Vêtu de mes habits drewidiens, je ne suis pas passé inaperçu à la bibliothèque, mais je n'en ai eu cure. J'ai parcouru les rayons, fasciné par toutes les œuvres qui s'offraient à mes yeux, et dont je savais désormais lire les titres.

— C'est pour un emprunt ? m'a demandé le bibliothécaire.

J'ai hoché la tête. Dépourvu d'argent dynol je m'imaginais en voler un, bien que cette perspective me gênât. Devenir un vulgaire voleur n'est pas digne du seigneur de Cairngorm. Lorsque j'ai compris qu'il était possible d'emprunter les livres, c'est à peine si j'ai masqué mon exaltation. Évidemment, je ne me suis pas attendu à toutes les questions auxquelles j'ai eu droit pour obtenir ma carte d'emprunt.

— Votre adresse ?

— Euh... domaine de Cairngorm, ai-je balbutié.

— Un numéro de téléphone ?

— Je... je n'en ai pas.

Le bibliothécaire m'a regardé de haut en bas. Face à mon accoutrement, il a dû me prendre pour un original et n'a finalement pas insisté.

— Adresse mail ?

— Adresse... Quoi ?

Il a soupiré, a levé les yeux au ciel puis m'a dit :

— Trois semaines.

— Pardon ?

— Vous avez trois semaines pour lire ces ouvrages, avant de les ramener.

— Oh, très bien.

Je suis sorti de la boutique, éberlué, avec mes quatre livres sous le bras. La première pensée qui m'est venue a été de retrouver Nova, afin de lui montrer mes trouvailles.

En les découvrant, elle m'a lancé un sourire si éclatant que je me suis laissé aller à l'imiter.

En mai, les Terres d'Alba sont tapissées de jacinthes bleues sauvages. C'est la période de l'année que je préfère, malgré les averses qui persistent, et le soleil qui ne perce pas toujours les nuages comme je le souhaiterais. Mais c'est une année chaude. Bien que mon corps résiste au froid plus naturellement que celui de Nova, je peux voir à mes manches retroussées que la température est plus élevée qu'à l'accoutumée en cette saison.

Nova passe ses journées chez Amy MacKlow et rentre de plus en plus tard. Elle est devenue sa plus chère amie. La maison des MacKlow est surtout le lieu de rencontre de toutes les mères de Cairngorm et de leur progéniture. Nova leur lit des histoires chaque jour et leur enseigne la lecture. Je dois admettre que cela m'a rendu jaloux, au début. Mais la première fois que j'ai assisté à ses cours, j'ai été fasciné par le regard subjugué des enfants qui l'écoutaient. Leurs mères le sont tout autant. Parfois les pères viennent aussi. Et Nova les invite tous à se plonger dans des contrées romanesques, de sa voix douce et de sa capacité à dramatiser certaines scènes des ouvrages qu'elle leur fait la faveur de narrer.

Alors Aedan, qui s'est finalement décidé à profiter de son enseignement, s'est lancé dans l'organisation de soirées de lecture hebdomadaires à la taverne, suivie d'un spectacle et de danses drewidiennes, pendant que la bière coule à flots. Les habitants de Cairngorm sortent leurs plus beaux instruments et s'adonnent à la fête avec un entrain non dissimulé.

Après presque cinq années à supporter l'humeur taciturne de leur chef de tribu, les Calédoniens ont retrouvé le sourire et la joie de se livrer à des passe-temps frivoles. Ce rituel rencontre donc un immense succès auprès de mes semblables.

— Si tu ne viens pas danser, Tristan, je t'assure que je t'assomme avec mon pichet de bière, me provoque Aedan avec une tape dans le dos, alors que j'observe mes sujets remuer en rythme et écoute les chants entonnés par les bardes.

— Elle se fracasserait sur mon crâne sans que je sente une quelconque douleur.

— C'est vrai que tu as la tête dure, convient mon ami. Eh bien, reste assis. Je m'en vais m'amuser à ta place !

Il se retourne et file en direction de Nova qui frappe dans ses mains, en admiration devant les kilts et les tenues traditionnelles qu'il est coutume de porter lors des fêtes drewidiennes. Sa longue robe pourpre lui confère une attitude de reine. Ses cheveux noués en chignon relèvent son port de tête tout aussi majestueux. *Princesse des Ifs.* Je déglutis quand ses doigts se posent sur ceux d'Aedan, et que ce dernier l'emmène au milieu de la piste pour entamer un quadrille.

— Je ne sais pas danser cela ! s'exclame-t-elle en riant.

— Vous n'avez qu'à me suivre, lui déclare Aedan, avant de lui adresser un clin d'œil.

En mon for intérieur, je rugis. Puis mon soi-disant frère et ami aborde sa danse après une révérence, attrape les mains de Nova et la fait tourner au milieu d'autres danseurs qui les imitent en parfaite harmonie. Seule mon épouse peine à suivre ; ses difficultés me font venir une expression amusée sur le visage.

L'instant d'après, je me lève et me dirige vers elle. Me carrant devant Aedan, je ne laisse pas le choix à Nova que de changer de cavalier. Son sourire est si étincelant que j'en perds mes mots, alors que j'allais l'inviter en bonne et due forme. Mon ami s'esclaffe derrière moi et me chuchote à l'oreille.

— Tu es foutu, mon pauvre Tristan.

Je l'ignore et m'incline devant Nova, avant de m'emparer de sa main et de danser en sa compagnie. Les rires qui fusent de sa gorge m'enivrent. Les regards qu'elle m'adresse me consument. Aedan a raison. Je suis foutu, comme il dit.

Plus tard, dans la soirée, je laisse Nova dans la taverne, et vais prendre un bol d'air. Mon sourire ne m'a pas quitté. Mon cœur exulte alors que j'inspire avec force.

— Tu dois lui dire, me lance Aedan, que je n'ai pas entendu approcher.

— J'en suis conscient, déclaré-je, dans un murmure. Mais… si je le fais, elle…

— Il ne peut en être autrement, Tristan. Cette femme mérite la vérité.

— Tu l'admires, toi aussi, n'est-ce pas ?

— Comment faire autrement ? Désormais, je sais lire grâce à elle. Et ce qu'elle apporte à Cairngorm est…

— Je sais ce qu'elle apporte à Cairngorm. Mais si je lui dis…

— Il le faut, Tristan.

— Hum…

Mais je ne suis pas décidé. Je me refuse à voir le sourire de Nova disparaître. Je me refuse à lui ôter ce qu'il reste de bonheur dans une existence qu'elle n'a pas choisie. Je me refuse à la perdre pour toujours.

Des jours passent encore. Amy MacKlow apprend à Nova les croyances et les coutumes drewidiennes. Cela choque mon épouse quand elle comprend que dans certains des dômes se pratique l'esclavage. C'est après cette révélation qu'elle me demande de trouver le roman *Racines* de Axel Haley. Il m'est difficile de convaincre le bibliothécaire de commander les deux volumes qui composent le livre. Quand je les obtiens enfin, la reconnaissance de Nova m'est inestimable. Lorsqu'elle en lit les lignes à toute l'assistance, certaines mentalités évoluent. Mais un jour, un événement remet en cause ce que nous pratiquons avec candeur sous le dôme de Cairngorm.

Roy, l'aîné des enfants MacKlow me fait part d'une chose qui me trouble.

— Son enseignement est bien plus grisant que celui des druides, Monseigneur.

Je souris à ces mots. Puis mes réflexions m'entraînent vers de nouvelles inquiétudes.

Si ce que nous faisons ici se sait au-delà de nos frontières, alors nous rencontrerons des problèmes.

Les druides prodiguent leur enseignement depuis des millénaires. Bien qu'au fil du temps, nous nous soyons inspirés des Dynols pour améliorer notre confort de vie, les druides demeurent contre toute forme d'éducation qui ne serait pas celle choisie par nos ancêtres.

Depuis presque cinq ans que je suis tenu en exil sous mon dôme, je n'ai pas eu à souffrir de la présence de l'un d'eux. Ces derniers ont toujours été prompts à se rapprocher du pouvoir. Or je n'en ai aucun, si ce n'est celui de provoquer le tonnerre et la pluie. Ce n'est pas de cette forme de pouvoir dont les druides sont avides, mais plutôt celui d'un pouvoir hiérarchique, voire de soumission, que seuls ma mère et mon frère détiennent en Alba, et ailleurs…

C'est après avoir réfléchi à ce que Nova et moi sommes en train de commettre que je reçois un cavalier, qui me livre un message que je redoute depuis un moment déjà.

« Seigneur du Tonnerre, mon cher Tristan,

Votre mère a retardé ma visite à contrecœur. Les affaires du royaume m'ont donc retenue plus que je l'escomptais. Bientôt libre de mes obligations, du moins pour quelques jours, j'ai l'honneur de vous faire part de ma venue à la prochaine pleine lune.

Il me tarde de vous revoir et de vous entretenir de ce que votre mère Awena m'a confié.

Bien à vous,

Druidesse Gwydian »

Mes mains tremblent quand j'entends les mots de l'émissaire de Kilda. Gwydian a toujours nourri une certaine inclination à mon égard. Je me rappelle encore son regard lorsque, durant ma nuit de noces, j'ai dû déflorer Nova sous ses yeux. Je la revois suivre chacun de mes pas jusqu'au lit conjugal et son expression semblant se délecter de mon humiliation, ne dissimulant pas son excitation. C'est une femme qui entretient des mœurs singulières. Si je voulais que les druides sortent au plus tôt de la chambre nuptiale, après mon premier et unique coup de reins, mes mots lui étaient en premier lieu destinés. La druidesse est puissante, peut-être est-elle même la plus puissante de tous ses semblables, désormais. Elle a hérité de la charge de maîtresse druidesse après le décès de son prédécesseur. Devenue indispensable à ma mère, elle cultive son goût pour le sacrifice, qui a rapidement convaincu quiconque de s'en faire une amie. Mais Gwydian n'est l'amie de personne, si ce n'est celle de la magie. Les runes tatouées sur son corps émettent des lueurs vives lorsqu'elle utilise ses pouvoirs. Ses connaissances sont un puits sans fond. Son intelligence n'a pas de limites.

Je me méfie d'elle et de sa visite.

Je pense à Nova et me fais une promesse.

Il n'est pas question que la druidesse ait vent de sa présence sous le dôme.

Je fais alors appeler mon propre émissaire, et lui confie un message pour mon frère Kendall, espérant qu'il le trouvera dans les meilleurs délais. Dans le cas d'une visite de Gwydian, il me faut son aide.

CHAPITRE 29
TRISTAN

J e suis dans le salon, les yeux plongés dans le *Portrait de Dorian Grey*. Cela fait déjà trois fois que je le lis. Il me captive. M'ensorcelle. Aucun autre roman n'a réussi à me fasciner autant que celui-ci. Est-ce parce que j'ai appris à lire avec cette œuvre ? Je ne le sais guère. Je suis sur le point de tourner une page quand un bruit m'arrache à ma lecture.

— Je suis venue attiser le feu, Monseigneur.

Brianna m'observe un instant, puis part vers la cheminée et prend le tison, avant d'alimenter les flammes de quelques bûches. Je la regarde faire, pressé qu'elle me laisse seul afin de retrouver dans le calme l'œuvre d'Oscar Wilde. Mais elle ne s'en va pas. Non. Elle préfère se diriger vers moi, un sourire jouant sur ses lèvres, et qui pourtant n'atteint pas ses yeux.

— Peut-être avez-vous besoin de moi pour d'autres… services, me lance-t-elle.

Mon visage n'exprime rien face à cette déclaration que je sais endiablée. Je réponds :

— Je ne vois pas ce que je pourrais attendre de toi, Brianna. Il me semble avoir été clair la dernière fois.

— Nous avons été surpris par votre épouse, dit-elle encore, tandis qu'elle délace son corset. Si ça n'avait pas été le cas...

Ses seins se libèrent sous sa chemise, elle n'en a pas fini avec son carcan qu'elle en écarte le col pour exhiber sa poitrine généreuse, escomptant vraisemblablement que ma faible nature d'homme – qui plus est un homme qui n'a pas touché une femme depuis des mois – se laissera ensorceler.

— Ta maîtresse est sous ce toit, montre-toi respectueuse et épargne-moi ces faveurs dont je ne veux pas.

— Mais, Monsieur...

Elle n'a cure de mon avertissement et s'avance encore, si près que mon visage est tout proche de ses formes opulentes. Et comme c'est l'heure où Nova se joint à moi dans ce salon, je suis à peine étonné d'entendre la porte s'ouvrir dans un grincement et de découvrir mon épouse sur le seuil.

La lueur dans ses yeux n'est pas la même que celle que j'ai observée la fois où elle m'a surpris à goûter les mamelons de sa camériste. Ils n'étaient pas parés de cette déception qui me brise alors que je la vois refermer doucement le battant derrière elle.

Je me lève, contrarié. Brianna est obligée de s'écarter quand je passe devant elle sans un mot.

— Monseigneur ! m'interpelle ma servante.

Je me tourne, la fusillant du regard.

— Ne crois pas que j'oublierai ce que tu viens de faire, sotte que tu es. Ton acte était prémédité. Si tu souhaites conserver ton poste dans ma maison, avise-toi de ne plus jamais me présenter tes charmes. Ils me laissent froid et ne m'inspirent plus que dégoût.

Le mépris dans mes paroles lui tire des larmes que j'ignore, tandis que je la quitte d'humeur sombre.

Mes pas me mènent vers le pigeonnier où je suis certain de trouver Nova. J'enclenche la poignée, puis renonce. Après une profonde inspiration, je toque à la porte. Il se passe un long moment avant que le visage de mon épouse ne se glisse dans l'entrebâillement. Mon soulagement exprime toute la crainte que j'ai éprouvée à l'idée qu'elle ne m'ouvre pas.

— Ne… Que puis-je faire pour vous, Tristan ?

Je ressens la colère dans sa voix. Ses traits sont durs, différents de ceux que j'ai l'habitude de contempler. Je me sens saisi par une émotion écrasante alors que je lui demande :

— M'autoriserez-vous à entrer ?

Elle accueille mes propos avec un haussement de sourcil, puis se retourne, laissant la porte grande ouverte. Je pénètre dans la pièce.

— Qu'avez-vous, Nova ?

Elle est de dos, face à la fenêtre, comme la première fois où je l'ai découverte dans cette chambre. Sauf qu'à cette époque, je la haïssais, et qu'aujourd'hui, je n'en ai plus la force.

— Je n'ai rien, Tristan.

J'approche de quelques pas.

— Vous mentez.

— Peut-être. Est-ce si grave ? dit-elle sans se retourner.

Un autre pas.

— Non, ça ne l'est pas.

Un silence.

— Je n'ai pas de relations avec ma servante.

— Je ne vous ai rien demandé.

— J'ai cru… hésité-je, je veux dire… je ne souhaite pas que vous entreteniez de fausses idées à son sujet.

— N'est-elle pas votre maîtresse ?

— Non.

— L'a-t-elle été ?

— Oui, enfin… pas vraiment.

Je ne peux décemment avouer à mon épouse que Brianna n'a été qu'un faire-valoir. Qu'une femme dont les bras et le corps m'ont accueilli quand j'ai ressenti le besoin de m'y lover, ou de me soulager.

— Avons-nous déjà fait l'amour tous les deux ?

Ma tête marque un bref mouvement de recul à cette question inattendue. J'inspire profondément avant de répondre :

— Oui. Mais…

— Mais quoi ?

— Je ne vous ai pas fait honneur, ou plutôt… je n'ai pas été à la hauteur.

— Pas comme avec elle.

Mes yeux se baissent sur le sol.

— En effet.

— Parce que je ne le mérite pas.

Mon regard se relève quand elle me fait face.

— Pas du tout. Vous… vous n'étiez pas… je n'étais pas…

— Amoureux de moi.

Je me tais.

— Vous l'aimez ? s'enquiert-elle.

— Pardon ?

— Vous aimez Brianna ?

— Bien sûr que non !

Ses yeux d'ambre se figent dans les miens. L'incompréhension que j'y lis me pousse à m'avancer plus près d'elle, sans même y réfléchir. Je ne suis plus qu'à un pas. *Un seul pas.*

— Vous me détestiez, Tristan, et maintenant…

Ses mots restent bloqués dans sa gorge.

— Maintenant, je vous admire, Nova.

Son visage exprime toute sa surprise. Ses yeux s'emplissent de larmes qu'elle tente en vain de refouler. Je réalise que j'aurais dû lui faire part bien avant des sentiments qui m'animent à son égard. Des sentiments qui ont profondément changé, à mesure que nous faisions connaissance, à mesure que les jours s'égrenaient en sa compagnie, et que sa présence devenait indispensable à cette maison, à Cairngorm. Qu'elle *me* devenait indispensable. Je ne le comprends vraiment qu'à l'instant. La force de ma conviction me fait tendre la main pour attraper la sienne. Je la porte à mes lèvres et embrasse le creux de son poignet sur lequel son Triskel est tatoué. Elle semble ne plus respirer quand je lui dis :

— Je n'ai jamais été un époux à la hauteur pour vous.

— Vous êtes le seul que j'ai jamais connu, déclare-t-elle, les joues en feu, un léger sourire pointant sur sa bouche charnue.

— J'aimerais que vous m'autorisiez à devenir…

Je cherche mes mots. Mon regard parcourt le pigeonnier dans lequel je l'ai installée, de peur que… qu'il se passe ce qu'il se passe en cet instant. J'éprouve le sentiment d'être exposé, fébrile face à ce que je ressens. Je laisse retomber sa main et me mords les lèvres.

— Bonne nuit, Tristan, dit-elle, tout sourire effacé, se retournant pour attraper sa robe de chambre, avant de me quitter et d'emprunter le couloir qui mène aux thermes.

Nerveux, je hoche la tête, alors qu'elle ne me regarde même plus. Puis je me précipite vers la sortie. Quand la porte se referme, je m'y adosse, le souffle court. Mes pensées refusent de se mettre en ordre. Je pars d'un pas décidé en direction de ma chambre, le filtre du visage de Nova imprimé sur mes rétines. Il aurait suffi de...

Je fais les cent pas. À ce rythme, je vais trouer le tapis qui jouxte le lit. Ce lit... où je l'ai caressée. Je vacille sous la puissance de mes souvenirs. Un simple frôlement sur son bras, sa nuque et quelques effleurements sur son visage. Ce visage au milieu duquel deux yeux à la lueur ambrée se mirent dans la profondeur glacée des miens. Je m'arrête, face à ce lit. Face à cette couche dont je l'ai chassée. De peur... de peur de me laisser aller à ce sentiment que je refuse. De cette contradiction qui me dévore de l'intérieur.

C'est une Namnette, une fille d'Alistair. Je ne peux m'y résoudre. Je ne peux lui faire *ça.* Pourquoi me fait-elle *ça ?* Pourquoi me torture-t-elle ? Comment osé-je nourrir cet espoir après ce que j'ai fait ? *Nova...*

Puis ma raison explose. Mes doigts serrent si fort le montant du lit qu'il risque de céder sous la pression de mes phalanges. Je fais volte-face, me rue vers le couloir sombre, attrape une torche et me rends vers les thermes.

L'épaisse vapeur qui pèse sur les bassins m'indique aussitôt la moiteur des lieux. C'est à peine si je l'aperçois tandis que je progresse vers l'étuve la plus large. Elle est là, se baignant, les yeux rivés sur moi, les bras remontés sur sa poitrine qu'elle souhaite me dissimuler.

Je la regarde et retire mes vêtements sans ciller. Pourtant, mon cœur bat à tout rompre. Ma gorge se serre. Mes jambes tremblent quand j'ôte mon pantalon et que je me redresse, face à elle, tout discernement envolé, évaporé dans la brume qui investit les lieux.

Je reste là, face à ses iris qui ne quittent pas les miens,

même pas pour observer mon corps à nu devant elle. Mon âme l'est tout autant. Puis je m'approche des escaliers et m'immerge dans les eaux chaudes. Nova respire plus vite, trop vite. Ses épaules marquent quelques soubresauts. Alors que je ne suis plus qu'à un pas, elle déclare :

— Que faites-vous ?

Un seul pas...

— Je me baigne avec mon épouse, murmuré-je.

Son regard examine mon visage, mon cou, puis mon torse, avant d'en revenir à son point de départ. Puis je vois le seau derrière elle. Mon bras s'allonge dans sa direction, ce qui la surprend. A-t-elle cru que j'allais la toucher ? Le craint-elle ? Ma main s'empare de l'éponge et du savon.

— Puis-je ? demandé-je.

Elle reste figée. Je suis suspendu à ses lèvres. Puis elle accepte d'un timide signe de tête. Je pose l'éponge sur son cou. L'eau se déverse sur sa poitrine qu'elle me cache toujours. Mon autre main se place délicatement sur le croisement que ses bras forment, et les invite à se dérouler. Nova ne résiste pas et me laisse admirer ses seins, tandis que le savon liquide les drape d'un voile blanchâtre. L'éponge parcourt son buste, ses épaules, puis descend doucement vers ses mamelons qui sont si durs en cet instant que je réprime l'envie d'y goûter. Mais je me retiens. Je souhaite que ce moment s'éternise. Je veux qu'il dure et dure encore. Je veux m'y perdre. Alors je lui lave les bras, les poignets et les mains. Puis je lui demande de se retourner et je m'attelle à son dos, ses omoplates, sa chute de reins. Et comme elle, quand elle a exécuté cette tâche sur moi, je m'arrête à la naissance de ses fesses. Ses fesses galbées que je rêve à présent de pétrir entre mes doigts puissants.

Je fais le dernier pas et me colle contre son échine. Son

corps marque un soubresaut. Je pose le savon et l'éponge sur la margelle. Les bras libres, je les enroule autour d'elle, et enfouis mon visage dans son cou.

— Je vous désire, Nova.

Elle rate une respiration en entendant ces mots. Je pense aussitôt qu'elle est prête à me repousser et dégage mes mains autour d'elle. Elle se retourne et m'observe, sa poitrine est collée à mon plexus. Mon cœur est à genoux devant la beauté de ses traits. Ses doigts remontent le long de mon torse, hésitants, puis cheminent jusqu'à ma gorge et mon visage. Ses caresses sont si intenses que j'en ferme les yeux.

— Je vous désire aussi, Tristan.

Mes paupières se rouvrent. Mes lèvres dessinent un sourire et se penchent au-dessus des siennes. Le moment dure un instant. Un instant de grâce. Celui de l'attente et de l'impatience. Celui de l'envie et de la crainte de se lancer. Puis je les pose sur les siennes. Délicatement, lentement. Je goûte sa bouche, sans la quitter du regard. L'effet est immédiat sur mon anatomie, et je suis prêt à reculer quand soudain, ses bras m'enserrent. Mon érection vibre contre son flanc. Mes lèvres s'entrouvrent, ma langue s'y glisse et rencontrent la sienne. Mes épaules s'affaissent sous la reddition de mon âme.

C'est la première fois que je l'embrasse. C'est si puissant qu'une chaleur dévorante s'empare de ma gorge, sinue jusqu'à mon ventre, remonte en flèche jusqu'à mon cerveau, me donnant le sentiment de flotter au-dessus de l'étuve. Puis elle s'écarte de mon visage, manquant déjà à mes lèvres. Et nous nous regardons, longtemps, jusqu'à ce que je dise :

— Voudriez-vous dormir avec moi cette nuit ?

Elle acquiesce, un sourire illumine son expression ébahie. Nous sortons du bassin, enfilons nos robes de chambre sans nous quitter un instant des yeux, et nous rendons dans notre lit. Quand elle y retrouve sa place, je me sens presque… heureux.

Presque… parce que je lui mens sur qui je suis.

Sur ce que j'ai fait.

Mais jamais ô jamais je ne le lui avouerai.

Je me l'interdis.

Et tant pis si je suis maudit.

CHAPITRE 30
NOVA

Nous n'avons pas…

Nous avons seulement dormi. Après des caresses, sous ses baisers, je me suis enflammée. Et j'aurais aimé plus. Bien plus. Mais…

Cette lueur dans son regard bleu glacier. Comme un chagrin qui le consume. *Pourquoi ?*

Je veux savoir. J'ai besoin de savoir. Depuis mon arrivée en ces lieux. Depuis cette conversation que j'ai surprise entre Tristan et Aedan, à l'extérieur de la taverne.

— *Tu dois lui dire.*

— *J'en suis conscient. Mais… si je le fais, elle…*

— *Il ne peut en être autrement, Tristan. Cette femme mérite la vérité.*

Cela me consume chaque jour. Pourtant, je me refuse à questionner mon mari. Pas alors qu'il m'a invitée à partager sa couche. Pas alors qu'il m'a fait danser et qu'il me sourit. J'ai tant lutté pour en arriver là. J'ai tant attendu que sa carapace se fendille pour enfin lui arracher un regard d'admiration. Du moins, c'est ce que je crois y discerner. Et il me l'a dit. « *Je vous admire, Nova.* »

Un sourire pointe sur mes traits en me rappelant ces mots. Mon visage se tourne vers celui de Tristan. Le sommeil l'a paré de sérénité. Ma main effleure ses tatouages sur la partie rasée de son crâne. Je m'apprête à déposer un baiser sur son front quand, soudain, la porte s'ouvre sur Duncan. Je rabats la couverture sur moi, surprise par cette intrusion dont le régisseur n'est pas coutumier. Les paupières de Tristan clignent avant de se lever, puis ses yeux se fixent, effarés, sur Duncan.

— Que se passe-t-il ?! tonne-t-il en se redressant.

Son torse dénudé provoque l'étonnement de Duncan avant qu'il dise :

— La druidesse, Gwydian, elle est ici. On m'a rapporté qu'elle vient de franchir le portail.

À ces mots, le visage de Tristan pâlit et il se tourne vers moi.

— Vous devez partir !

— Qu… quoi ?

— Maintenant ! assène-t-il, avant de regarder à nouveau Duncan. Accompagnez-la jusqu'à chez Aedan. Dites-lui de l'emmener chez mon frère, Kendall.

— Mais, Monseigneur, votre frère n'a pas répondu à votre message. L'émissaire dit qu'il est introuvable.

Le silence qui s'abat sur la pièce fait s'emballer mon cœur.

— Qu'y a-t-il ? Pourquoi voulez-vous me voir fuir, Tristan ? Non. Je m'y refuse.

— Vous le devez, Nova ! Il en va de votre vie.

— Non ! répété-je, peu disposée à me laisser de nouveau congédier sans explications.

Tristan pousse un soupir et se lève. Mon regard s'attarde

sur son dos et ses fesses si galbées que je réprime le désir de les toucher. Je veux le toucher. Je veux que les flammes qui se sont embrasées la nuit dernière ne se tarissent pas dès aujourd'hui. S'il m'a caché des choses, alors tant pis. Je suis prête à l'accepter. Je suis prête à le pardonner sans même savoir ce pour quoi il se torture. Ce pour quoi il m'a traitée si durement depuis mon arrivée. Je ne veux pas le perdre.

Je me lève à mon tour. Duncan détourne les yeux dès que ma peau nue se révèle à sa vue. Mes bras s'enroulent autour du torse de Tristan. Ma poitrine se colle à son dos.

— Ne me chassez pas. Je vous en prie, ne me chassez pas.

Mais il n'en a cure. Son regard est jeté par la fenêtre. Il fait volte-face et interpelle son régisseur.

— Il est trop tard. Elle est ici. Allez l'accueillir et installez-la dans le logis.

Duncan s'empresse de s'exécuter et nous laisse seuls. La respiration de Tristan est rapide. Je pose ma tête sur sa poitrine. Ses battements de cœur résonnent à mon oreille.

Il m'agrippe les bras et les écarte, de manière à me faire reculer.

— Restez ici, et ne bougez pas.

— Tristan, je…

Il me fait taire d'un baiser. Un baiser fougueux qui emporte mes protestations dans un long silence. Ses mains s'enfouissent dans mes cheveux, avant que l'une d'elles ne parcoure les courbes de mon dos. Il me serre fort contre lui. Très fort. Je ne veux pas qu'il me quitte, alors je l'enlace tout autant.

Puis aussi subitement qu'il m'a embrassée, il se détache de mes lèvres et enfile ses vêtements de la veille avant de claquer la porte derrière lui. J'en reste coite. Et j'attends. J'attends un long moment, jusqu'à ce que je me décide à ne plus laisser qui que ce soit rompre ce que je m'évertue à entretenir depuis déjà quelques mois. Car je veux mon mari, plus que toute autre chose. Je crois même qu'il me serait désormais insupportable d'être loin de lui. Chacune de nos soirées de lecture, chacun de nos regards, jusqu'à hier. Hier, où il a cédé. Enfin.

Puis je me rappelle que je suis une meurtrière, que j'ai tué tant de personnes que Tristan refuse de m'en donner le nombre exact. Je fixe mon attention sur l'âtre où les braises sont encore vives. Je me concentre et quelques flammes jaillissent. Force est de constater que ce n'est plus pareil. Depuis un certain temps, j'éprouve des difficultés à exercer mon don. Je m'en suis aperçue le soir où Tristan m'a renvoyée dans le pigeonnier. À cette pensée, mon cœur se serre. À nouveau, des obstacles se dressent. Mon esprit me ramène à cette nuit-là. Tristan n'avait pas jugé utile de faire appel aux domestiques pour allumer le feu dans ma chambre, s'imaginant sans doute que je réussirais à le faire éclore moi-même. Une fois seule, j'ai regardé les bûches, ai concentré mon pouvoir sur elles, comme j'ai l'habitude de le faire, mais rien ne s'est produit. J'ai grelotté toute la nuit. Aujourd'hui, j'ai besoin de quelques braises encore fumantes pour que la magie opère. Mais plus le temps passe, plus il m'est difficile de faire fonctionner cette capacité. Au fil des semaines, je m'y suis faite, sans parvenir à le dire à Tristan. Chaque fois, je me convaincs que mon pouvoir va refluer, que c'est une accalmie, ou mon châtiment pour ce que j'ai commis. Que je vis des jours si heureux qu'en moi ne couve plus cette colère ni ce désarroi qui amplifiait cette aptitude dont je ne veux pas. J'aimerais même qu'elle disparaisse à tout jamais.

Mes cámaristes viennent furtivement dans ma chambre.

Idult et Malvena chuchotent tandis qu'elles m'habillent de vêtements destinés à monter à cheval.

— Duncan vous attend près de la porte, derrière les cuisines, ma lady. Faites-vous discrète, s'il vous plaît.

J'opine de la tête sans un mot. Quand elles en ont terminé avec moi, je m'élance dans les escaliers qui me conduisent au point de rendez-vous. Les cuisines sont désertes. Je suis prête à ouvrir la porte vers l'extérieur lorsqu'un éclat de rire féminin percute mes tympans. Mon visage se tourne vers l'autre porte, celle qui mène au logis. Elle est légèrement entrebâillée. Je ne résiste pas et approche de l'embrasure à pas feutrés.

Mon regard glisse vers l'intérieur et tombe sur une grande femme d'environ quarante ans, qui porte une toge blanche sous une longue chevelure noire de jais cascadant dans son dos. Un tatouage formant deux lignes parallèles lui barre le front jusqu'à la pointe de son nez. Un autre, représentant un œil, est gravé dans sa chair, à la naissance de sa poitrine. Mes yeux remontent vers les siens. Ils sont si gris que je les discerne à peine au milieu de ses globes oculaires. Elle est belle. D'une beauté placide et dangereuse. De celles qui saisissent à première vue. Son intention est portée sur Tristan, nonchalamment installé sur sa chaise tandis qu'il prend son petit déjeuner.

— Ta mère a eu ouïe dire que ton frère Lennon serait ici à l'occasion de la fête de Litha, déclare la druidesse.

— En effet.

— Elle s'interroge sur le fait que tu ne l'aies pas invitée.

— Cela m'étonnerait, rétorque Tristan. Elle sait que j'aurai déjà du mal à accueillir la cour de Lennon, avec tous ses esclaves. Comment croit-elle que je puisse de surcroît abriter une reine à Cairngorm ?

— Elle ne l'est pas encore.

— Comment cela ? demande-t-il.

— Tu le sais, Drustan. Ne me fais pas perdre mon temps.

Un silence s'étire entre eux. Le regard de Tristan est fixé sur la druidesse qui parcourt la distance jusqu'à lui. La main de la femme s'aventure sur la longue tresse de mon mari et l'enroule entre ses doigts.

— J'aimerais que...

— Arrête ça, Gwydian.

— Me repousseras-tu chaque fois que j'aurai l'occasion d'être seule avec toi ?

— Tu ne préfères pas connaître la réponse à cette question.

La druidesse s'esclaffe. Sa main effleure la nuque de Tristan, son regard exprime son avidité. Je serre les poings.

— Elle ne peut se prétendre reine tant que les enfants d'Alistair sont vivants.

— Ils sont sans doute morts, assène mon mari.

Gwydian prend une profonde inspiration, ses doigts quittant la peau de mon époux, et elle contourne la table pour lui faire face.

— Tu sais que non, déclare la druidesse, et cette... Nova... reste introuvable.

Ma gorge s'assèche. Que viens-je faire là-dedans ? Quel rapport ai-je avec cet Alistair ?

— Quant à...

Gwydian se coupe en pleine phrase, ses yeux vrillant jusqu'à la porte derrière laquelle je suis dissimulée. Ma respiration s'emballe tandis que l'arrière de mon crâne s'appuie sur le bois, après que je me suis déplacée d'un geste vif.

— De toute manière, reprend-elle, Awena n'a aucun désir

de se rendre à Cairngorm pour Litha. Crois bien que je le regrette, mon cher Tristan.

Un nouveau silence s'abat dans la pièce derrière moi. Je lutte pour ne pas regarder ce qu'il s'y passe. Mes pensées me ramènent vers cette main qui touche la nuque de mon époux. J'inspire. Le silence dure encore. Mes yeux se posent sur la porte qui me mènera à l'extérieur de la maison où Duncan m'attend.

Un pas. Puis un autre. Je retrouve le régisseur. Je suis en larmes. Sans vraiment savoir pourquoi. Je sais juste que ce que me cache Tristan risque de chambouler nos existences. Et malgré moi, j'aimerais ne rien avoir entendu. Et même l'oublier, comme toute ma vie avant ce fameux jour où j'ai rencontré Rose et Ginny.

CHAPITRE 31
NOVA

J e suis à la taverne d'Aedan Campbell quand enfin mes sanglots cessent. Ce dernier a eu pitié de moi et m'a servi une bière pour que mes nerfs se détendent. Duncan a rejoint Tristan, avant de me confier qu'il devait superviser les préparatifs de la chambre de la druidesse. Mon cœur s'est serré à cette déclaration, n'aimant pas savoir cette femme étrange sous le même toit que mon mari.

— Nova, puis-je faire autre chose ? s'enquiert Aedan.

Dans son regard, je devine sa dévotion. Je ne crois pas l'avoir méritée, pourtant elle siège dans chacune de ses phrases et de ses expressions. Je le remercie d'un signe de tête pour son hospitalité et refuse poliment l'autre bière qu'il me tend.

— C'est vrai qu'il est tôt, convient-il avec un sourire. Que se passe-t-il ?

Je prends une inspiration, m'essuie les larmes d'un revers de manche et fixe mon regard sur les pupilles noires d'Aedan.

— Qu'est-il arrivé à ma famille ?

Le sang déserte son visage. Il se lève subitement.

— Je ne peux vous le dire. Ce... ce n'est pas à moi de vous le révéler.

— S'il vous plaît, Aedan. Tristan a l'air très mal à l'aise quand je lui pose la question, et je ne veux pas...

— C'est à lui de vous en parler.

— Ils sont tous morts, c'est cela.

— Je ne sais pas.

Il revient près de moi et reprend place sur la chaise. Sa main s'empare de la mienne, réconfortante.

— Je connais Tristan depuis tout petit. Mon père est le chef du clan des Insubres, en Cisalpina. Il m'a envoyé très jeune à Kilda, afin de profiter des enseignements du meilleur maître d'armes drewidien. Tristan et moi avons appris à nous battre ensemble. Son père, le seigneur Calum, venait assister à tous nos entraînements.

J'observe Aedan, fascinée. C'est la première fois que je découvre des détails sur le passé de mon époux. Je bois ses paroles avec avidité.

— Parfois, je le battais, reprit-il, mais Tristan ne supportait pas de perdre sous les yeux de son père, alors il demandait au maître d'armes de recommencer le combat. C'est un homme têtu et secret. Il l'a toujours été.

— Et ses frères ?

— Oh, ils sont très différents. Lennon est un rustre et s'est toujours comporté comme un malotru. On l'appelle « le Tyran » pour d'excellentes raisons. Cependant, et malgré une drôle de façon de l'exprimer, il aime profondément son jeune frère. Quant à Kendall, le dernier des héritiers de Calum, il est singulier de bien des manières, et très malin. Je me méfie de ce fourbe comme de personne d'autre. Tristan, Lennon et moi en avons vu de toutes les couleurs à cause de ce petit morveux.

— Un morveux adulte, à présent, lui fais-je remarquer.

— Ah bon ?

Il s'esclaffe.

— Vous avez sans doute raison. Kendall est… c'est un romantique. Je ne l'ai jamais compris, ni sa mère ni Lennon d'ailleurs. Je crois que le seul à le cerner est Tristan.

Romantique ? me répété-je, intérieurement. La vision de Kendall chevauchant Lucille me revient à l'esprit. Ce n'est pas tout à fait le qualificatif que je lui aurais attribué, mais je préfère taire mon ressenti, de peur d'interrompre les confidences d'Aedan.

— Où vivent-ils ?

— En Alba. Kendall à Kilda avec sa mère. Lennon, lui, possède le dôme d'Elean, sur l'île des Brumes. Les Dynols l'appellent Skye. Un dôme bien plus grand que celui de Cairngorm, mais moins important que celui de Kilda, ou même de Brocéliande.

— Brocéliande, répété-je. C'est là-bas que Kendall et son oncle m'ont fait passer le portail qui m'a menée jusqu'ici. Je n'avais pas conscience qu'il était habité.

Aedan pâlit et détourne son regard.

— Il ne l'est plus, du moins… peu de personnes y vivent désormais.

— C'est de là que je viens, n'est-ce pas ?

Il hoche la tête, et je sens tout ce que cet aveu lui coûte.

— Je ne dirai pas à Tristan ce que vous me révélez, Aedan, sachez-le.

— Oh, je le sais, Nova. J'aimerais juste…

Il se tait. Cette fois, c'est moi qui pose ma main sur la sienne afin de le rassurer. Il poursuit, la voix plus faible :

— Tristan a été malheureux, longtemps. Il… Je ne l'ai jamais vu tel qu'il est aujourd'hui. Vos familles sont…

Il s'interrompt.

— Je vous en prie, continuez, supplié-je.

— Elles sont ennemies depuis de si nombreuses années que…

Je ressens tout le conflit qui l'habite. Il boit une longue gorgée de bière pour se donner du courage. Mais je ne peux me résoudre à lui dire *« Aedan, c'est votre ami et vous ne souhaitez pas le trahir, ne m'en parlez pas »*. Je m'y refuse, car je dois savoir. Je devine que la barrière de l'oubli sera insurmontable entre Tristan et moi, tant que je ne connaîtrai pas la vérité. Je veux avancer. Je veux mon époux. Maintenant, j'en suis certaine, et je crois être devenue suffisamment solide pour tout entendre.

Aedan se lève et se poste près de la fenêtre, face au sentier qui mène à la demeure du seigneur de Cairngorm.

— Vous êtes l'une des sept enfants du roi Alistair, Nova. Votre père était le plus puissant des hommes de Drewid et régnait sur tous les dômes.

— « Était ». Il est donc mort, n'est-ce pas ? soufflé-je, mon cœur ratant un battement à cette information.

Aedan hoche la tête, tandis que je sens ma poitrine se soulever dans un soupir de chagrin. Pourtant, je ne me rappelle pas mon père. Ni mes frères, mes sœurs, ma mère…

— Il l'est, assène Aedan. Quant au reste des membres de votre famille, je ne sais pas ce qu'ils sont devenus. Des rumeurs courent, mais… rien n'a jamais été confirmé. Du moins…

Il marque un silence.

— Ce que je sais en revanche, c'est que la mère de Tristan a pris la relève d'Alistair et a mis tout en œuvre pour le déchoir.

— C'est donc elle la responsable de la mort de mon père.

Aedan soupire.

— Quelques années après la naissance de Kendall, votre père a pris une décision qui est à l'origine de bien des maux. Rien n'a plus jamais été pareil pour Tristan et ses frères, après cela.

— Que s'est-il passé ? demandé-je, ma voix n'étant plus qu'un murmure.

— Alistair a offert Calum en sacrifice aux dieux.

— Qu... quoi ?

Aedan se retourne et fixe ses yeux dans les miens.

— Votre père a ordonné l'exécution de Calum, le chef du clan des Pictes sur la pierre sacrificielle de Kilda. Condamné à mort dans son propre fief.

Ma respiration se coupe. Je reste bouche bée, après cette épouvantable révélation. Aedan poursuit :

— Lennon et Tristan, ainsi que leur mère, ont été obligés d'assister à son assassinat. Je crois que Kendall était trop jeune pour comprendre ce qu'il se passait, mais... Lennon et Tristan, eux, n'ont rien oublié.

— C'est affreux ! Mais comment... ?

Mon visage n'est qu'effroi. Mon cœur me martèle les côtes. Je n'arrive même plus à émettre un seul mot.

— Le maître druide de Brocéliande, Fitras, s'est chargé du sacrifice, continue Aedan. Il l'a éventré en psalmodiant des prières. Calum a mis trop longtemps à mourir. Je revois encore Tristan, en larmes, les mains pleines de sang, tentant de retenir les entrailles de son père dans son ventre, en criant son nom. C'était un spectacle... horrible.

— Vous y avez assisté vous aussi ?

Aedan hoche la tête.

— Tous les Pictes de Kilda ont été réunis ce soir-là.

C'était la manière à votre père de s'assurer que personne ne reviendrait mettre en cause sa légitimité.

— Parce qu'il se croyait menacé ?

— Même pas. Nous ne savons pas exactement ce que Calum a fait pour lui attirer un tel courroux. C'est sans doute cela qui a été le plus dur à avaler pour la famille de Tristan. Si rien n'a été commis, alors où est la justice ?

— Mais… pourquoi ai-je été marié au fils de Calum ?

— J'ai été le premier surpris par la décision d'Alistair. J'ai même renoncé à assister à votre mariage, ne voulant voir mon ami contraint d'épouser une ennemie de son clan. Je ne vous connaissais pas encore, Nova.

Aedan prend une inspiration.

— Les rumeurs disent que c'est votre mère qui souhaitait à tout prix ramener la paix à Drewid, qu'elle disait qu'il était temps de panser les plaies du passé.

Je suis si effarée par ces révélations que mes pensées refusent de se mettre en ordre.

La porte claque derrière nous. Tristan est dans l'embrasure, respirant vite. Ce que je lis dans son expression me bouleverse, et le maelstrom d'émotions qui me traverse est encore accentué par ce que je viens d'apprendre de la bouche d'Aedan. Alors je me lève, me rue dans les bras de mon mari et le serre fort contre moi. Surpris face à la détermination de mon geste, il hésite un instant avant de m'enlacer. Le visage de mon époux se niche dans ma nuque, et je le sens respirer mon parfum.

— Nous devons partir, murmure-t-il à mon oreille.

— Mais… non, je ne veux pas quitter Cairngorm ! répliqué-je en me reculant.

— Pas longtemps. Non, pas longtemps, dit-il comme s'il

se parlait à lui-même. Jusqu'à ce qu'elle se décide à déserter les lieux. Si je reste, elle ne partira pas.

— Et où vas-tu aller, mon frère ? demande Aedan. Tous les dômes abritent des druides qui en référeront à Gwydian ou à ta mère.

— Chez Lennon ?

— Es-tu devenu fou ?! Emmenez Nova chez lui ! Sérieusement, Tristan ?

Mon époux soupire.

— Bien sûr que non. Tu as raison.

Aedan réfléchit dans le silence qui s'étire et déclare :

— Votre salut réside chez les Dynols. Personne ne vous y trouvera.

— Nous ne connaissons aucun Dynol prêt à nous héberger, lui rétorque Tristan. Et nous n'avons pas d'argent pour survivre parmi eux.

— Allons chez Ginny et Rose.

À ces mots, il fixe son regard sur moi et penche la tête sans émettre un son.

— Mes mères adoptives nous accueilleront à bras ouverts, déclaré-je encore.

— Elles pourraient vous repousser, Nova, me prévient Tristan. Après ce qu'il s'est passé quand…

Il ne termine pas sa phrase, car il sait que chaque mot qu'il dira me fera l'effet d'un coup de poignard planté dans le cœur. Mais il dit vrai. *J'ai tué*… Rose et Ginny doivent se douter que l'incendie du campus a été provoqué par ma faute. Mes yeux s'emplissent de larmes à cette pensée.

— Allons-y, me lance soudain Tristan en m'attrapant la main.

— Mais…

— Pas le choix, Nova. Il vaut mieux risquer le courroux

de deux Dynoles sans pouvoirs que celui de la druidesse de ma mère, croyez-moi.

— Ce n'est pas prudent, Tristan, tu devrais rester ! assène Aedan d'une voix plus forte. Tu es condamné à l'exil.

Tristan se tourne vers lui, l'examine un instant.

— On m'a demandé de me tenir éloigné des affaires du royaume. Je ne vois pas en quoi aller chez les Dynols rompt cette promesse que j'ai faite à ma mère.

— Tu le sais bien, si.

— Je prends le risque, Aedan. Car il n'est pas question que je laisse Nova seule, tu entends ! Accompagne-nous jusqu'à la maison où nous résiderons. Quand Gwydian sera rentrée à Kilda, viens nous chercher.

Aedan acquiesce en posant une main sur l'épaule de son ami. Quelques minutes plus tard, Tristan m'emmène jusqu'au portail sur le dos de Tonnerre dans un galop effréné, Aedan nous suivant de près.

CHAPITRE 32
NOVA

Nous sommes devant la ferme. Aedan est resté à l'orée du bois, avec pour instruction de partir dès que nous aurons passé le seuil de la longère. Je respire trop vite tandis que je me dirige vers la porte. Puis, comme je ne peux me résoudre à toquer, Tristan me prend la main afin de me donner le courage de le faire.

Trois coups, seulement trois coups, et mon cœur me martèle la cage thoracique.

— T'as entendu, Ginny ? On frappe à la porte !

Ma respiration s'accélère en reconnaissant le timbre de Rose. Un frémissement parcourt ma peau.

— Eh bien, lève tes fesses et vas-y, bon sang ! braille celle de Ginny.

Le son de sa voix apaise aussitôt mes nerfs. Un sourire joue sur mes lèvres tandis que Tristan hausse un sourcil.

La porte s'ouvre sur Rose, bouche bée à la seconde où elle me voit. Livide, son visage se relève pour rencontrer celui de Tristan, puis il détaille nos accoutrements drewidiens.

— Bordel de merde ! lâche-t-elle enfin.

— Quoi ? C'est qui ? crie Ginny depuis la cuisine.

Comme c'est un long silence qui répond, je devine aux pas vifs que je distingue qu'elle arrive. Et pendant ce temps, mon regard est rivé à celui de Rose. Mes yeux sont embués de larmes. Tristan resserre son emprise sur ma main.

— C'est toi, ma chérie ? murmure Rose.

Je hoche plusieurs fois la tête, incapable d'émettre un son. C'est alors que Ginny fait son apparition et s'arrête dès qu'elle m'aperçoit, comme si elle venait de prendre un coup de poing dans le ventre.

— No... Nova.

Les larmes débordent aussitôt de mes yeux. Rose est figée sous sa chevelure sombre. Ginny observe un instant Tristan, puis son regard revient à moi.

— Seigneur !

Soudain, elle se jette dans mes bras et pleure, elle pleure tant que je ne peux contenir plus longtemps mes propres sanglots. Rose sort enfin de sa torpeur et nous enlace toutes deux en murmurant :

— Tu es vivante... vivante !

Mes yeux se relèvent alors sur elle.

— Je le suis. Oui, je le suis, Maman.

Durant tout l'après-midi, et même plus tard encore, je me suis expliquée.

Nous sommes tous les quatre attablés dans la cuisine, après avoir dîné. Un silence profond suit les dernières révélations sur mes origines drewidiennes et mon mariage avec Tristan, qui s'est déroulé avant même que je ne rencontre mes mères adoptives, qui me dévisagent avec circonspection. Mon époux n'a toujours pas dit un mot. Il connaît pourtant bien la langue dynole pratiquée en Breizh. Rose l'observe avec suspicion.

— Elle n'était pas majeure lorsque nous l'avons recueillie, annonce-t-elle d'un ton froid à Tristan.

— Les femmes drewidiennes peuvent être promises dès l'âge de neuf ans, réplique-t-il, sans se douter de la réaction de nos hôtesses.

C'est un cri d'effarement qui accueille cette déclaration. Je reprends la parole face aux visages médusés de mes mères adoptives.

— Les coutumes de Drewid datent de plusieurs milliers d'années, expliqué-je.

— Mais… comme ça, ils seraient parmi nous, sous des dômes dissimulés dans la forêt, c'est ça ? souhaite se faire confirmer Rose.

J'acquiesce d'un signe de tête.

— Et les Drewidiens détiennent tous le pouvoir de provoquer le feu ? demande Ginny, livide.

Je ressens ses doutes et son chagrin. Je sais ce qui se cache derrière cette question.

— J'ai… balbutié-je, non. Pas tous. Seules les familles les plus anciennes sont dotées de certaines aptitudes.

— Nova est la seule à posséder celui du feu, annonce Tristan.

Mes yeux se tournent vers lui. Il se tient droit, mal à l'aise. Je pose ma main sur la sienne et la serre fort.

— Ce que j'ai fait à Rennes, ces gens qui ont brûlé par ma faute, je… je ne le voulais pas.

Des larmes débordent de mes yeux quand je me souviens

du corps de Lucille, calciné au-dessus de son matelas en flammes.

— Bien sûr que tu ne le voulais pas ! s'insurge Rose. Ginny et moi n'en avons jamais douté. Nous pensions que tu étais morte avec eux, alors te revoir ici est…

— Un choc, termine Ginny. Nous avons enterré un cercueil vide et avons assisté à chaque commémoration depuis ce tragique événement. Seigneur, Nova, comment as-tu surmonté ça ?

Mon regard se tourne vers Tristan.

— Je ne l'ai pas vraiment surmonté, admets-je tandis que ce dernier plonge ses yeux bleu glacier dans les miens. Mais… cette capacité s'est estompée depuis que je vis sous le dôme de Cairngorm.

— Pardon ? s'étonne Tristan, ahuri par cet aveu.

— Je… j'arrive à peine à insuffler le feu à des braises, depuis peu, alors… Mais c'est une bonne chose, n'est-ce pas ?

— C'est impossible, surtout ! clame-t-il.

— Peut-être qu'après ce drame et celui que j'ai failli causer dans votre maison, mon inconscient a doucement éteint ce dont je veux à tout prix me débarrasser.

À sa mine perplexe, je comprends qu'il n'est pas convaincu par mes explications. Il semble même qu'elles le perturbent.

— Alors, vous deux, vous… êtes ensemble, déclare Rose en plissant le front, examinant Tristan d'un œil torve.

— Nous le sommes, confirmé-je en resserrant mon emprise sur la main de Tristan.

— Vous vous aimez ? s'enquiert Ginny, suspicieuse.

Mes joues prennent feu à la seconde où elle prononce ces

paroles. Tristan reste figé, sans qu'aucune expression trahisse ses pensées.

— Cela ne vous regarde pas, assène-t-il d'un ton trop froid.

Ses mots me blessent. Non pas que je désire une déclaration enflammée devant mes mères, mais un soupçon d'intérêt pour moi aurait pu les rassurer. Désormais, je lis dans leurs yeux toutes leurs inquiétudes et la défiance qu'elles accordent à Tristan. Même Ginny fronce les sourcils. Je me dois de livrer mes pensées, mais avant de le faire, j'ôte ma main de celle de Tristan. Ce geste attire son attention sur moi. Je l'ignore et m'adresse à nos hôtesses.

— Nous avons été mariés de force, ou du moins, pour des raisons politiques. Mais au cours de ces derniers mois, je me suis attachée à Tristan. Je veux dire que… je vis avec lui et que la situation me convient. Après ce que j'ai fait, après avoir commis le pire, je crois que je ne pouvais en espérer de meilleures. Je connais le bonheur et pourtant, je ne le mérite pas.

Un silence teinté de chagrin répond à ma tirade, mes yeux se baissent sur la table. Les paroles de Tristan résonnent soudain à mes oreilles.

— Vous… vous êtes heureuse, avec moi ? demande-t-il d'une voix douce.

Mon regard se relève et se rive au sien. J'esquisse un sourire.

— Oui, je le suis, Tristan.

Il me sourit en retour, ses mains se posent sur mes joues en feu. Puis il m'embrasse sans se soucier un instant que Rose et Ginny nous observent. Mon visage est plus écarlate que jamais quand il se détache de ma bouche, tandis que je m'inquiète de découvrir la réaction de mes mères à la vue de ce geste enflammé. Leurs yeux écarquillés ne font qu'aggraver mon état.

— Hey, mais ça va, ne te gêne pas, mon beau ! lance Rose à un Tristan comblé.

— Rose... déclare Ginny, c'était mignon, tu ne trouves pas ?

— Pas du tout ! Ce type a l'air d'un Viking sanguinaire, Ginny ! C'est tout sauf mignon !

Tristan pouffe un peu. Un petit rire s'échappe de ma gorge. Puis c'est un bâillement qui le suit. Je suis fatiguée et Ginny le remarque.

— Je crois qu'on a tous besoin de dormir, dit-elle. Ta chambre n'a pas changé, Nova. Nous l'avons entretenue comme si tu n'étais pas mor... pardon, partie.

Je me lève de table et viens l'enlacer.

— Merci, ma douce Ginny.

— Mais... donc, bredouille Rose, embarrassée, vous... vous allez dormir ensemble, tous les deux ?

— Cela te gêne ? m'enquiers-je.

— Un peu que ça me gêne !

— Rose, Nova est une adulte et elle est mariée ! lui rappelle Ginny. À mon avis, ça fait longtemps qu'ils ont eu des rapports sexuels, ces deux-là.

Tristan manque de cracher sa gorgée de thé sur la table. Cela attise un sourire narquois chez Rose.

— Bah quoi ? Gêné, ô, seigneur Tristan ? raille-t-elle. Tant mieux, car il n'est pas question que vous copuliez sous mon toit.

— Je ne pourrais être plus embarrassée, vraiment, soufflé-je.

Des rires fusent, à mon grand soulagement. Les explications sont passées. Tristan a été présenté, et Rose et Ginny ont l'air d'accepter la situation. Je me dis que de me savoir vivante a sans doute occulté les révélations abracadabrantes qui ont succédé à ma réapparition.

Ginny nous invite à la suivre jusqu'à la salle de bain. Elle sort deux serviettes qu'elle dépose entre nos mains et deux brosses à dents neuves au-dessus. Tristan observe le tout avec circonspection. C'est vrai que cela change de la brosse en bois piquée de poils de sanglier et utilisée sous le dôme de Cairngorm. Voyant que ses yeux s'attardent sur la faïence, la douche et le lavabo, Ginny en profite pour lui expliquer l'usage des toilettes. Je glousse un peu devant l'effarement de Tristan quand elle actionne la chasse d'eau. Loin des latrines de Cairngorm, je suis pour ma part ravie de retrouver le confort de la modernité.

Puis Ginny nous laisse seuls dans la salle de bain. Je me tourne vers Tristan quand il me dit :

— Est-ce normal de me sentir submergé par la quantité d'informations que je viens de recevoir ?

— Tout cela vous sera vraiment utile dans les jours à venir. Autant que vous l'appreniez dès maintenant.

Son regard pivote vers la douche et observe les mitigeurs. Je souris devant son hésitation timide. Alors je me rends vers la cabine et lui explique comment il pourra contrôler la température de l'eau. À l'expression ébahie sur son visage, je constate qu'il considère les inventeurs de tous ces appareils comme des génies. Il retire sa chemise et s'apprête à ôter son pantalon quand on toque à la porte. C'est Rose.

— Pas de cochonneries dans la salle de bain ! braille-t-elle depuis le couloir.

Je soupire. Tristan laisse échapper un rire. L'entendre me

submerge. Mes yeux coulent dans les siens, puis parcourent son torse nu tandis qu'il se tient droit devant moi, son pantalon lâche en dessous de ses hanches. Il est d'une beauté captivante, sa longue tresse ramenée sur son buste, sa respiration soulevant sa poitrine de plus en plus vite si j'en crois ce que j'observe.

— Il ne vaut mieux pas contrarier Rose, dis-je enfin. Je ne voudrais pas qu'elle se fasse des idées.

Je vais pour le contourner quand il m'attrape le bras. Il me regarde, mais ne dit rien. Comme si ses mots restaient bloqués dans sa gorge. Comme si la dualité de ses sentiments le torturait. Pourquoi ?

Ici, nous ne sommes pas à Cairngorm.

Nous sommes seulement Nova et Tristan.

Point de familles ennemies pour nous tourmenter.

Seulement nous.

Enfin.

CHAPITRE 33

TRISTAN

Mets donc ce T-shirt, déclare Rose en me lançant un vêtement à manches courtes où il est écrit *« Love is Love »*, au-dessus d'un dessin représentant un arc-en-ciel.

Je la remercie d'un hochement de tête et l'enfile. Son sourire – le premier que j'entrevois chez elle – me fait comprendre qu'elle se gausse qu'il me serre autant. Mon pantalon est en tissu souple, très épais et confortable. Un survêtement, m'a-t-elle dit. Pourtant, je ne porte rien en dessous.

— Va falloir t'habiller ! tonne-t-elle. Tes fringues sentent le bouc. Demain, j'irai en ville et t'achèterai de quoi te vêtir pour le séjour. Bonne nuit.

Elle claque la porte derrière elle, sans que j'aie le temps de la remercier. J'ai sans doute trop tardé.

Mon regard parcourt la chambre minuscule de Nova. La teinte rose sur les murs et celle des rideaux me brûle les rétines. Des images, plus nettes que les illustrations que j'ai déjà pu visualiser dans les livres, sont accrochées sur l'un des pans, face au lit. Je m'en approche et découvre le visage de Nova entourée de nos hôtesses, un grand sourire plaqué sur ses traits. Je crois n'avoir jamais vu une expression aussi franche chez elle depuis que je la connais. Une émotion acide me traverse à cette pensée. À la manière dont je l'ai traitée dès son arrivée à Cairngorm, sans parler de notre mariage, comment pourrait-il en être autrement ? En moi naît le soudain désir de lui insuffler autant de bonheur. Ce bonheur qu'elle imagine vivre, comme elle l'a dit à table et dont je doute pourtant. Pas après avoir été si rudement repoussée. Pas après que je l'ai fait pleurer. Que je l'aie répudiée. Jusqu'à cette nuit, récente, où j'ai failli m'abandonner dans ses bras, avant de me raviser, me contentant de quelques caresses. Quelques baisers. Je ne mérite pas plus, alors…

— C'est le jour où j'ai obtenu mon baccalauréat, lance-t-elle derrière moi.

Je me retourne et lui fais face. Quand elle baisse les yeux sur le vêtement qui me couvre le buste, elle éclate de rire. Entendre ce son m'est si agréable que je l'imite, sans vraiment savoir pourquoi. Puis son rire s'éteint, et elle s'approche près de moi, me désignant du doigt l'image que je contemplais quelques secondes plus tôt.

— C'est une photographie, m'explique-t-elle.

— Oh, c'est donc cela.

Mon regard ébahi revient sur le sourire de Nova imprimé sur le cliché.

— Qu'est-ce qu'un baccalauréat ? demandé-je, captivé.

— C'est un diplôme qui permet d'accéder aux études supérieures. Rose m'a fait durement travailler pour que je l'obtienne.

— Elle vous aime beaucoup.

— C'est vrai. J'ai eu tant de chance de les rencontrer, elle et Ginny.

Je me tourne et penche mon visage vers Nova. Elle est si proche que je sens son souffle sur mon cou.

— Comment les avez-vous connues ? m'enquiers-je, refoulant ce que sa proximité physique m'inspire.

— Je crois que c'est le jour où j'ai perdu la mémoire. J'étais égarée sur une route, portant une robe tachée de sang. Elles m'ont sauvée d'une mort certaine, alors qu'un camion fonçait sur moi.

À ces mots, je pivote vers le lit, repensant à cette funeste journée et comprenant le danger encouru par mon épouse. *Par ma faute...*

— Tristan, non.

Ses mots ne sont qu'un chuchotement, mais ils percutent mes tympans avec force. Je ne peux pas... Ce serait immonde de ma part de continuer dans cette voie alors que...

— Je sais ce qu'a fait mon père à votre famille. Je comprends mieux les griefs que vous avez contre moi, mais...

— Je n'ai aucun grief contre vous, Nova ! tonné-je sans même réfléchir. Je... je n'en ai plus. Vous ne les avez jamais mérités, je suis...

Le silence s'abat dans cette chambre minuscule. Cela m'oppresse et il me prend l'envie presque irrépressible de fuir. Nova esquisse un pas vers moi et pose une main sur mon torse.

— Comment savez-vous ce qui est arrivé à mon père ? murmuré-je, le souffle erratique.

— Peu importe, Tristan, dit-elle. Je sais ce que j'éprouve pour vous. Je sais que nous n'avons pas choisi cette situation, vous et moi. Voilà ce qui m'importe.

— Mais vous ne savez pas tout et je serais un lâche si je profitais de vous sans que vous appreniez ce que j'ai…

— Tristan ! me coupe-t-elle. Je ne récupérerai jamais mes souvenirs. Ils appartiennent au passé et je n'ai aucun désir de les retrouver. Je sais ce que vous êtes aujourd'hui, et si vous m'y autorisez, je voudrais…

Elle baisse les yeux sur sa main posée sur ma poitrine, avant de déclarer :

— Je voudrais vous aimer.

Mon cœur manque un battement. Ma gorge se serre.

Non.

Nous ne pouvons pas.

Je ne peux pas.

Mais…

Si, je le veux.

Je le veux.

Alors sans vraiment le vouloir, mes doigts se fourrent dans son étrange chevelure et ramènent son visage tout près du mien.

— Je vous y autorise, Nova, susurré-je.

J'aimerais lui dire que c'est à peine si je respire sans une pensée pour elle. Que c'est à peine si je suis capable de contrôler mes battements de cœur quand elle entre dans une pièce. Cela fait longtemps que ma raison s'est oubliée.

Alors je plaque mes lèvres sur les siennes. Sa bouche s'entrouvre, me laissant le loisir d'y glisser ma langue et de rencontrer la sienne. Mon corps se rapproche du sien. Mes mains se resserrent sur son crâne, avant qu'elles ne s'insinuent le long de son échine et n'empoignent ses fesses. Je la soulève et l'allonge sur le lit, sans que notre baiser s'interrompe. Alors que je suis au-dessus d'elle, la respiration haletante, mon bassin se frotte sur ses hanches, tout entendement disparu à l'instant où le mot « aimer » a passé la barrière de ses lèvres que je dévore. Je lutte pour ne pas la prendre, là, ici, dans cette pièce étriquée aux couleurs criardes et dont je n'ai cure. Mon corps s'enflamme contre elle. Mon membre durcit sur elle.

— Tristan, laisse-t-elle échapper dans un gémissement.

Ma bouche quitte la sienne, serpente le long de son cou délicat. Mes doigts écartent le col de sa chemise dont les boutons sautent un à un, me dévoilant ses seins magnifiques. Ma langue sinue jusqu'à la pointe de ses tétons que je lèche et avale avec avidité. Mon sang n'est que flamme. Mon esprit et mon corps ne sont que désir. Quand je me roule sur le côté, à bout de souffle, c'est à peine si je peux contrôler mes jambes tremblantes de m'être ainsi exposé.

Nova tourne son visage en feu vers moi, tout aussi pantelante. Sa bouche retrouve la mienne. Sa main se glisse sous le haut de mon vêtement et remonte jusqu'à mon plexus dans une caresse d'une douceur infinie.

— Ne me ferez-vous pas l'amour ? demande-t-elle entre deux baisers, les joues si colorées que j'en éprouve une vive émotion.

Je lui souris.

— Ne me tentez pas, Nova. C'est à peine si je peux me contenir, voyez-vous.

— Oh. Ce n'est donc pas que je vous répugne ?

— Ai-je eu l'air répugné alors que j'embrassais vos si jolis seins ? soulevé-je, choqué qu'elle puisse penser une chose pareille.

Les rougeurs sur son visage s'amplifient.

— Je… Non, vous aviez l'air d'apprécier. Et moi aussi, alors…

— Nous avons promis à vos mères de ne pas…

Elle s'esclaffe. Je me sens penaud. Qu'y a-t-il de drôle ?

— Alors c'est cela ? dit-elle. Enfin Tristan, j'ai passé l'âge de rendre compte à Rose et Ginny de mes agissements en la matière.

— Des agissements ? Quels agissements ? Alors vous... vous avez connu... des hommes ?

À son regard interloqué, je me sens fébrile. Pitié, qu'elle n'ait pas connu d'autres hommes ! me souffle ma voix intérieure. Je m'en veux aussitôt de le penser, alors qu'elle m'a surpris dans les bras de Brianna.

— Je n'ai jamais connu d'autre homme que vous, Tristan. Du moins, d'après ce que vous m'avez appris sur notre nuit de noces.

Une boule se forme dans ma gorge à ce souvenir. Que suis-je en train de faire ? Comment osé-je ? *Bon sang !*

— Non, arrêtez ! clame-t-elle. Arrêtez de vous torturer, s'il vous plaît. Pas après ce moment, pas après ce que l'on s'est dit.

— Nova...

Sa bouche retrouve la mienne. Ses lèvres chaudes m'enflamment un peu plus. La lutte est plus âpre que jamais.

— Prenez-moi, Tristan.

— Pas ici, dis-je, avant de l'embrasser plus fougueusement encore.

À ces mots, elle s'écarte et s'allonge sur le dos en poussant un soupir de frustration. Étonnamment, cette réaction me fait sourire. Mes lèvres s'approchent de son oreille et je murmure :

— Je me suis certes engagé à ne pas vous faire l'amour sous ce toit, mais rien ne s'oppose à ce que vous éprouviez du plaisir d'une autre manière.

Son visage pivote vivement vers moi, les yeux saisis par

l'incompréhension. C'est alors que je plante un nouveau baiser sur ses lèvres et m'y attarde, tandis que ma main se pose sur son cou gracieux. Doucement, elle caresse sa poitrine, mes doigts marquant le rond de chacun de ses seins. De faibles gémissements s'échappent de sa bouche sous la mienne. Un sourire me gagne quand mes phalanges se baladent sur son ventre, secoué par sa respiration fébrile. Puis elle se glisse sous le pantalon léger qu'elle porte et atteint son sexe.

— Oui, souffle-t-elle contre mes lèvres.

Mes doigts se faufilent sous sa culotte, rencontrant sa toison avant de s'arrêter sur ce qu'ils cherchent avidement. De là débutent mes caresses, d'abord délicates. Lentes. Patientes. Puis plus rapides.

— Tristan, je…

— Chut…

Ma main ne cesse de remuer sous le tissu, tandis que Nova étouffe ses complaintes. J'accélère et ralentis, la malmène en rythme, avant de glisser un doigt en elle. Son sexe l'accueille, trempé de son désir, et il m'est douloureux de contenir le mien, tant je lutte pour ne pas lui arracher ses vêtements qui nous séparent, de ne pas la prendre, là, maintenant, alors qu'elle est toute prête à supporter mes assauts entre ses cuisses brûlantes. À en éprouver du plaisir. À le partager avec moi.

— Je vais… je vais…

Enhardis par ces mots qu'elle répète, mes doigts remontent sur son sexe, à la naissance de ses lèvres. J'aborde des mouvements plus rapides tandis que je l'embrasse, ma langue fusionnant avec la sienne.

Et soudain, elle se cambre et tremble de tout son être, s'arrachant à ma bouche en retenant un cri. Le sourire que j'affiche n'est rien en comparaison du sien. Son regard, où deux pupilles ambrées et dilatées me contemplent, se pare de tout ce qu'elle a éprouvé sous mes caresses. De son désir assouvi…

Mes lèvres retrouvent les siennes.

Son souffle ralentit.

La raison me revient.

Et je me déteste.

Mais je l'aime.

Par Dagda, je l'aime tant.

CHAPITRE 34

TRISTAN

— **C**ette cicatrice, tu te l'es faite comment ? demande Rose, tandis que je suis attablé, à petit déjeuner des tartines beurrées que je trempe dans du lait au chocolat.

Mes papilles explosent sous le goût du cacao. Mes yeux s'arrondissent en me délectant de la saveur du sucre qui se répand sur ma langue. Ma surprise est si grande que je n'ai pas entendu ce que la mère adoptive de Nova m'a dit. Rose me fait face, les poings calés sur les hanches.

— T'es sourd ?

— Non, Madame.

— Alors, ta cicatrice ?

— Eh bien ?

— Tu te l'es faite comment ?

Je déglutis en repensant au jour où je me la suis infligée, avec la pointe du couteau de ma mère.

— Un accident.

Mon mensonge est si pathétique qu'il attise un soupir chez Rose. Mon regard vrille vers le fond de la pièce où se trouve la porte par laquelle je suis venu, espérant que Nova me sorte de cette situation. Je regrette de l'avoir laissée dormir, tandis que moi je suis confronté à ce qui ressemble à un véritable interrogatoire.

— Tes tatouages sur ton crâne et tes bras, ce sont des symboles de chez toi ?

— Ce sont des runes, réponds-je, après une autre lampée de mon délicieux breuvage.

— Genre, magiques ?

— Non. Seuls les druides les plus puissants peuvent animer leurs runes sous la magie.

— Alors, pourquoi te les tatouer ?

— C'est la coutume pour les guerriers drewidiens.

— Des guerriers ? Mais vous n'êtes pas nombreux, si ?

— Suffisamment pour que nous soyons amenés à nous battre dans quelques guerres de clans ?

Rose pâlit à cette information. Je devine son inquiétude, et je ne peux l'en blâmer.

— Nova ne devrait pas vivre parmi les vôtres, lâche-t-elle.

— Nova fait partie des nôtres, lui rappelé-je.

— Quelles sont tes intentions avec elle ?

— Pardon ?

— Tes intentions ?

La porte que je guette s'ouvre enfin. Je ne peux cacher ma déception quand je découvre que c'est Ginny qui en franchit le seuil.

— Alors ? dit Rose, après avoir planté un baiser sur les lèvres de Ginny.

Mes yeux restent figés sur elle, ma bouche demeure close.

— Quoi ?! lance Rose en plissant le front. Deux femmes ensemble, ça te surprend ?

— Non, c'est même assez répandu dans certains dômes.

— Eh bien, ça, c'est une bonne chose ! déclare Ginny, alors qu'elle se dirige vers ce que Rose a appelé une cafetière.

J'observe ses gestes avec fascination.

— Ouais, enfin, reprend Rose, ça dépend. J'ai lu des livres sur les légendes celtes. Même si j'ai l'impression qu'elles sont loin d'être aussi étranges que celles apprises de la bouche de ce jeune homme. J'ai quand même vu quelque part que ces gens-là pratiquaient des orgies et tout un tas de…

— Cela arrive lors de certaines fêtes, révélé-je, après une autre gorgée de ma boisson chocolatée.

Ginny pose brusquement sa tasse. Les yeux de Rose s'écarquillent.

— Putain, pas question que Nova retourne sous ton dôme !

— Je ne crois pas que ce soit à vous d'en décider, rétorqué-je, agacé.

Ginny glousse et place une main sur l'épaule d'une Rose au visage défait. Puis cette dernière pointe son index sur moi.

— Entraîne Nova dans une orgie et je t'arrache les bourses, le Viking !

Je m'esclaffe à ces paroles et devant son regard médusé. Je me rappelle l'un des livres lus par Nova, qui faisait référence à cette civilisation disparue, et dont certaines coutumes se rapprochaient des nôtres.

— Rassurez-vous, tempéré-je. Personne d'autre que moi ne touchera Nova de cette façon. C'est mon épouse, et je ne partage pas le goût de certains pour ce genre de pratiques. Je les laisse à mon frère, Lennon.

— Charmant, le frangin ! s'exclame Rose.

— Tu as combien de frères et sœurs ? demande Ginny.

— Deux.

— Sont-ils aussi bizarres que toi ? s'enquiert Rose.

— De mon point de vue, c'est vous qui êtes étranges. On ne s'adresse jamais de cette façon à un seigneur sous nos dômes.

— Seigneur ?! Bordel, mais t'es le seigneur de personne, ici !

— Rose...

— Si vous saviez comme cela fait du bien de vous l'entendre dire, rétorqué-je, sincère.

Rose en reste bouche bée. Puis un bruit attire mon attention. Mes yeux rencontrent alors ceux de Nova. Je ne peux réprimer ce que sa vue m'inspire et me lève à son approche. Elle est vêtue d'un simple haut blanc et d'un pantalon bleu que Rose a appelé un jean, tandis qu'elle me tendait celui que je porte. Elle est partie l'acheter ce matin à la première heure. Des sandales aux pieds, les cheveux détachés, Nova n'est plus la lady de Cairngorm, mais une Dynole séduisante qui me captive dès que ses mains se posent sur mon torse, et que ses lèvres s'emparent des miennes.

Rose se racle la gorge. Nova pivote son visage vers elle et lui adresse un sourire, avant de venir l'enlacer.

— Arrête de le torturer, murmure-t-elle à son oreille.

Rose hausse les épaules. Ginny accueille avec bonheur le baiser de Nova sur sa joue.

— Un café ?

— Non, merci, répond Nova avant de glisser sa main dans la mienne.

Puis elle tire sur mon bras et m'attire en direction de la sortie.

— Nova, t'as rien mangé ! beugle Rose derrière nous.

— Je n'y tiens plus ! réplique ma femme en passant la porte.

— OK, mais fais attention, hein !

Et le battant se referme derrière nous, sans que je comprenne ce qui nous vaut cette sortie si subite. Mes yeux s'attardent sur les champs, avant de suivre Nova qui hâte le pas. Sa main se resserre sur la mienne dès que nous parvenons à l'orée du bois.

— Où m'emmenez-vous ?

— Vous verrez.

Mais d'où je suis, je peux discerner au loin le voile scintillant qui recouvre le dôme de Brocéliande. C'est par là que nous sommes arrivés, nous cachant dans les fourrés avant d'atteindre la ferme. C'est ici que tout a commencé. Je m'arrête brusquement.

— Nous ne pouvons pas aller par là, dis-je d'un ton abrupt.

Nova se retourne subitement, perplexe.

— Mais… pour quelles raisons ?

— C'est le dôme de…

— C'est celui d'où je viens, n'est-ce pas ?

J'acquiesce sans un mot.

— Nous n'allons pas loin, Tristan. De plus, là où je vous emmène, je n'ai jamais rencontré personne, excepté votre frère, Kendall.

Cette remarque provoque ma surprise. Il était convenu que mon frère la surveillerait chez les Dynols, pas à Brocéliande. C'était trop risqué alors, pourquoi a-t-il…

Je ne peux davantage me pencher sur cette information, car un cheval musculeux à la robe alezane s'approche au pas.

— Prechaun ! s'écrie Nova, avant de s'élancer vers lui, passant ses bras autour de son encolure.

Le cheval colle sa tête contre celle de mon épouse. Le moment dure longtemps avant que ces deux-là ne se séparent.

— C'est mon meilleur ami ici.

Mon cœur tombe dans ma poitrine devant son sourire scintillant. Elle caresse son chanfrein, son regard fasciné coulant dans celui de sa monture. Je ne sais pourquoi cette vision me procure une telle émotion, mais je me rapproche et l'effleure à mon tour.

— Vous avez été heureuse, ici, n'est-ce pas ?

Le visage radieux qu'elle m'adresse répond à ma question.

— Cet endroit vous manque ?

— Souvent, oui, dit-elle d'une voix douce. Mais plus depuis...

Elle s'interrompt. Ses joues s'empourprent.

— Depuis quand ? insisté-je.

Son regard se plante dans le mien.

— Depuis que nous avons dormi tous les deux, sans nous quitter des yeux.

C'est à mon tour de sourire. Puis, pris de frénésie après avoir entendu ces mots, j'attrape Nova, la serre contre moi, avant de la faire monter sur Prechaun. Je grimpe derrière elle d'un mouvement leste qui respire l'habitude. Nova claque alors des talons et s'engouffre sous le dôme.

Je perds l'esprit pour cette femme. Je ne mesure pas le danger. Elle a dit n'avoir jamais rencontré qui que ce soit dans cette forêt, si ce n'est mon frère. Je me raccroche à cette pensée tandis que le cheval s'avance au petit trot jusqu'à une clairière dans laquelle il s'arrête subitement, sans doute à la demande de Nova, dotée de la formidable capacité de communiquer ses intentions aux animaux.

— J'ai passé de longues heures ici, déclare-t-elle, son regard parcourant l'endroit.

— Vraiment ?

— J'emportais un livre, retrouvais Prechaun dans la forêt et m'allongeais dans ces herbes hautes. Puis je me baignais dans la rivière un peu plus loin, quand il faisait suffisamment chaud pour que je me l'autorise.

Des écureuils se manifestent à l'orée du bois. Les oiseaux gazouillent et s'attardent au-dessus de nous, dans une danse de bienvenue. Toutes sortes d'animaux approchent. Une biche. Deux cerfs. Des lapins. Des renards. Et aucun ne se préoccupe de la présence des autres. Ils n'en ont que pour Nova. Elle a le visage orienté vers le ciel, le soleil irradiant sur le dôme à la parure étincelante. Je pourrais rester des heures à contempler le profil subjugué de mon épouse.

— Cette rivière est-elle proche ? susurré-je à son oreille.

Ses yeux se tournent vers moi, plissés sous le sourire qu'elle m'adresse.

— Tout prêt, dit-elle, avant de claquer les talons sur son cheval qui part au galop.

Je la serre fort contre moi tandis que nous chevauchons vers la promesse de cet endroit.

Une fois arrivé, je le parcours du regard, fasciné par la couleur vive de la mousse qui pare les rochers, la clarté de l'eau qui s'écoule entre eux, et les feuillages des arbres qui abritent une zone de la rivière dégagée d'obstacles, où j'imagine Nova se baigner à cette époque où elle était libre... libre de moi. Cette pensée me pique le cœur, la culpabilité m'étreint, mais comme je suis devenu fou, je la chasse et saute à terre, puis tends la main à mon épouse.

Elle la prend et bondis à son tour. Mais je suis rapide et l'attrape dans mes bras, avant même qu'elle ne touche le sol. Son rire me bouleverse, son baiser me galvanise. Mes lèvres esquissent un sourire contre les siennes, alors que je la dépose à terre. Puis mes yeux se détournent vers la rivière, et sur deux rochers qui forment comme un escalier naturel.

Je retire mes lourdes chaussures en cuir et pars me tremper les pieds sans penser à retrousser mon pantalon. L'eau est fraîche, mais par cette chaleur estivale, c'est agréable. Je descends une nouvelle marche. Soudain, je sens qu'on me pousse dans le dos. J'ai à peine le temps d'apercevoir la tête du cheval que je trébuche et tombe dans la rivière. La morsure du froid m'arrache un grognement, tandis que je fusille Prechaun du regard, avant de le détourner sur Nova qui s'esclaffe à n'en plus finir.

— Vous trouvez donc ça drôle ?

— Je l'avoue volontiers, admet-elle, tentant de calmer son hilarité.

— C'est vous qui lui avez intimé de me pousser ?

— Pas du tout.

— Vous êtes une fieffée menteuse, Nova.

Elle rit encore.

— Je l'ai peut-être invité à vous surprendre, mais je ne pensais pas que vous tomberiez, vous, un si grand gaillard !

— Moquez-vous.

— Je crois que je n'ai pas fini de me moquer, justement.

— Comment cela ?

Elle hausse les épaules et s'approche de la rive.

— Avez-vous déjà essayé d'ôter un jean mouillé ?

— Un quoi ?

— Votre pantalon, Tristan.

— Oh, oui, un jean. Euh, non, jamais.

— Bon courage, alors.

Puis elle part dans un fou rire qui me transporte. Je n'ai jamais vraiment accordé d'attention à ce caractère joueur qu'elle révèle aujourd'hui, et décide de m'en amuser avant de l'imiter à mon tour. Mais ma bonne humeur me permet aussi de dissimuler mes véritables intentions. Ainsi, Nova ne me voit pas venir quand je me précipite sur le bord, lui agrippe le bras, l'attrape et la plonge dans l'eau sans son consentement. Lorsqu'elle en ressort, ses cheveux sont plaqués sur son visage, son rire a disparu. Mais, heureusement, dès lors qu'elle dégage son front de ses longues mèches détrempées, elle sourit.

— Vous n'avez pas osé ! lance-t-elle.

— Je crois que si.

— Je porte un jean, Tristan.

— Je suis certain que vous exagérez avec cette histoire de pantalon mouillé.

Elle lève son menton, me jette un regard et s'approche. Quand elle se colle à mon torse, je manque une respiration. Quand ses lèvres appellent les miennes, mon cœur s'emballe. Mes bras s'enroulent autour de sa taille gracile, mon âme s'embrase lorsque ma bouche fond sur la sienne.

Ses doigts se glissent sous les pans de ce fameux *T-shirt* qu'elle passe au-dessus de ma tête avant de m'embrasser encore et encore, ses mains se logeant sur ma nuque pour presser mon visage contre le sien. Je l'imite et lui ôte son vêtement. Quand mon buste rencontre la fraîcheur de la peau de ses seins, un frisson exquis me parcourt l'échine. Le feu rugit dans mes veines alors qu'elle déboucle le ceinturon qui m'enserre les hanches.

— Nova, murmuré-je.

— Pas de protestations, Tristan. Nous sommes seuls.

Ma raison reflue, mes mains se calent sur ses épaules. Je ne peux pas. Non. Je ne peux pas lui faire ça. Mais l'expression affligée sur son visage m'ôte toutes résolutions, car il m'est devenu insupportable de lui faire du mal. Alors je le peux. Oui. Je le peux.

Et ma folie supplante ma sagesse…

Mon bras glisse derrière son dos et la plaque contre moi sans ménagement. Je l'embrasse à en perdre l'esprit, ma langue trouvant la sienne, mon corps explosant d'un désir trop longtemps contenu.

Alors c'est un sourire qui se dessine tout contre ma bouche.

Alors c'est un gémissement qui accueille mes lentes caresses sur son flanc.

Mon ceinturon défait, je me hâte pour enlever mon pantalon, tandis que Nova tente d'en faire autant. Mais le tissu est si rigide que je lutte en vain, et le rire de mon épouse attise le mien.

— Vous n'aviez pas menti. C'est un calvaire, par Dagda ! grogné-je.

Elle s'esclaffe de plus belle. Le son cristallin qui s'échappe de sa gorge me transporte. Et ce n'est qu'au bout d'un trop long moment que je réussis enfin à me débarrasser du fourreau trempé qui enserre mes mollets. Je peste encore un peu, avant que mes yeux ne se lèvent sur le corps nu de Nova. Ils l'examinent avidement. Remontant de ses jambes galbées à sa toison à la couleur si inhabituelle, à son ventre qui n'appelle que les caresses de mes mains, à ses seins aux mamelons si fermes sous le froid et l'humidité qui scintille sur sa peau. Puis c'est son regard qu'ils rencontrent. Ce regard qui imite ce que le mien vient de se permettre, s'arrêtant un instant sur mon membre durci face à cette vision chimérique qu'elle me procure, avant de replonger sur mon visage souriant.

Puis elle approche, posant une main sur mon buste. J'en

fais autant, plaçant la mienne à la naissance de son cou. Nos lèvres se retrouvent. Mes doigts glissent doucement le long de ses bras avant de serpenter jusqu'à ses fesses. Elle recule, tout en me caressant le torse, mes muscles roulant en dessous tandis qu'elle s'adosse contre une paroi naturelle de la rive. Sa bouche se détache lentement de la mienne, ses yeux se rivent à mon regard que je sais déjà avide d'elle.

— Je vous aime, dit-elle.

Un large sourire répond à sa déclaration, tandis qu'une émotion puissante me traverse la poitrine. Mes lèvres fondent de nouveau sur les siennes. Je m'y autorise, même si je ne le devrais pas. Même si je me déteste en cet instant.

— Je vous aime aussi, Nova.

À ces mots, l'expression sur son visage me transporte. Me charme. Me procure un sentiment tel que je ne peux retenir mes mains qui se faufilent jusqu'à ses jambes. Mon regard fixé dans le sien, je les soulève et les enroule autour de ma taille. Mon sexe se frotte au sien. Je réprime le grognement qui remonte ma gorge tandis que je l'embrasse, vorace. Affamé d'elle, de mon désir qui explose sous ma peau. À ce moment que j'ai tant espéré et tant redouté. Mais ma raison a péri sous la force de mon amour, alors je cède. Je sais que je ne la mérite pas. Je sais que je n'en ai pas le droit, mais je ne suis plus capable de penser.

Nos yeux liés par la passion qui nous étreint, je la pénètre. Lentement. Sa respiration se fait hachée tandis que je m'enfonce dans son ventre. Son front se plisse sous la sensation qu'elle éprouve, quand enfin je me fonds en elle jusqu'à la garde. Elle se mord les lèvres, m'enivrant de son regard chargé de bonheur. Je le sais, car je le ressens autant qu'elle alors que je réitère mon assaut.

Elle gémit.

Je l'embrasse.

Elle prononce mon nom.

Je fourre mon visage dans son cou.

Elle me dit « encore ».

Et je m'exécute d'un coup de rein puissant qui lui arrache un cri.

La fusion de nos corps nous enflamme.

Nos sourires.

Nos baisers.

Nos touts.

Nos riens.

Nos silences et nos plaintes.

Je crois ne jamais rien avoir éprouvé de tel tandis que je rue entre ses cuisses, que j'accélère mes mouvements, insatiable à son contact. Si avide de son corps, de son âme et de tout ce qui fait que cette femme m'envoûte, jusqu'à son moindre souffle. Son moindre regard.

Mes va-et-vient s'intensifient sous la chaleur qui manque de me consumer. Mes lèvres ne peuvent plus quitter les siennes. Ma respiration n'est plus que saccades. Mon cœur n'est plus qu'amour pour elle.

— Je vous désire, Nova. Je…

Je me tais, éperdu devant son visage si candide, où se mêlent charme et volupté.

— Je vous désire tant, déclaré-je après un ultime soupir de reddition.

Elle rit et m'embrasse. Je l'imite et me délecte, alors que je refoule mon plaisir culminant, de peur que ce moment ne se termine. De crainte que ma raison ne ressurgisse. Je lutte contre la fièvre qui embrase mon corps. Mon sexe glissant dans le creux de son ventre, encore et encore. Ma bouche dévorant la sienne, une fois, deux fois, trois fois de plus. Mon âme entièrement dévouée à cette femme dont je suis fou.

C'est alors qu'elle se cambre sous mes assauts, penchant la tête en arrière tandis qu'une douce lamentation s'échappe de sa gorge. Me repaissant de cette vision, je ne peux réprimer le grondement qui s'affranchit de ma poitrine, mon nez se collant à son cou au moment où je me déverse en elle, mon corps se pliant presque en deux sous la force de mon orgasme.

La respiration courte, mes lèvres contre sa peau. Je ne vois pas son visage. Mais je suis comblé, marqué par le bonheur de cette union.

Je la serre fort contre moi. Mes mains libèrent ses jambes. Mes doigts s'enfouissent dans ses cheveux mouillés. Et nous restons là, dans le silence troublé par les oiseaux qui semblent ne chanter que pour nous, et l'eau qui ruisselle en harmonie entre les roches.

Et je suis heureux.

Pour la première fois.

C'est même si intense que des larmes viennent me piquer les yeux.

Mon souffle se calme.

Mais je ne desserre pas mon étreinte.

Je suis si bien en elle… contre elle.

Je l'aime.

CHAPITRE 35
NOVA

Nous sommes rentrés à dos de cheval, complètement nus, nos vêtements trempés dans les bras, avant de nous précipiter dans la ferme, en escomptant que Rose et Ginny ne nous surprennent pas. Un cri de la première a douché nos espoirs, mais nos éclats de rire, alors que nous investissions la salle de bain, ont fini de m'emplir du bonheur inouï qui s'est emparé de moi après que mon mari et moi avons fait l'amour. Quand je ferme les yeux, je revois les siens à moitié clos tandis qu'il me pénètre, j'entends les sons rauques qui s'échappent de sa gorge, je sens ses caresses sur ma peau. Mon sourire ne me quitte plus. Il est plaqué sur mes traits, et je rêve qu'il ne disparaisse jamais.

Émus par l'amour que nous nous portons, nous nous sommes lavés et embrassés.

Je l'aime.

J'en suis si éperdument amoureuse que je souhaite que nos unions se répètent. Mais Tristan se refuse toujours à se laisser séduire sous le toit de Rose et Ginny.

Le surlendemain, nous décidons de nous rendre à Ploërmel. Tristan trépigne à l'idée de s'immerger à nouveau dans le monde des Dynols. Vêtus à la dernière mode, bien que la coiffure de Tristan ne soit pas dans les standards habituels, nous nous baladons dans le centre-bourg avant de gagner le château de Josselin que je lui ai conseillé de visiter. Ginny a gentiment proposé de nous y accompagner, puis nous a quittés pour aller dispenser ses cours de yoga.

Tristan est époustouflé quand nous découvrons la majestueuse façade en granit sculpté de cette forteresse médiévale, par la beauté des jardins et les pièces qui s'enfilent sous nos pas lents et nos yeux subjugués.

— Par Dagda, les Dynols doivent posséder de grands pouvoirs pour réaliser de telles splendeurs ! s'exclame-t-il tandis que nous arpentons un sentier bordé d'azalées en fleur.

— Si on ramène ce savoir-faire à des siècles en arrière, il est vrai qu'on ne peut qu'être estomaqué par leurs prouesses.

— Celles d'aujourd'hui me paraissent toutes aussi prodigieuses.

— Le désir d'inventer des Dynols est insatiable.

Tristan sourit après ces mots.

— Il n'y a pas que les Dynols qui couvent des désirs insatiables, remarque-t-il en posant ses doigts au creux de mes reins.

Je ris. Il me prend la main et plonge son regard dans le mien. Tout s'efface autour de nous. Je ne discerne même plus les papillons qui se sont rassemblés près de nous. L'un d'eux se perche sur mon épaule, attirant une seconde l'attention de mon mari. Ses doigts remontent jusqu'à mon visage et me caresse la joue.

— Vous êtes si belle, Nova.

Je m'empourpre. Il ne m'a jamais déclaré pareil compliment. Je baisse la tête, réprimant les mots que j'adorerais lui crier. Follement éprise, je crois que je serais désormais bien incapable de vivre sans la chaleur des nouvelles intentions de Tristan. Mon inclination est telle que mon cœur s'affole. Mais à mon bonheur se mêle la peur que ces instants ne se brisent. Depuis que nous avons fait l'amour, je redoute le jour où nous devrons retrouver le dôme de Cairngorm. Je suis si heureuse, là, maintenant. De quoi demain sera-t-il fait ?

Sa main revient se loger dans la mienne, et nous reprenons nos déambulations. Au loin, un couple se balade en compagnie de deux enfants. Ils disparaissent au détour d'un chemin.

— Vous voyez-vous changer de vie, Tristan ?

— Quitter Drewid pour le monde des Dynols, vous voulez dire ?

— Oui.

— Je ne sais pas. Aujourd'hui je suis fasciné, mais je ne suis pas à ma place parmi eux.

— Vous savez désormais lire et connaissez leurs us et coutumes, qu'est-ce qui vous empêcherait de vous y sentir à votre place ?

— Ma famille.

À ces mots, un silence s'étire entre nous. Il a détourné les yeux et je comprends que le sujet assombrit son humeur.

— J'ai trouvé une nouvelle famille avec Rose et Ginny, remarqué-je.

— Elles me détestent, lance-t-il en tournant son visage de nouveau vers moi. Je ne leur inspire que de la crainte.

— Vous m'avez inspiré la crainte à moi aussi.

— Et maintenant, qu'est-ce que je vous inspire, ma chère épouse ?

Je me mords les lèvres tandis que nous nous engageons

sous les bois qui bordent le domaine du château de Josselin.

— Vous m'inspirez des pensées inavouables, réponds-je en souriant.

— Ne pas en faire l'aveu à votre mari n'est pas convenable, Nova. Je vous somme de m'en parler.

Son expression ténébreuse et terriblement attirante enflamme mon bas-ventre. Je réprime un gloussement.

— Je ne voudrais pas vous mettre mal à l'aise avec mes désirs, Tristan.

Il s'esclaffe, et moi aussi. Nos rires se perdent dans la douceur du moment, dans l'ombre des arbres.

— Pardonnez-moi de vous dire que rares sont les sujets intimes qui me mettent mal à l'aise, rétorque-t-il, amusé.

— Alors peut-être que je devrais vous confier les quelques fantasmes que vous m'inspirez.

Je remarque que sa pomme d'Adam remonte dans sa gorge. J'étouffe un sourire, consciente alors de l'effet que provoquent mes mots dans son esprit.

— J'aimerais… commencé-je, j'aimerais beaucoup que vous exploriez chaque partie de mon corps avec votre bouche.

Il entrouvre un peu les lèvres, s'apprêtant à répliquer, mais c'est un œil surpris, puis mutin, qui accueille mes paroles. Le sentier s'étrécit sous nos pas.

— Quoi d'autre ? dit-il après un court silence.

— J'aimerais pouvoir en faire autant.

Il déglutit à nouveau et se passe la langue sur sa lèvre inférieure.

— Vraiment ?

— Comme vous le savez, vous êtes le seul homme que j'ai connu et la découverte de ces plaisirs m'a inspiré des…

Je suis coupée dans mon élan quand Tristan me plaque

contre le tronc d'un chêne. Sa bouche avide se plante sur la mienne. Mes yeux stupéfaits se plissent sous le sourire que je ne peux pleinement exprimer tant la fougue de ce baiser m'étourdit. L'instant d'après, Tristan me pousse sur le côté et nous voilà dissimulés derrière l'arbre et à l'abri des regards. Ses lèvres quittent les miennes quand il me dit :

— Cessez de m'exciter ainsi, Nova. Les pantalons Dynols ne sont pas conçus pour supporter l'érection douloureuse que vous avez provoquée avec malice.

Mon éclat de rire est stoppé par sa main qui se plaque sur ma bouche. Sa voix se fait plus rauque lorsqu'il s'exprime au creux de mon oreille.

— Laissez-moi vous révéler que je suis très intéressé par la nature de vos fantasmes, ma chère épouse, et que je vais m'appliquer à tous les satisfaire.

Son visage contourne le mien. Tristan écarte un peu ses doigts de mes lèvres avant d'en faire pénétrer un entre elles. Ma langue se charge de le caresser, mes yeux rivés aux siens.

— Nova…

Son index s'extirpe lentement de ma bouche, serpente le long de mon cou, effleure mon ventre avant de se glisser sous ma robe, puis ma culotte. Sans que nos regards se quittent, Tristan l'insère en moi. Mon soupir renvoie le plaisir que j'éprouve à son intrusion.

— Je vous donnerai tout, susurre-t-il tandis que je cherche de l'air. Je ne reculerai devant rien pour vous entendre jouir sous mes assauts.

— Tristan, vous…

— Chut…

Ses lèvres fondent sur les miennes. Un autre doigt vient rejoindre le premier. Des bruits de pas un peu plus loin me font réaliser que nous pourrions être surpris. Je place alors ma main sur le bras de Tristan qui me torture divinement pour qu'il cesse de me rendre folle. Bien sûr, mon époux s'y refuse. C'est un large sourire qui accueille mon geste avant qu'il ne se prosterne devant moi et baisse subitement mon sous-vêtement au niveau des genoux. L'instant d'après, sa tête se glisse sous le jupon de ma robe et sa bouche se presse sur mon intimité. Je lâche un « *Oh* » de surprise alors que je sens sa langue explorer mes chairs. Mes jambes tremblent, le sang qui court dans mes veines s'enflamme, mon visage me brûle. Je feule presque sous le plaisir que me procure mon mari. La peur d'être découverte dans cette posture accentue encore mon excitation. Il m'aspire, me lèche, se délecte de mon goût tandis que ses doigts ne me laissent aucun répit. Je secoue la tête, mes joues s'embrasent. Quand je me cambre sous l'explosion de mes sens, je relève ma robe, place mes mains sur les cheveux de Tristan et l'observe au moment où son regard se lève sur moi. Je gémis encore et tente de l'écarter tant c'est presque douloureux d'éprouver un plaisir si puissant. Il me tourmente un peu plus longtemps, avant de déposer un dernier baiser sur mon sexe. Puis il se redresse, ses doigts s'emparent de ma culotte et la remontent sur mes hanches. Ses lèvres brillent. Il se les mord et s'approche pour m'embrasser. Je m'imprègne de mon goût, tandis que ses mains empoignent mes fesses.

— Ai-je été à la hauteur de ce premier fantasme, ma chère épouse ? murmure-t-il.

J'opine de la tête, un sourire plaqué sur mes traits écarlates.

— Bien, dit-il d'un air amusé.

Je halète tandis qu'il m'invite à regagner le sentier.

La joie sur mon visage comblé ne pourrait être plus manifeste.

CHAPITRE 36
NOVA

C ela fait déjà deux semaines que nous sommes arrivés. Chaque jour, nous nous éclipsons en dehors de la ferme afin d'assouvir nos désirs. Parfois, nous ne prenons même pas le temps de nous rendre à la clairière, la grange à proximité nous offrant des occasions pour nous retrouver, et mes rires fusent en voyant mon mari si empressé. Les journées s'écoulent au rythme de nos ébats. Une nuit, n'en tenant plus sous ses caresses avides, c'est à mon tour de lui prodiguer du plaisir en m'aidant de ma bouche. Il a tenté de me repousser. Il a tenté de m'en dissuader, se souvenant des menaces de Rose. Mais je le voulais. Je le voulais tant. Alors j'ai laissé mes lèvres l'enrober, me suis délectée de ses grognements et de la cadence qu'il m'a imposée au rythme de ses hanches.

Le lendemain, je l'abandonne à son sommeil, après m'être un instant émerveillée devant la beauté de son visage aux traits détendus. Il est si rare de le voir ainsi que je n'ai pu réprimer l'envie de glisser mes doigts le long de sa joue. Quand je rejoins Rose et Ginny à la table du petit déjeuner, je m'empresse de les serrer dans mes bras, sautillant presque de bonheur après la volupté de ces quelques jours en compagnie de mon mari. Ginny glousse tandis que je lui dépose un baiser sur le front, Rose râle un peu, mais me sourit alors que je m'installe à leurs côtés.

— À quoi doit-on cet air jovial sur ton visage ? Ton retour parmi nous, peut-être ? déclare cette dernière avant de porter sa tasse de café à ses lèvres.

— Tu dis n'importe quoi, Rose ! s'exclame Ginny avant de diriger son regard doux sur moi. C'est l'amour qui la fait rayonner ainsi.

— Seigneur ! lâche Rose en levant les yeux au plafond.

Ginny pose une main sur la mienne.

— Je suis ravie pour toi. Tu pétilles, et rien ne peut me rendre plus heureuse.

— Un homme normal aurait quand même pu être…

— Rose !

— D'accord, d'accord ! abdique-t-elle.

Je m'esclaffe face à son abandon. Le plaisir de nous retrouver toutes les trois amplifie mon bien-être. Car si j'aime ardemment Tristan, j'aime aussi mes mères d'un amour puissant. C'est même si fort que des larmes me montent aux yeux. Alors je les contemple se chamailler à propos de mon mari, et je ris quand elles finissent par se lasser pour se quereller encore gentiment sur des sujets plus triviaux. Mon cœur s'emplit d'un sentiment nouveau ; jamais je n'ai ressenti une telle quiétude, un tel bonheur.

Plus tard dans la journée, Tristan et moi nous rendons à la clairière. Le soleil brille, les oiseaux gazouillent, une flopée d'animaux nous encercle tandis que je profite de la chaleur du corps de mon mari contre mon ventre. Je lui lis des passages de *Vingt mille lieues sous les mers*, lorsque ses mains se faufilent sous ma robe à fleurs.

— Mais arrêtez donc, ou je ne pourrais vous conter la suite ! lancé-je en riant.

Sa tête se soulève. Ses yeux remontent jusqu'à mon visage.

— C'est à peine si j'écoute depuis que vous avez commencé, admet-il.

Je lui frappe doucement le crâne avec mon livre. Il prend un air pas vraiment offusqué et va pour se jeter sur mes lèvres. D'humeur mutine, je glisse l'ouvrage entre ma bouche et la sienne au dernier moment.

— Vous n'avez pas osé ! tonne-t-il tandis que ses doigts s'aventurent sur mes côtes pour me chatouiller.

Je ris et tente de m'extirper de son étreinte. Son corps pèse de tout son poids contre le mien. J'arrive tout juste à basculer sur le côté et rampe à quatre pattes un court mètre, avant qu'il ne m'attrape une cheville.

— Où pensez-vous aller comme ça ?

Mes éclats de rire n'en finissent plus alors que j'essaie de soustraire ma jambe à sa poigne puissante, mais il me tire vivement vers lui, mes fesses rejetées en arrière. Il en claque une, avant de remonter ma robe sur mes hanches.

— Tristan, vous ne pouvez pas…

— Je vais me gêner !

Ma culotte glisse jusqu'à mes genoux. Ses doigts s'insinuent en moi, puis sa bouche les remplace. Le feu atteint mes joues. Un large sourire étire les traits de mon visage. Je gémis quand il se redresse, me claque encore une fesse, avant de se coller contre moi. Ses mains se calent sur ma taille, son membre pousse, puis il me pénètre d'un geste brusque qui m'arrache un petit cri aigu. Un soupir de satisfaction s'échappe aussitôt de ma gorge.

Tristan entame des mouvements de bassin, d'abord lents, puis plus rapides. Je me liquéfie sous ses coups de reins. Son torse s'incline contre mon dos. Ses doigts s'emparent de mon menton et m'intiment de tourner la tête. Il m'embrasse sur le côté de mes lèvres, sans pour autant ralentir sa chevauchée.

— Voilà comment je vous punis de votre impertinence, mon épouse, chuchote-t-il d'une voix rauque.

J'éclate de rire. Le bonheur explose en moi. Mes joues sont rougies par le désir, le plaisir, et la joie de cette nouvelle union avec l'homme que j'aime.

Les jours sombres sont loin.

Et j'aurais dû me douter qu'ils nous rattraperaient.

Et ce, dès aujourd'hui.

Quand les sabots de deux chevaux frappent le sol, c'est à peine si nous les entendons, pris que nous sommes dans la ferveur de nos ébats. Puis, enfin attiré par le bruit, mon regard rencontre les deux hommes qui les montent. Tristan se fige derrière moi. Se retire dans un silence que je ne comprends pas. L'ambiance lourde me saisit, tandis que je reconnais Kendall, aux côtés d'un inconnu aux yeux vairons.

Tristan se lève en refermant son pantalon. Je fais descendre ma robe, les joues cette fois rougies par la honte d'avoir été surprise dans une telle posture.

Le jeune homme, splendide sous sa chevelure blonde et légèrement bouclée qui lui tombe aux épaules affiche une expression ahurie. On dirait qu'il a vu un fantôme. Embarrassée par la force de sa présence et de son examen, je me rapproche de Tristan qui passe un bras autour de ma taille.

L'inconnu observe ce geste, ses yeux écarquillés remontent sur mon époux, et c'est à cet instant que la terre tremble. Les animaux qui nous tenaient paisiblement compagnie dans la clairière s'enfuient, se précipitant dans les bois. La poussière s'élève tout autour de nous quand subitement claque la voix de Kendall :

— Lyham !

Le sol sous nos pieds semble répondre à cette interpellation. Lentement, tout se calme. Tout se fige.

L'homme aux yeux vairons saute de son cheval et s'approche si près que je recule encore, le dos tout contre Tristan.

— Genovefa, murmure-t-il, saisi par l'étonnement.

Je secoue la tête, pensant qu'il me prend pour une autre. Tristan resserre son emprise sur mes hanches, ce qui attire le regard du jeune homme. À peine ai-je le temps de comprendre ce qu'il se passe que ce Lyham porte la main au cou de mon époux pour le presser entre ses doigts.

— Comment oses-tu ?! hurle-t-il, comme fou de colère.

La terre se remet à trembler. L'inconnu me pousse sur le côté et se jette sur Tristan, lui collant un poing sur la figure. Je crie en me ruant sur lui. Kendall saute à son tour de cheval et s'efforce de les séparer, après que Tristan lui a asséné un violent coup dans le ventre.

Les cieux s'assombrissent, un nuage noir se forme au-dessus de nous. Le tonnerre gronde. Kendall est éjecté en arrière, alors je m'élance encore et tente de me glisser entre eux. Dans sa rage, le jeune homme me frappe la poitrine. Je tombe sous le regard effaré de Tristan. La pluie se déverse sur nous. Une averse si forte que ma robe me colle à la peau, mes cheveux dégoulinent, et ma main se porte là où j'ai été rudement touchée.

— Nova, s'écrit l'homme aux yeux vairons. Pardon ! Pardon ! Pardonne-moi, ma s…

Mais Tristan rugit et se jette sur lui. Son coup est si puissant qu'il l'assomme. Le prénommé Lyham s'évanouit sur la terre qui ne gronde plus. Les gouttes de pluie tombent sans discontinuer sur son visage sans défaut.

— Qui est-ce ? m'enquiers-je, le souffle court et la poitrine douloureuse.

Mais aucune réponse ne vient. Je me relève pour apercevoir le regard tendu que s'échangent Tristan et son frère.

— Que fais-tu, Kendall ?

— Tu le sais, Tristan.

— Alors, c'est ici que tu te caches. Avec lui ?! As-tu perdu l'esprit, après ce qu'il t'a fait ?

— Ne me juge pas, lui rétorque Kendall en laissant glisser ses yeux sur moi.

Un silence pesant plombe l'atmosphère.

— Vas-tu… vas-tu rester avec lui ? demande Tristan, dont la voix exprime une émotion que j'ai du mal à saisir après tous ces événements.

— Je ne sais pas.

— Kendall…

— Allez-vous-en !

— Il n'en est pas question ! réplique Tristan. Pas sans toi ! Je ne peux pas te laisser avec cet homme !

— C'est mon choix, Tristan.

— Te garde-t-il prisonnier ? Te fait-il chanter ? Comment t'oblige-t-il à…

— Cela ne te regarde pas ! tonne Kendall d'une voix forte que je ne lui connais pas.

Tristan se fige. Ses épaules s'affaissent. Ses yeux se tournent vers moi.

— Allons-nous-en, dit-il en m'attrapant le bras. Nous n'aurions jamais dû… Je savais que c'était dangereux de s'aventurer ici, même si c'est loin de…

— Mais, qui est-ce ? m'enquiers-je encore en désignant le jeune homme de la main.

— Celui qui coûtera la vie à mon frère.

Et il se tourne sans un mot. Et je devine que ce départ, sans même un au revoir pour Kendall, lui pèse.

CHAPITRE 37
NOVA

Après cela, plus rien n'a été pareil. Tristan s'est muré dans ses songes. C'est à peine s'il me touche, désormais. Je m'interroge sans cesse sur ce qui me vaut cette soudaine indifférence et sur l'identité de ce fameux Lyham, qui a provoqué tant de tourments dans l'esprit de mon mari.

Je me pose aussi tant de questions sur ce qu'il reproche à son frère. Sur ce qui a causé ce séisme dont l'épicentre semblait se trouver sous nos pieds. Je revois les yeux vairons du jeune homme aux cheveux blonds. Sa pâleur sur ses traits. L'étonnement sur son visage quand il m'a appelée *Genovefa*.

Qui est-il ?

Que fait-il aux côtés de Kendall ?

Que dois-je penser de sa réaction quand il s'est jeté sur Tristan, comme si sa colère n'avait pas de limites ? Comme si mon mari l'avait provoqué.

Puis je me souviens de la situation dans laquelle il nous a surpris, et me mords les lèvres.

À en croire l'humeur de mon époux, ce n'est pas

demain que j'éprouverais de nouveau la chaleur de sa peau, de ses caresses, et de son amour qui semble avoir à jamais disparu.

La tristesse qui s'est abattue sur moi depuis me lacère le cœur. Alors je tente au mieux de la couver derrière un masque lisse, au moins en présence de Rose et Ginny.

C'est à peine si j'ai entendu la voix de Tristan depuis ce jour-là.

Pourquoi ? Pourquoi ? Mais il ne me répond pas. Et quand nous sommes allongés dans mon lit, il se tourne sur le côté opposé, dissimulant son visage que je n'ose plus approcher de mes lèvres.

Puis Aedan arrive enfin.

Me libérant des mensonges que j'adresse à mes mères.

Quand Rose le trouve derrière la porte de la ferme, elle pousse un cri.

— Encore un Viking !

Tristan se précipite vers l'entrée. L'inquiétude disparaît de ses traits quand il découvre le grand homme à la peau hâlée et aux longs cheveux bruns.

— Qu'est-ce qu'un Viking ? demande Aedan.

Mon époux a l'air si soulagé de le voir qu'il offre une franche accolade à son ami.

— Eh bien, je ne pensais pas que tu serais si heureux de me retrouver, mon frère !

— Elle est partie ? s'enquiert aussitôt Tristan.

Aedan acquiesce, puis pose ses yeux sur moi. Le sourire qui accompagne son hochement de tête m'invite à l'imiter, malgré la douleur qui m'étreint depuis ces derniers jours.

— Quel plaisir de vous revoir, Nova ! me lance Aedan, avant de saluer Ginny et Rose. Et vous, mesdames les Dynoles, je suis enchanté de faire votre connaissance.

Le regard ahuri de mes mères adoptives provoque chez lui un nouveau sourire.

— Euh… entrez, balbutie Ginny.

Aedan carre les épaules et la remercie pour l'invitation. Rose lui sert une tasse de thé fumante, bien qu'elle soit toujours suspicieuse face à l'accoutrement de l'Insubre.

— Gwydian a quitté Cairngorm hier dans la soirée, dit-il. Elle t'a cherché partout, Tristan.

— J'imagine bien.

— Sans doute a-t-elle cru que tu te cachais chez l'un des habitants du dôme. Elle a pensé que tu ne prendrais pas le risque de t'aventurer dans d'autres.

Un silence suit sa remarque. Je songe à la fois où Tristan m'a fait comprendre qu'il serait dangereux de nous hasarder sous celui de Brocéliande. Et j'ai insisté, et nous l'avons fait. Et maintenant que je vois ce que cette incursion m'a coûté, je le regrette. Ou peut-être que non. Car nos ébats dans cette rivière, et ces jours passés dans la clairière sont sans doute les plus beaux que j'ai jamais vécus et le seront à jamais.

Quand je constate la froideur de Tristan, froideur qu'il n'a pas exprimée pour son ami, je ne peux m'empêcher de penser que je mérite mon sort. Comment ai-je pu croire au bonheur, alors que j'ai privé tant de familles de leurs enfants ? Moi, la tueuse de masse, capable de faire jaillir des flammes. Du moins, avant. C'est presque une torture d'avoir espéré, et que l'on m'arrache aujourd'hui mes rires et ma joie. Mais c'est si logique, quand j'y pense. *Mon châtiment…*

— Votre demeure est très étrange, Madame, déclare Aedan en parcourant le salon du regard.

— C'est l'hôpital qui se fout de la charité, peste Rose.

— Hôpital ? répète Aedan. Oh oui, je me rappelle ce que c'est. On me l'a enseigné à Kilda quand…

— Nous devons partir maintenant, assène Tristan.

— Pas question, putain ! s'insurge Rose.

— Pas comme ça, supplie Ginny en jetant des yeux tristes sur moi.

Mais Tristan se lève, n'ayant cure de l'opinion de mes mères. Et moi, je suis trop lasse pour protester. C'est ma pénitence... d'avoir cru... d'avoir nourri cet espoir.

Les adieux sont douloureux. Au fond, je souhaite de toutes mes forces que ce ne soit pas la dernière fois que je vois Rose et Ginny. Un étrange sentiment me laisse penser que le pire est devant moi, et cette idée m'accable.

Je les serre fort dans mes bras.

Nos larmes ruissellent sur nos joues tandis que je monte Prechaun et disparais dans les abîmes de la forêt.

CHAPITRE 38
NOVA

À peine sommes-nous arrivés dans la demeure de Cairngorm que Tristan s'emploie à m'éviter en prétextant devoir inspecter le dôme. Je reste silencieuse face à ses yeux froids et à son attitude tout aussi polaire, qui n'a d'ailleurs pas échappé à Aedan. Après avoir si subitement quitté Rose et Ginny, je n'ai pas le cœur à m'insurger, mais la déception m'étreint, me parant de désarroi quand il s'apprête à sortir en me laissant seule avec son ami.

— Drustan ! l'interpelle ce dernier. Tu te moques de moi ? Crois-tu vraiment que ton comportement est honorable ?

Tristan se retourne, l'air contrarié, fusillant Aedan des yeux. Je ne comprends pas ce que l'Insubre lui reproche, mais il m'est difficile de ne pas le soutenir en cet instant.

— Je n'ai pas à justifier mes actes auprès de toi, Aedan, lui rétorque sèchement mon mari, qui semble avoir deviné ce que lui valent les critiques de son ami.

— C'est ton épouse !

Alors, c'est donc cela. Aedan me défend. Pour quelles

raisons ? Ce n'est pas la première fois que Tristan me traite de cette manière. Mais je me souviens que l'homme n'a pas été témoin des premiers jours de mon existence dans cette maison.

— Ne vous en mêlez pas, s'il vous plaît, murmuré-je à mon gardien. Je suis capable de...

— Oh que si, je m'en mêle, Lady ! me coupe Aedan en s'approchant de Tristan d'un pas vif, avant de pointer son doigt sur son buste. Mon frère, je ne sais pas ce qu'il s'est passé là-bas. Mais ce que je sais en revanche, c'est que je ne te laisserai pas la traiter de cette manière. Tu n'es pas Lennon !

— Laisse mon frère en dehors de ça ! s'insurge Tristan, dont la voix monte d'une octave. Et je traite mon épouse comme je veux, tu entends !

Leurs regards s'affrontent. Aedan ne baisse pas la tête devant mon époux, puis il se tourne vers moi, manifestement effaré par les propos de mon mari, qui parle comme si j'étais absente de cette pièce. Quand son visage indigné retrouve le seigneur de Cairngorm, il est empli de fureur.

— Tu n'es qu'un imbécile, Tristan.

— Ose répéter ça !

Aedan s'approche d'un pas.

— Je t'avais dit de ne pas t'engager dans cette voie avec Nova ! tonne-t-il. Je t'avais dit que ce n'était pas digne, mais tu n'en as eu cure. Parce que, vois-tu, ton cœur a depuis longtemps parlé pour toi, pour *elle*. Finalement, j'en ai été heureux pour toi, mon frère. Finalement, je t'ai soutenu, et je le referai même si je dois en perdre la vie, car Nova le mérite. Et maintenant, tu fais quoi ? Tu recules ? Tu la traites comme une moins que rien ? C'est cet homme que tu veux devenir ? C'est indigne !

Tristan le toise, la colère dans ses yeux à peine contenue, mais vacillant un peu aux dernières paroles d'Aedan.

— Qui es-tu pour me faire la leçon ?! hurle-t-il. Toi, le cavalier errant qui ne sait pas se poser sous un dôme ni avec une femme !

— C'est ça ta défense, mon ami ? J'en suis déçu. Je me serais depuis longtemps établi parmi les gens de mon clan si tu n'étais pas cantonné à celui-ci, et tu en es conscient !

— Rien ne t'en empêche, Aedan. Je n'ai pas besoin de toi !

Puis Tristan rouvre la porte, la claque brusquement et me laisse dans un silence tendu avec l'Insubre.

— Merci Aedan, dis-je, mais vous n'auriez pas dû.

Ce dernier se retourne, un mince sourire s'étirant sur ses lèvres, toute colère disparue.

— Peut-être avez-vous raison, Madame. Mais j'ai depuis longtemps appris à aimer contrarier mon ami. Je le connais sans doute mieux que lui-même. À l'heure où nous parlons, Tristan va ruminer les mots que je lui ai crachés au visage et va revenir d'humeur moins taciturne, vous verrez.

— Quelque chose s'est passé, lui annoncé-je. Il n'était pas comme ça avant que nous rencontrions Kendall et un autre homme qui…

— Kendall ?

— Oui, confirmé-je. Il était aux frontières du dôme de Brocéliande, accompagné d'un homme blond aux yeux vairons.

— Aux yeux vairons ?! s'étonne-t-il avant de se détourner de moi, comme s'il souhaitait cacher ce que son visage risquait de trahir.

— Kendall l'a appelé Lyham, avant que Tristan ne l'assomme.

— Ils se sont battus ?!

Je ne sais comment interpréter sa surprise. Repensant à ce moment d'extrême embarras, mes mots ne se décident pas à passer la barrière de mes lèvres. Aedan n'attend pas de réponse, se retourne et m'adresse un signe de tête.

— Je… je dois vous laisser, ma lady.

— Mais… qu'est-ce qui…

Il part avant même que j'aie le temps de poser ma question. La solitude qui m'accable me tire des larmes amères.

Maudite… Je suis maudite…

On me cache tant de choses…

Ma vie ne sera-t-elle réduite qu'à cela, désormais ?

Des secrets.

Tant de secrets sur mes origines.

Moi, née d'un père qui a assassiné celui de mon époux.

Moi, une meurtrière dont le don n'est plus que cendres, bientôt dissipées comme l'est déjà ma mémoire…

Je me traîne jusqu'au salon, retire mes sandales et replie mes jambes sur le divan.

Mon regard se perd vers la fenêtre, et le temps passe.

Passe…

Je ne mange rien, malgré les recommandations de Malvena qui s'est un instant extasiée de mon retour, avant de découvrir ma mine sombre. Je refuse le thé que m'apporte Brianna, ainsi que la couverture que me propose Ildut.

— Je vous ai préparé votre tenue pour dormir, m'annonce cette dernière, une fois la nuit tombée. Elle est posée dans la chambre du seigneur Drustan.

— Auriez-vous l'amabilité de la déplacer dans le pigeonnier ?

— Le pigeonnier, Madame ? Mais je croyais que vous...

— Je vous remercie, Ildut.

À en croire la position de la lune, il doit être près de minuit. Mes yeux refusent de se fermer et contemplent le ciel dégagé, au-dessus de la verrière circulaire du pigeonnier.

C'est à peine si je l'entends entrer.

C'est à peine si je le remarque quand il s'assoit sur le lit, tout près de mes hanches. Des hanches qu'il a caressées, étreintes et qui ont tant aimé recevoir ses assauts durant nos unions.

Loin de Drewid.

Loin de tout.

— Nova...

Seul mon mutisme lui répond. Mon regard ne quitte pas les cieux.

— Nova, pardonnez-moi.

Aucun son ne sort de ma bouche close. Je m'y refuse. C'était de trop. La fois de trop... Mon cœur saigne. Mes yeux me brûlent. Je ne veux pas.

— Il faut que je vous parle. J'ai... je vous dois des explications.

Toujours pas de réponse. Le silence. Je ne mérite pas mieux que cela, car je suis lasse. *Si lasse.*

— Nova, je vous aime.

Même ces mots, prononcés avec tant de douceur, ne me font pas détourner les yeux. C'en est fini des déclarations enflammées. Elles n'ont fait qu'entretenir un espoir de bonheur qui m'est en fait interdit.

Mais Tristan ne l'entend pas de cette oreille. Sa main s'empare de mon menton et force mon visage à se tourner vers lui. Quand mes yeux rencontrent les siens, son expression affligée me saisit. Il se penche sur moi et m'enlace, me serrant si fort que je peux à peine respirer.

— Je ne suis pas digne de vous. Je ne le suis pas ! s'emporte-t-il, la tête enfouie dans mon cou, son souffle court et chaud sur ma peau. Le comprenez-vous ? Dites-moi que vous le comprenez !

Mon corps refuse de bouger.

— Nova, je vous en prie. Parlez-moi ! Cela me rend fou !

Malgré moi, mes doigts se posent sur son dos, heureux d'en retrouver le toucher. Le cœur blessé, la gorge sèche, je m'exprime enfin.

— Vous vous trompez si vous pensez que je pourrais vous juger indigne de moi, mais je ne suis plus en mesure d'accepter votre froideur, Tristan. Je ne le supporte plus. Je sais la mériter pour les actes que j'ai commis. Je n'aurais jamais dû espérer être heureuse. C'est ma pénitence, aujourd'hui que la douleur est plus puissante que jamais. J'aurais dû comprendre. J'aurais dû...

Il s'écarte et plonge son regard dans le mien. La stupéfaction s'est emparée de chacun de ses traits. Ses yeux bleu glacier semblent s'embuer de larmes quand il me répond :

— N'en dites pas plus, mon aimée. Je n'ai jamais connu une femme qui mérite le bonheur autant que vous. Mais comment puis-je... Je vous ai fait du tort, Nova. Et cela bien avant de vous rencontrer. Je me hais. Je me hais tant de vous faire vivre ce calvaire, de ne pas vous fournir les réponses que vous cherchez. Car je crains...

Il se redresse, pousse un long soupir et baisse son regard sur ses mains.

— Je crains de vous perdre à jamais si...

— Je vous aime, Tristan, le coupé-je. Je ne sais pas qui

était cet homme que nous avons rencontré dans la forêt. Je ne sais pas qui était le père qui a sacrifié le vôtre sous l'autel des dieux. Je ne sais rien. Mon amour pour vous est ma seule certitude. Elle le sera à jamais, quoi que vous ayez fait. Quoi que vous fassiez à l'avenir.

Il me regarde, et le désarroi que je lis dans ses yeux me fend le cœur. Je ne peux réprimer l'envie de glisser ma main dans la sienne.

— Je ne vous mérite pas, murmure-t-il. J'aimerais tant vous avouer mes fautes, que vous compreniez les circonstances qui m'ont amené à les commettre. Car quand vous saurez, vous me haïrez, et cette perspective m'est insupportable, Nova. Parce que je vous perdrai, et que je m'y refuse !

Ses mots bouleversés ont été exprimés si vite et avec tant d'ardeur que j'en reste ébahie. Je resserre mon emprise sur sa main.

— Je ne sais pas qui vous avez été dans le passé, déclaré-je calmement, mais je sais qui vous êtes aujourd'hui. C'est de cet homme que je suis amoureuse. Peut-être que je suis folle et aveugle, mais qu'importe, je l'assume et c'est mon choix. Je ne veux que vous. Ici. À Cairngorm.

Ses yeux me scrutent. J'y devine le dilemme qui le torture dans leur expression tourmentée.

— Nous devrions peut-être partir, Nova, ou le jour où votre sagesse se transformera en colère ne tardera pas.

— Je ne suis pas capable de colère, rétorqué-je, ma main se posant maintenant sur sa joue, juste en dessous de sa balafre. Et je crois qu'elle n'a jamais été l'un de mes traits de caractère, voyez-vous.

— « *Aux personnes les plus calmes, les rages les plus violentes* » m'a dit mon père, alors que j'étais enfant.

Je l'observe après le murmure qui a passé ses lèvres, mes

résolutions volant en éclat quand je discerne le chagrin qui l'habite. Alors je pose mes doigts sur sa nuque et l'embrasse à en perdre définitivement l'esprit.

Sa bouche m'accueille. Ses mains me touchent. Son corps grimpe au-dessus du mien. Ses caresses brûlent ma peau. Plus tard, ses coups de reins exprimeront toute sa capitulation.

Car il m'aime.

Je le sais.

Et moi, je pourrais mourir dans les flammes de mon plein gré pour cet homme, tant j'en suis éprise.

Cette petite voix dans ma tête, qui m'invite à tempérer mes sentiments disparaît sous la passion de nos étreintes.

De notre amour.

Qui brûle.

Brûle.

Fort.

Trop fort…

Et qui me consume.

CHAPITRE 39
NOVA

Nous sommes tous deux assis, adossés contre la Roche des dieux, quand Tristan se décide enfin à parler. Nos mains ne se sont pas quittées depuis notre départ de la maison, pendant tout le temps qu'a duré notre marche sur le sentier, jusqu'à cet endroit qu'il me plaît toujours de retrouver.

Le soleil perce les nuages. J'en accueille chaque rayon, bercée par le silence des Terres Vierges d'Alba ; seuls les pépiements d'oiseaux troublent la quiétude des lieux. Un renard s'approche. Je le regarde et tends le bras. Je le caresse sous l'oreille, tandis qu'il s'étend à mes côtés.

— Le jeune homme que nous avons rencontré auprès de Kendall, à Brocéliande, déclare Tristan, après une profonde inspiration, il s'agit de Lyham, l'héritier de Drewid.

Mon visage se tourne vers mon mari, exprimant toute ma surprise.

— Je croyais que… j'ai entendu à la taverne que votre frère Lennon *est* l'héritier de Drewid.

Tristan baisse la tête, manifestement accablé par les révélations qu'il s'apprête à me faire.

— C'est faux, même si ma mère et Lennon lui-même s'évertuent à le faire croire à nos semblables.

— Mais pourquoi, si ce titre ne leur appartient pas ?

Un soupir. Mon mari hésite et je devine ses tourments à son expression affligée.

— Lyham est votre frère, Nova.

Ma gorge s'assèche. Dans mon esprit déferle la vision de cet homme aux yeux vairons qui m'est inconnu. Il ne se peut… mais… non… Je tente de mettre un nom sur ce que je ressens. De la joie ? De la curiosité ? De l'indifférence ? Je ne sais pas. Je ne le connais pas.

— Il s'efforce de contrer les desseins d'Awena, ma mère, depuis que votre père est mort, continue Tristan, un ton plus bas.

— Depuis qu'elle l'a assassiné, n'est-ce pas ?

À ces mots, Tristan se tourne vers moi. Ses yeux expriment une souffrance qu'il m'est insupportable de regarder. Mes mains fondent autour de son visage, ma bouche se pose sur la sienne tant son désarroi me transperce, tant cela lui coûte de me faire ces aveux. Alors, au diable la vérité !

— Arrêtez, je vous en prie, dis-je contre ses lèvres, des larmes menaçant de couler. Taisez-vous. Je ne me souviens pas de ces personnes. Je ne me souviens pas de ma famille ni de quoi que ce soit avant mon amnésie. Je suis ici, avec vous, Tristan.

Ses bras m'étreignent avec force. Son baiser a quelque chose de désespéré.

— Ne dites plus rien. Plus rien !

— Nova, je ne peux…

Je l'embrasse encore pour le faire taire, lorsque des bruits de sabots se manifestent derrière nous. Duncan. Son visage déconfit se fige quand il aperçoit son maître.

— Monseigneur ! Le seigneur des Enclumes est ici. Votre frère a passé le portail il n'y a pas une heure.

Tristan pâlit. Ses bras me quittent. Et il déclare :

— Et ainsi sonne le glas de ma relative quiétude, aussi minime soit-elle.

Le baiser qu'il m'adresse ensuite résonne comme une plainte. Puis il dit :

— N'oubliez jamais que je vous aime.

Dès que je parviens près de la demeure de Tristan, mon époux me prend la main et me la fait contourner jusqu'à l'arrière, où une minuscule porte en bois est nichée entre les pierres d'une façade à l'abri des regards.

— Passez par ici, vous arriverez aux thermes, puis à notre chambre. J'y enverrai Malvena dès que j'aurais donné toutes les instructions au reste de mes serviteurs. Vous me rejoindrez ensuite dans le logis.

Je hoche la tête sans un mot et m'exécute. Tristan opère un demi-tour, me quittant après un chaste baiser, grâce auquel je perçois néanmoins la tension qui l'habite. J'accélère le pas. Quand je parviens à la chambre, Malvena est déjà présente dans la pièce, les bras chargés d'une robe de soie bleue.

— Allons vous habiller pour l'occasion, Madame.

— Je ne savais pas que le frère de Tristan arriverait si tôt.

— La fête de Litha est dans trois jours. Il vient toujours un peu avant pour s'y préparer.

— S'y préparer ? répété-je.

— Les jeux de Litha requièrent de l'entraînement. Le seigneur Lennon en est friand.

— Comment est-il ? demandé-je tandis que Malvena lace mon corset.

Un soupir répond à ma question. Ce n'est pas engageant.

— Certains l'appellent le Tyran. Il s'est forgé une réputation après la guerre contre le clan des Demétiens. Je suis convaincue que les rumeurs sont exagérées sur les actes qu'il a commis là-bas. Tout ce que je sais, c'est que lorsqu'il vient à Cairngorm, il se chamaille fréquemment avec son frère. Et il n'a certes pas les manières de mon maître et se montre souvent vulgaire. Quant à ses mœurs…

Puis comme si elle s'en voulait d'en avoir trop dit, elle reprend :

— Je… je ne devrais pas parler de lui en ces termes. C'est votre beau-frère et l'héritier de Drewid.

Un silence passe, et je murmure :

— Non, il ne l'est pas.

Une fois prête, je descends jusqu'aux cuisines, où une foule de domestiques se pressent. Je reconnais aussi des gens de Cairngorm, sans doute venus apporter leur aide pour l'occasion. J'en profite pour les saluer. Des révérences s'enchaînent sur mon passage quand je me rends au salon. La clameur que j'entends depuis le logis me percute les tympans. Des rires, des cris, des emportements, et encore des rires. Je me tiens derrière la porte, le cœur me martelant la poitrine.

Je vais rencontrer le frère de mon mari. Un homme qu'on m'a dépeint en des termes ignobles. Je me rappelle alors qu'il a été témoin de l'horrible mort de son père, tout comme Tristan. Je ne m'attends pas à un accueil chaleureux.

Puis je repense au jeune homme aux yeux vairons. Mon frère… celui qui a fait trembler la terre. Du moins, c'est ma supposition depuis cet étrange phénomène qui s'est manifesté dans la clairière.

— Madame ? demande Duncan derrière moi, le bras chargé d'un large plateau contenant toutes sortes de victuailles. Puis-je me permettre de vous ouvrir la porte ?

Je secoue la tête et la pousse, n'ayant besoin de personne pour assurer une tâche aussi aisée, et m'écarte pour laisser le passage au régisseur qui me remercie d'un sourire.

Quand j'entre, un silence soudain s'abat dans le logis. J'avale ma salive, mes yeux parcourant la longue tablée et les gens qui se pressent autour. À ma place habituelle se trouve un homme charpenté, aux épaules si larges et au torse si puissant qu'il semble avoir été fabriqué dans le moule d'un Titan. Ses cheveux noirs sont noués en plusieurs endroits, laissant nue la moitié de son crâne rasé, comme l'est celui de Tristan. Ses tatouages sont plus nombreux, sinuant depuis son cou aussi robuste que celui d'un taureau. Il porte un gilet en cuir sans manches, et ses bras musculeux sont posés sur la table. Son regard sombre me pénètre telle une lame chauffée à blanc. *Lennon.* Plusieurs Drewidiens se pressent autour de lui, révérencieux. Aucun n'a encore parlé, mais tous m'examinent avec dédain. Mon mari a l'air étrangement seul et ne me témoigne aucune considération. Je m'approche de lui quand je discerne trois femmes se tenant dans un coin de la vaste pièce. L'une d'elles porte un masque de fer. Je ne peux m'empêcher de penser à l'œuvre d'Alexandre Dumas et à ce prisonnier arborant un masque pour que jamais quiconque ne découvre son identité. Voir cette femme exhibant ce carcan sur sa tête me répugne, m'enrage, même. Comment peut-on châtier un être humain de cette façon ? Deux autres femmes, dépourvues de cette ignominie, affichent, comme la première, un large collier en or orné d'une boucle en métal autour de leur gorge. *Des esclaves.* Mon souffle s'accélère en comprenant leur sort. Les deux dernières baissent la tête face à mon examen qui s'attarde sur elles. Celle supportant le masque se tient droite, la respiration haletante. Je ressens son regard sur moi quand, soudain, la voix grave et ténébreuse d'un homme résonne dans la pièce.

— On m'avait dit qu'elle était appétissante, mais je ne croyais pas ces ragots.

Lennon se lève en exprimant ces mots acides. Je me fige à deux pas de Tristan. Ce dernier observe chacun des gestes de son frère, mais n'a pas daigné m'adresser le moindre signe de tête depuis mon arrivée. Dans ma situation, c'est pourtant à cela que j'aimerais me raccrocher pour me donner le courage d'affronter cette tribu picte qui, je le sais, me hait avec force.

— Alors te voilà, ma belle-sœur, clame encore Lennon en s'approchant. Voilà celle qui a rendu mon frère complètement fou.

— Ne t'aventure pas sur ce terrain, déclare mon mari d'une voix froide.

— Et pourquoi donc, Tristan ? Tu viens juste de me confier ton indifférence à son égard. N'as-tu pas dit : « *Jamais je ne me laisserai aller à des sentiments pour une Namnette !* ». Ne m'as-tu pas toi-même traité de fou, à l'instant, quand je t'ai fait part des rumeurs qui sont parvenues à mes oreilles ?

Il s'avance encore, se tient à quelques pas de moi. Mes yeux se tournent vers mon époux dont le dédain me blesse. Pense-t-il les mots qu'il a confiés à son frère ? La déception est si rude à digérer que je retiens des larmes, tandis que je suis là, debout, au milieu d'inconnus qui me détestent.

— Ou alors, reprend Lennon, est-ce simplement le fait de la baiser qui te fait perdre l'esprit ?

— Mesure tes paroles, mon frère ! menace Tristan dont les phalanges blanchissent sur ses poings qui se serrent.

Seulement deux pas me séparent de Lennon. Je ressens sa présence oppressante sur ma gauche, mais je me refuse à jeter un regard sur lui.

— Une si merveilleuse créature sous ton toit, dit-il encore. Un fruit si mûr, Tristan... ne me fais pas croire que tu n'y as pas goûté.

— Puisque je te dis que...

Soudain, Lennon est dans mon dos, ses doigts s'enfouissent dans mes cheveux qu'il tire brusquement en arrière. Ma nuque se courbe sous sa force, mon visage n'est qu'à quelques centimètres du sien.

— Et ses yeux... poursuit-il, juste avant qu'une ombre ne se place devant moi et ne lui assène un coup si fort dans l'abdomen que mon agresseur se voit obligé de lâcher sa prise.

Ma chevelure libérée, je me redresse et fais face à Tristan qui fulmine devant son frère.

— Tente encore une fois de toucher ma femme, et c'est avec une épée que je te percerai le ventre !

Sa voix est si profonde et si puissante qu'un frisson me parcourt. Elle a aspiré chaque bruit. Chaque chuchotement. Laissant les regards de l'assistance médusés devant la violence de cet instant.

Mes yeux se posent sur mon mari, dont le souffle erratique révèle toute la colère. Puis un rire fuse sur ma gauche. Lennon se redresse en se tenant le ventre, un sourire carnassier vient fendre ses lèvres.

— J'ai vu ce que je voulais voir, mon frère, déclare-t-il, amer. Ne t'avise plus de me mentir, je te connais trop bien.

Tristan et lui se dévisagent dans le silence étouffant de la pièce. Puis mon époux me regarde, tendant ses mains jusqu'à ce qu'elles se posent sur mes joues.

— Comment allez-vous ? Il vous a fait mal ? demande-t-il, le bleu glacier de ses yeux rongé par l'inquiétude. Mon amour…

Je secoue la tête, esquissant un léger sourire pour le rassurer. Car sa réaction me touche. Il m'a défendue. Il s'est dressé contre son frère, l'a frappé et a ainsi dévoilé ses sentiments devant tout un parterre d'invités qui ne sont pas acquis à ma cause. Je comprends leurs motifs et je les respecte, bien que j'estime ne pas être en faute pour les actes de mon père. Mes fautes, je les connais, et elles sont lourdes. Je devrai les porter toute ma vie. Mais il s'est élevé comme un rempart devant moi. Il n'a pas supporté la provocation de Lennon. Car c'en était une, destinée à le faire réagir, alors que Tristan taisait des sentiments qu'il ne lui est plus possible de dissimuler. Comment ai-je pu croire à son dédain ? Je comprends qu'il a vainement tenté de taire une réalité qui lui vaudra les foudres de sa famille et de son clan.

— Je vais bien, affirmé-je tandis que le regard de Tristan s'attarde dans le mien.

Et alors, ses lèvres fondent sur les miennes. Pressantes. Brûlantes. Soulagées. Bien que nous ne soyons pas seuls. Bien que son frère nous observe d'un œil torve.

Puis sa bouche se détache lentement de la mienne. Son visage se tourne vers celui de son frère, sans même que ses doigts ne quittent mes joues.

— Ne t'avise plus jamais de poser la main sur elle.

Un rictus accueille sa déclaration glaciale.

— Tu es si pathétique que je me retiens de vomir, lâche Lennon, tout en retournant à sa place.

L'expression surprise de Tristan provoque mon propre étonnement. S'attendait-il à plus de résistance de la part de son frère ? Ses yeux plissés débordent de suspicion. La porte s'ouvre sur Aedan qui s'approche de nous, tandis qu'il salue le seigneur du dôme d'Elean. Le nouveau venu n'a pas la moindre idée de ce qu'il vient de se passer dans cette pièce étouffante.

— Lennon ! clame-t-il en souriant. Je vois que tu voyages toujours aussi léger !

Son regard examine la vingtaine de sujets pressés aux côtés de leur seigneur, formant comme une corolle autour de sa présence écrasante. Je remarque que quelques-uns d'entre eux se tiennent très près les uns des autres, s'agrippant la main, s'offrant quelques caresses sur un bras, une nuque, un visage. Parfois c'est un homme et une femme. Parfois ce sont deux hommes ensemble ou deux femmes, ou des trios qui se créent dans une danse étrange. Je discerne même des ondulations inconvenantes. Leur maître à tous trône sur son siège, le coin de sa lèvre levé en direction de l'Insubre qu'il connaît depuis longtemps.

— Je vois que tu ne cesseras jamais de suivre mon frère comme un vulgaire chien, déclare Lennon en haussant un sourcil.

— Un chien qui mord, rappelle-toi, lui rétorque Aedan, ne semblant pas vexé par ces propos.

— La cicatrice sur mon mollet me le remémore chaque jour.

— Tu dois beaucoup t'ennuyer à Elean si tu te plais à contempler tes mollets chaque jour, Lennon.

Ce dernier s'esclaffe.

— Oh, tu sais, j'aime surtout me souvenir de la raclée que

je t'ai mise ce jour-là, et qui me vaut la marque de tes dents sur ma peau.

— Si tu veux que je recommence, je suis ton homme.

— Mon homme ? répète Lennon. Alors tu te décides enfin à explorer d'autres plaisirs, Aedan ? Mais si tu penses à me baiser, je me dois de doucher ce vain espoir. Vois-tu, c'est moi le cavalier qui monte les étalons, pas le contraire !

Aedan éclate de rire, vite imité par Lennon. Puis ce dernier se lève et part dans une franche accolade avec l'Insubre.

— Ça fait plaisir de te revoir, maudit Cisalpin !

— Je pourrais presque en dire autant, réplique Aedan, si je n'apercevais pas ton frère protéger son épouse de son corps.

Les lèvres de Lennon se plissent en un étrange rictus, puis ses yeux sombres se détournent vers son assistance.

— Sortez tous, ordonne-t-il.

Chacun s'exécute sans broncher, les trois esclaves étant les dernières à se faufiler, tête baissée. Avant de fermer le battant derrière elle, celle qui porte le masque de fer me lance un regard à travers les deux orifices de son carcan. Je ne peux refouler ma peine de voir une femme victime d'un traitement si inhumain. La main de Tristan se resserre sur la mienne, devinant mon trouble.

— Il est temps de t'expliquer, mon frère, tonne Lennon, une fois la porte close.

— Je n'ai aucune explication à te donner.

Le ton polaire de mon époux n'appelle aucune objection. Ce qui ne semble pas atteindre Lennon qui le fusille de ses pupilles aussi noires que du charbon.

— Réalises-tu ce que tu es en train de faire ? rétorque-t-il en s'avançant d'un pas.

Tristan se replace devant moi.

— Que je brûle dans les flammes de Cernunnos[1] si tu t'approches encore de ma femme !

Un sourire accueille cette menace.

— C'est intéressant que tu évoques les flammes, mon frère. J'ai cru comprendre que celles provoquées par ton épouse ont fait périr une cinquantaine de Dynols. Est-ce vrai ? Ou est-ce encore une simple rumeur ?

Je reçois cette révélation comme un coup de poing dans l'estomac et lance un cri déchirant.

— Nova !

Tristan fait volte-face et agrippe mes bras. Mais je n'y vois plus rien. Une cinquantaine de personnes. *Une cinquantaine de personnes !* Je me répète encore et encore ces quatre mots qui contiennent, je le sais, toute la vérité.

— Es-tu fier ? demande Aedan à Lennon, le ton de sa voix n'exprimant que du mépris. Je vois que malgré le temps qui passe, tu n'as toujours aucun honneur.

— Honneur ? Tu me parles d'honneur ! C'est une Namnette. Une sale putain !

Tristan se retourne si brusquement que j'en perds l'équilibre. Son poing percute l'arcade de Lennon dans un bruit sinistre.

Et moi, je suffoque, leurs invectives atteignant à peine mes tympans. Tristan se rue encore sur son frère qui lui lance un coup de genou dans le ventre, avant de lui-même en recevoir un dans les côtes.

— Par Dagda, ils ne changeront jamais ! déclare Aedan, qui se jette dans la mêlée.

Figée dans ma torpeur, je regarde la scène sans en saisir le sens.

— Ne parle plus jamais de Nova en ces termes ! hurle Tristan.

— Lennon, lâche donc le ceinturon de Drustan ou je t'assomme ! beugle Aedan.

— Essaie pour voir ! rétorque Lennon.

Je me dirige vers la porte et m'apprête à sortir quand mon mari m'interpelle.

— Où allez-vous, Nova ?

Mes yeux se tournent sur lui, affligés. Il saigne à l'arcade sourcilière. Sa pommette est rougie d'un coup qu'il vient de recevoir.

— Je... je suis fatiguée. Je vais me coucher, Tristan.

Il se presse jusqu'à moi, prend mon visage en coupe et me lance :

— Je vous rejoins vite, mon amour.

— À tout à l'heure, dans ce cas.

Et je me retourne.

— Nova ! m'interpelle-t-il, avant de planter un baiser sur mes lèvres. Je vous aime. N'oubliez pas que je vous aime.

Oh, moi aussi, je l'aime, mais je ne peux qu'opiner de la tête, rassurant Tristan d'un sourire que je m'efforce de garder jusqu'à ce que je quitte l'atmosphère oppressante du logis.

Je n'ai pas fait un pas que l'esclave qui porte un masque se jette sur moi. C'est alors que je constate qu'il n'y a pas de fermeture sur cette horrible pièce en métal. Seulement ces deux trous au milieu pour qu'elle puisse voir. Comment a-t-elle pu enfiler une chose aussi affreuse si on ne peut ni l'ouvrir ni la fermer ? Et comment mange-t-elle ? Ses bras, couverts de tatouages de runes s'élancent sur les miens. Un son asphyxié s'échappe de sous sa prison de fer.

— Nova, c'est moi. C'est moi !

J'arrive à peine à entendre les derniers mots étouffés de

cette femme qui doit manquer d'oxygène derrière son masque à force de me parler.

— Si tu savais comme je suis...

Dans mon dos se manifeste une présence qui la fait taire. Comme une ombre qui s'abat sur moi. *Lennon.*

— Va dans ma chambre, Arzhela, et n'en bouge plus.

Le ton avec lequel il s'adresse à elle me glace d'effroi. Arzhela lève la tête et l'affronte, malgré son masque qui doit peser si lourd sur son crâne.

— Je t'en prie, Lennon.

— Fais. Ce. Que. Je. Te. Dis.

Elle recule d'un pas hésitant. Puis en fait un autre. Elle disparaît dans un couloir. La porte derrière moi se ferme.

Je reste seule avec ma culpabilité.

Seule.

Mais quand je repense au sort de cette femme, il m'apparaît alors que le mien n'est pas si terrible.

J'ai tué. Mais je suis aimée.

Car dans ce logis, Tristan me l'a prouvé.

Mais même s'il l'a fait...

Suis-je encore capable de continuer sachant que je suis responsable de la mort d'une cinquantaine de personnes ?

Si je savais déjà que mes victimes étaient nombreuses, le fait d'en connaître le chiffre est si horrifiant que j'en perds presque la raison.

Alors j'ouvre la porte qui mène à l'extérieur.

Et je fuis dans la forêt.

Sans réfléchir.

Ne pensant pas à ce frère aux yeux vairons qui m'est étranger, à Ginny et Rose qui doivent chaque jour s'inquiéter de mon sort, à cette esclave qui semble me connaître, ou à Tristan qui m'aime.

Et que j'aime de tout mon cœur.

Ce cœur qui saigne !

Je cours sous la pluie et ne m'arrête que quand mes poumons me brûlent trop pour continuer.

Brûler…

Je m'effondre.

La pluie se déverse sur mon visage.

Se mêlant à mes larmes…

---

1. Cernunnos : Dieu des enfers

CHAPITRE 40

TRISTAN

— Vous n'êtes que deux gamins !

Les mots d'Aedan m'indiffèrent et je ne suis pas mécontent de le voir partir, même s'il est furieux. Car je suis encore prêt à sauter à la gorge de mon frère, je ne lui pardonnerai ni ses actes ni ses paroles. Mais je suis las, tandis que je porte un mouchoir sur ma joue en sang.

Le silence dans le logis dure un long moment. Le temps de panser nos plaies. Le temps de nous calmer, si c'est possible.

— Même si elle est une beauté, tu ne peux pas l'aimer, déclare Lennon à voix basse.

Mes yeux se fixent sur lui et son visage tuméfié.

— Elle n'est pas son père.

— C'est une Namnette, Drustan. Cette relation est vouée à l'échec.

— Ce n'est pas une relation, c'est ma femme !

— Mensonge que cela !

— Facile pour toi de le croire, puisque tu n'as pas assisté

à mon mariage, Lennon ! J'en avais oublié ton soutien indéfectible dans cette affaire.

— Je... je ne pouvais pas, Tristan.

— Évidemment, soufflé-je, déjà las de cette conversation et de la présence de mon frère qui est allé trop loin au moment même où il a touché aux cheveux de Nova.

— Crois-le ou non, Drustan, mais je te le dis pour ton salut. Tu vas souffrir, et tu ne pourras pas dire que je ne t'ai pas prévenu.

Mon soupir suit cette remarque inutile.

Brianna entre dans le logis et dépose des bières sur la table. Sans doute à la demande d'Aedan qui n'aurait pu être plus avisé.

Après quelques longues gorgées, un nouveau silence investit la pièce. J'observe mon frère qui semble étrangement perdu dans ses songes. Je lui dis :

— J'ai... j'ai lutté contre ça.

— Contre quoi ? demande-t-il.

— Contre ce que je ressens pour Nova.

— Tu aurais dû lutter davantage.

— J'ai essayé, mais...

— Tu n'as pas assez essayé ! tonne-t-il. Une Namnette, Tristan !

Mes yeux se baissent.

— Tu n'as pas conscience des difficultés que...

Je me tais. Il est vain d'en dire plus. Le grognement de Lennon précède un long soupir. Puis il se lève et s'approche de la fenêtre, se tenant droit. Une attitude qu'il se plaît toujours à adopter et qui lui est devenue naturelle depuis la mort de notre père.

— C'est là où tu as tort, mon frère, déclare-t-il sans se

retourner. Je sais à quel point il est difficile de lutter contre un amour interdit.

Je me redresse, stupéfait d'entendre de telles paroles provenir de la bouche de Lennon. Puis il murmure :

— Quand elle se souviendra…

— Elle ne se souviendra pas.

— Tu es inconscient, Tristan.

Cette phrase résonne dans la pièce comme une supplique. À travers ces mots, je devine ce qu'il ne dit pas. Quelque chose comme « *Reviens à la raison, mon frère. Je m'inquiète pour toi.* ». Je devrais lui dire qu'il est trop tard. Que je ne renoncerai jamais à elle. Je l'ai dans la peau et si je dois être maudit pour cela, je l'endurerai. Si un jour, elle me répudie, j'aurais vécu. Car si je ne suis pas avec elle, à quoi me raccrocher ? À cette vie d'exil ? À cette solitude ? Aux bras de Brianna, toujours prêts à m'accueillir et à tout accepter sans qu'une once d'amour s'exprime ? Non. Pas après Nova. C'est impossible.

Je me lève, les pensées tournées vers mon épouse qui doit être seule dans notre chambre après avoir assisté à une scène si ridicule que j'ai honte de moi. Mais ça a toujours été ainsi avec Lennon. Depuis l'enfance, nous nous battons. C'est de cette façon que nous réglons nos querelles. Souvent sous les rires de Kendall et les invectives d'Aedan.

Mais, cette fois, Lennon est allé trop loin. Je le revois agripper la chevelure de Nova, la tirer en arrière, et je ressens encore la rage monter en moi, telle une éruption volcanique.

Il savait ce que cela me ferait de le voir ainsi la maltraiter. Là était le but de son acte : me faire avouer mes sentiments. La colère est montée en moi, si puissante que je me suis retenu de ne pas le tuer. Le ciel s'est soudain assombri, et seul un léger sourire de Nova, si courageuse en ces circonstances, a su m'apaiser. Comme je l'admire. Comme je l'aime. Comme je m'en veux d'être si lâche.

C'est à cet instant que je me décide à la retrouver, laissant mon frère étrangement pensif. Je gravis les escaliers au pas de course. Mais quand je rejoins ma chambre – *notre chambre*, elle est vide.

Une émotion déplaisante me traverse la poitrine. Alors je me rends dans les thermes, muni d'une torche. Nova n'y est pas non plus. J'arpente les couloirs de ma demeure, en vain. Quand je trouve le régisseur à son office, Duncan m'annonce l'avoir vu sortir. Je me précipite aussitôt dehors, sentant naître en moi une inquiétude grandissante.

Personne.

Je fais le tour de la propriété sans succès.

Où peut-elle être ?

Je repars ordonner à Duncan que chaque domestique fouille la maison, quitte à réveiller tous nos visiteurs.

Toujours en vain.

— Qu'y a-t-il ? demande mon frère quand il me croise près de la sortie.

Un silence suit sa question. Un regard le contraint à ne pas insister. Car en cet instant, je lui en veux tant que sa vue m'est insupportable. S'il n'était pas venu… S'il n'avait rien dit à propos de…

C'est cela ! C'est forcément cela ! Elle a hurlé son désespoir, et j'ai ignoré sa détresse.

Je me rends en courant jusqu'à la grange, où je trouve Tonnerre, mon cheval. Je ne le scelle pas, grimpe et pars rejoindre la Roche des dieux aussi vite que possible.

La nuit est claire et la lune pleine. Je n'ai aucun mal à découvrir que… *Nova n'est pas là.*

Mon cœur s'emballe.

Ma gorge se serre.

J'ignore pourquoi je me sens si tourmenté. Peut-être est-elle partie chez les MacKlow ? Ou chez Aedan ?

Aedan !

Je claque des talons et me rends à la taverne au galop.

Quand je toque à la porte, c'est un Aedan à moitié nu qui m'accueille.

— Dis-moi que tu m'empêches de dormir parce que tu as tué ton frère, Tristan. Dans le cas contraire, fais-moi grâce de la présence d'un seigneur picte pour cette nuit. J'en ai assez soupé.

— Nova a disparu, annoncé-je, sentant le sang quitter mon visage en l'exprimant à voix haute.

— Comment ça ? Elle était au logis tout à l'heure.

— Elle a entendu Lennon dire qu'elle a tué une cinquantaine de personnes. Je n'ai pas suffisamment prêté attention à sa réaction. Après son cri, elle semblait… J'étais si en colère contre mon frère que je n'ai pas… Mais je sens que… qu'elle ne va pas bien. Qu'il s'est passé quelque chose.

— Calme-toi, Drustan ! me lance Aedan en plaquant une main rassurante sur mon épaule. On va la retrouver.

Il retourne dans la taverne et revient deux minutes plus tard, vêtu plus chaudement.

— Elle est sans doute chez les MacKlow, déclare-t-il.

Je hoche la tête, me raccrochant à cet espoir, mais l'inquiétude me ronge. Elle serpente autour de ma gorge, m'empêche de respirer.

Chez les MacKlow, personne.

Toutes les maisons de Cairngorm sont plongées dans la nuit. Aucun des propriétaires que nous réveillons n'a vu

Nova, mais chacun d'entre eux se joint à nous dès qu'il apprend la disparition de mon épouse.

La battue dure des heures, jusqu'à ce que le soleil se lève. Mais rien.

Rien.

Je vais hurler.

Je vais tuer mon frère !

Puis une pensée me vient.

Chez les Dynols !

Plusieurs de mes sujets ont été autorisés à se rendre au village d'Avon pour la rechercher, ou à parcourir les bois autour du dôme. Mais ce n'est pas là qu'elle se trouve ! *Bien sûr, elle est retournée chez Rose et Ginny !* Puis mes espoirs se dissipent en pensant que Nova n'a aucune idée de comment actionner le portail. À moins que... L'aurait-elle appris à mon insu ? Par Dagda, que ce soit la réponse à mes prières !

Les habitants regagnent leurs demeures, me faisant promettre de les prévenir dès lors que j'aurais retrouvé Nova, tandis que Aedan et moi nous apprêtons à rejoindre le portail. C'est en chemin que nous croisons Roy MacKlow, en compagnie d'une jeune femme qui a tout l'air d'être satisfaite de sa nuit en sa compagnie. Le sourire qu'elle m'adresse est accueilli par un visage froid.

— Où étiez-vous ? demandé-je brusquement, tandis que les traits de Roy expriment son étonnement.

— Euh... nous étions sous le vieux saule, non loin du portail. Mais vous... vous n'êtes pas partis ?

— Partis où ?

— Rejoindre Gwydian, la druidesse.

Mon cœur tressaute. Mes mots se bloquent dans ma gorge qui se comprime.

— Vous avez vu la druidesse ? s'enquiert Aedan.

— Elle a passé le portail avec la lady, durant la nuit.

Mon souffle s'accélère. Mes poings se serrent.

— Vous a-t-elle dit quelque chose ? demande encore Aedan dont le ton vacille.

— Elle a seulement dit que monseigneur Drustan s'apprêtait à les rejoindre à Kilda.

Aedan se tourne vers moi. La pâleur de son visage n'est rien en comparaison de la mienne.

— Tristan…

Je claque des talons et gagne le portail, le cœur au supplice. *Nova*...

CHAPITRE 41
TRISTAN

Aedan et moi pénétrons dans l'Antre de Kilda quand le jour décline. C'est ainsi que l'on appelle le centre du dôme, où d'immenses chênes recouvrent les maisons en bois qui accueillent la plupart des habitants. Certaines sont suspendues dans les arbres. Un système de poulie permet d'en rejoindre les seuils. D'autres jonchent la terre, les unes à côté des autres. C'est l'un des rares dômes où la population est rassemblée autour d'un même endroit : la Roche des dieux. Elle est chaque jour vénérée, des offrandes sont éparpillées tout autour. Des fruits, des fleurs, et des cadavres d'animaux que les insectes se plaisent à dévorer. L'odeur qui s'en dégage m'a toujours rebuté. Près de la Roche, d'où surgit le filet scintillant qui vient former la structure du dôme, s'étend un autre rocher, couché sur sa longueur et dont les motifs creusés au burin sont des spirales interminables. C'est ici que mon père a connu la mort. Je préfère détourner mon esprit de ce souvenir pénible, avant d'arpenter le chemin qui me mène au château de Kilda. Sur mon passage, l'agitation des Pictes de Kilda laisse place à un calme tout relatif quand certains me reconnaissent. Moi, le fils déchu qui revient dans la demeure de son enfance. L'édifice en pierre siège face à toutes les habitations pictes. Deux grandes portes piquées de métal en fer noir s'érigent sur des mètres de hauteur. Le château n'est pourtant pas très vaste. Seulement deux tours, une salle commune, une armurerie, une salle de bal, des catacombes et un donjon où croupissent les ennemis de ma mère, Awena, la seigneuresse de Kilda, qui se prétend aujourd'hui reine de Drewid.

J'inspire profondément en pénétrant dans cette enceinte. Les gardes semblent avoir été prévenus de mon arrivée. En toute logique, je devrais être arrêté, car cela fait longtemps que ma mère m'a interdit de venir ici. Malgré cela, Aedan et moi passons le seuil du château sans rencontrer de résistance. Ma mère m'attend, j'en suis certain, alors je prends aussitôt la direction de la salle du trône de Kilda.

Lorsque les portes s'ouvrent, j'inspire profondément. Je dois me montrer calme, mais la crainte qui s'est emparée de moi n'a d'égale que ma colère. Je serre les poings en arpentant l'allée qui me mène à ma mère. Cette dernière est installée sur son trône, une main pendant nonchalamment sur son accoudoir, devant un parterre de sujets qui n'exprime pas un mot. Même pas un chuchotement. Mes yeux se fixent sur Awena. Les siens sont froids. De cette froideur glaciale qui sonne comme un mélange de désespoir et de haine. Certains l'appellent *La Grande*. S'ils savaient… Mais elle n'a pas toujours été ainsi. À une époque, elle était capable d'amour, et même de tendresse. Du moins, jusqu'à la mort de mon père. À ce moment précis, son cœur s'est asséché. Comment l'en blâmer, après avoir vu la manière dont le seigneur Calum a rejoint les terres de Sidh ? Mais aujourd'-hui, je ne peux plus couver cette haine qu'elle m'a tant appris à entretenir. Je ne veux plus me complaire dans ce voile de douleur qui a bercé mon adolescence, et plus tard ma vie d'adulte, parant chacune de mes pensées de colère et de défiance. Car il y a eu Nova. Et que sans elle, je ne suis plus rien.

Qu'on me la rende !

— Tristan ! s'exclame ma mère.

Mes yeux cherchent mon épouse, mais elle n'est pas ici. Mes poings se resserrent.

— Je t'attendais, mon fils.

— Je ne vais pourtant pas vous faire longtemps l'honneur de ma présence, Mère. N'oubliez pas que je dois me tenir loin des affaires du royaume, à votre demande. Où est ma femme ?

L'expression amusée sur les traits d'Awena m'irrite, et je me retiens de hurler.

— Je pense qu'aujourd'hui est un jour parfait pour mettre fin à ton exil, révèle-t-elle en haussant la voix, ce qui provoque des chuchotements au sein de l'assemblée.

— Voyez-vous cela.

— Quant à ton épouse… poursuit ma mère sans détacher son regard du mien.

Un rictus s'empare des lèvres de la seigneuresse de Kilda. Elle se lève et s'approche lentement, sans même terminer sa phrase. Ses cheveux gris cascadent sur ses épaules et encadrent son visage enfantin. Ce visage qui inspire la confiance, malgré ses yeux ombrageux et son expression condescendante.

— Je suis heureuse de te revoir, dit-elle. Presque cinq ans, déjà.

Une partie de moi nourrit l'envie de croire à ces mots. Peut-être pense-t-elle vraiment ce qu'elle vient de dire. Mais enlever mon épouse sous mon propre dôme est un acte que je ne pourrai jamais lui pardonner.

— Où est Nova ?

— Tristan…

— Laissez-moi repartir à Cairngorm avec elle.

— Tu sais que c'est impossible.

— C'est possible, si vous y consentez.

— Et là est tout le problème, mon fils. Je n'y consens pas. J'ai besoin d'elle pour attirer son frère dans mes filets. Il est temps ! Gwydian s'occupe d'elle, rassure-toi.

— Où sont-elles ?! tonné-je, à bout de patience.

— Quelque part où tu ne la trouveras pas. La druidesse l'amènera plus tard, et me présentera cette Namnette qui t'a fait tourner la tête. Je voulais que tu sois présent quand je me chargerai d'elle.

Je pâlis.

— Oh, rassure-toi, Tristan. Je ne lui souhaite aucun mal, murmure-t-elle à mon oreille. J'espère seulement qu'elle attire Lyham à Kilda, ensuite je te laisserai rejoindre Cairngorm en sa compagnie.

Voilà donc la raison de tout cela. Le véritable héritier de Drewid est un obstacle. Il l'a toujours été, et ses dernières incursions semblent avoir décidé ma mère à bousculer ses projets.

Je sais ce qu'il adviendra de Nova si Awena met la main sur lui. Je ne suis pas dupe et dois tout faire pour l'en empêcher.

— Vous espérez donc lui tendre un piège en vous servant de ma femme. Est-ce cela votre dessein ?

— Tout à fait.

— Et que se passera-t-il *vraiment* quand vous l'aurez capturé ?

Un tic sur son visage confirme ce que je redoute. Elle a beau croire qu'elle maîtrise ce que lui inspirent ses pensées, je discerne aisément la menace qui pèse derrière ce masque destiné à déguiser ses plus viles intentions. Le regard de ma mère se fait dur quand elle déclare :

— Tu as offert ton cœur à une Namnette. Comment as-tu osé ?

Sa voix n'est pas assez forte pour que le reste de l'assistance l'entende. Moi, en revanche, je n'ai rien à cacher.

— C'est vous, Mère, qui avez consenti à ce mariage. Je pensais que vous seriez attendrie de savoir votre fils heureux en couple.

Elle me fusille des yeux, un sourire glisse sur mes lèvres, avant que je ne m'adresse aux Pictes de Kilda.

— Eh oui, Kilda ! Je suis Drustan, seigneur du Tonnerre, et je suis amoureux d'une Namnette. Qui ose me défier pour cela ?

— Comme je l'ai dit tout à l'heure, alors que tu n'étais pas là, réplique lentement Awena, nous souhaiterons bientôt la bienvenue à Genovefa, du clan des Namnettes…

Elle ne reprend pas son titre de princesse, et cela ne m'étonne pas.

— … nous espérons qu'elle passera un séjour agréable à Kilda et qu'elle sera des nôtres pour la fête de Litha.

— Nous organisons déjà la fête de Litha à Cairngorm, remarqué-je. J'apprécie votre invitation, Mère, mais je me vois dans l'obligation de la décliner.

— Sottise ! tonne-t-elle. Ton peuple est heureux de retrouver son prince…

— Je ne suis pas un prince.

— Tristan !

Cette fois, le masque se brise. Awena est en colère. Une

part de moi est satisfaite d'avoir fait éclater la vérité sous ses mensonges.

— Tu es prince de Drewid, à présent, reprend-elle, un ton plus bas. Tu dois faire l'honneur de ta présence à Kilda. Cela n'est pas négociable. Mets-toi bien immédiatement dans la tête qu'elle ne partira pas.

La grande porte claque. Mon frère Lennon entre, suivi de ses gens et de ses esclaves. Ses pas lourds résonnent dans la vaste salle du trône. Dès qu'il approche d'Awena, il s'incline, puis son regard se porte sur moi.

— Les jeux auront donc lieu à Kilda, Drustan ?

— Il faut croire.

— Tant que je peux me mesurer à toi.

Je soupire.

— Mes fils réunis chez moi ! s'exclame Awena.

— Il manque Kendall, lui fait remarquer Lennon.

— Justement, où est-il ?

Mon frère hausse ses larges épaules. Les yeux de ma mère se reportent sur moi. Rien ne transparaît sur mon visage. Si Awena savait Kendall aux côtés de Lyham, tous les guerriers de Kilda fondraient sur Brocéliande. Mon silence lui apporte une réponse qu'elle pense sincère.

— Il viendra pour les jeux, affirme-t-elle. Allons déjeuner.

À ces mots, la cour se disperse.

Et rien ne laisse encore supposer les événements tragiques qui s'abattront sur cette soirée.

La grande table a été dressée. Seuls ma mère, Lennon et moi y avons été conviés. Aedan est reparti à Cairngorm prévenir les Calédoniens que Nova a été retrouvée. Le repas se passe dans un silence presque total, jusqu'à ce qu'Awena s'adresse à moi.

— Comment as-tu cru que je pourrais tolérer qu'elle et toi viviez votre amourette comme si ce n'était pas une insulte à notre famille ?

— N'allez pas vous provoquer une attaque de nerfs, Mère. Je n'escomptais pas que vous compreniez.

Lennon pouffe, avant de s'emparer d'une cuisse de gibier avec les doigts et de la mordre sans élégance.

— Tu ne peux pas vivre avec elle ! tonne Awena, furieuse.

— Je ne vous demande pas votre bénédiction.

— Es-tu devenu fou ?

— D'elle, oui.

L'admettre avec une telle facilité gonfle ma poitrine. Quelque part, je ressens du soulagement de savoir ma mère désormais au courant de l'amour qui me lie à Nova. Car jamais elle ne me l'enlèvera, et ce dîner est la parfaite occasion pour lui faire comprendre que je ne reculerai devant rien pour retrouver ma femme et la vie que j'espère tant mener à ses côtés.

— Je l'enfermerai dans un donjon, tant que Lyham ne...

— Vous n'en ferez rien ! asséné-je en me levant brusquement, mes yeux sombres toisant ma mère. Je l'ai épousée à votre demande, et je ferai...

— Tu l'as épousée pour que mes desseins s'accomplissent ! me coupe-t-elle, se redressant à son tour.

— On peut dire qu'ils ont été plus qu'accomplis, Mère, soulève Lennon en nous observant. D'ailleurs, comment va le prendre ta femme, Tristan ? Awena a raison, tu es fou.

Je sais que je le suis. Je sais que je ne devrais même pas

envisager un avenir avec Nova, mais je ne peux pas faire autrement. Je ne peux plus. C'est impossible, bien sûr, mais ces derniers mois n'ont-ils pas prouvé que l'amour pouvait surpasser la haine et inspirer le pardon ?

— Si elle l'apprend, poursuit Lennon, il faudra se méfier de son pouvoir, ou nous finirons tous brûlés comme cette carne que je tiens là.

— Cela n'arrivera pas, déclare froidement ma mère sans quitter mon regard. Je me suis chargée d'écarter cette menace.

— Comment cela ? soulevé-je en pâlissant.

Awena se lève, contourne la table et s'approche de moi. Sa main se pose sur ma joue, un sourire étire ses lèvres, mais il n'atteint pas ses yeux.

— Mon fils… penses-tu que j'ignorais ce qu'il se passait à Cairngorm ? Voyons… Dès que j'ai appris sa présence là-bas, j'ai pris des dispositions. Ta servante Brianna s'est montrée très coopérative pour lui administrer régulièrement la potion que j'ai utilisée sur les Namnettes lors de ton mariage. Son thé contenait de la *Brise de Laurier* et a considérablement affaibli ses pouvoirs.

— C'était vous ! m'emporté-je.

— C'est très malin, remarque Lennon.

— Je trouve aussi, se félicite ma mère, avant de retourner à sa place. Ainsi, il n'y a aucun risque qu'elle découvre la vérité. Et quand je déciderai de son sort, alors…

— Son sort ne dépend pas de vous ! hurlé-je, tremblant.

— Calme-toi, Tristan. Je ne prévois pas de la tuer.

Mensonge que cela…

Awena se tourne vers mon frère.

— Et toi, Lennon ? Quelles sont les nouvelles d'Elean ?

— Elles sont bonnes, répond nonchalamment mon frère,

la bouche pleine du mets qu'il savoure avec des couverts, à présent.

— Tu sais que je n'aime pas que tu emmènes tes esclaves à Kilda. Renvoie-les par le portail, lui ordonne-t-elle.

Lennon bloque un instant sa fourchette devant ses lèvres, comme si cette remarque revêtait une importance particulière à ses yeux. Je plisse le front, ne comprenant pas ce qui a pu l'interpeller pour que je discerne cette faille dans son comportement. Il reprend rapidement contenance et réplique d'une voix égale :

— Je n'en ai amené que trois et vous avez de quoi les abriter dans ce château.

— Tes plaisirs dissolus n'ont pas leur place, ici, Lennon !

— Et quel dommage, souffle-t-il.

— Mais j'ai d'autres choses à penser que tes frasques, mon fils, affirme ma mère après avoir levé les yeux au ciel, et toutes ont un rapport avec l'inconséquence de Tristan.

Cette fois, je n'ai pas le temps de répliquer que la porte s'ouvre dans un fracas. Un serviteur de ma mère apparaît, essoufflé, et crie :

— Le feu ! Le feu !

Awena se redresse subitement, ahurie.

— Quoi, le feu ?

— Ma reine, il est partout !

Et à ces mots, je sais qu'il en est fini de moi.

CHAPITRE 42
NOVA

U*n peu plus tôt...*

Gwydian. Elle se nomme Gwydian. Mes pensées embrumées me le rappellent. Je ne peux pas bouger, comme enlisée dans des sables mouvants qui ne demandent qu'à m'engloutir. La sensation est désagréable, oppressante et je m'y perds avec effroi.

Quand la druidesse m'est apparue dans la forêt de Cairngorm, sa main s'est posée sur mon crâne, une lueur a traversé l'une des runes tatouées sur son bras, et la torpeur m'a saisie. Depuis, je n'ai plus d'emprise sur mon corps, c'est elle qui le contrôle. Mon esprit semble fonctionner au ralenti. Seuls mes yeux, couverts d'un voile obscur, peuvent se mouvoir dans leurs orbites. Seuls quelques mots s'échappent de ma bouche et ça me fait mal de les prononcer.

J'entends ses pas dans la pièce. Elle sifflote tandis qu'elle prépare une potion dans un chaudron placé dans l'âtre.

— Si tu savais comme j'ai attendu ce moment, me lance-t-elle, implacable.

Impuissante, je dois me concentrer pour saisir chacune de ses paroles. Puis je la vois vaguement s'emparer d'un flacon et s'approcher de la paillasse sur laquelle je suis allongée.

— Où… suis… je ? réussis-je à énoncer.

Elle s'assoit sur un tabouret installé près de mon lit et penche la tête.

— À Kilda. Dans une modeste maison du centre. La demeure d'Awena n'est qu'à quelques pas.

— Tris… Tristan…

— Il est ici. Il est venu te chercher.

Mon cœur éprouve du soulagement. *Tristan…*

— Ne t'inquiète pas, tu vas vite le retrouver, énonce la druidesse, un rictus étrange sur son visage.

— Que… que voulez-vous ?

— Tout.

Puis elle ouvre le flacon et me le colle entre les lèvres. Le liquide qui se répand sur ma langue a un goût immonde. Je tousse après l'avoir avalé, incapable de m'en empêcher.

— Voilà, déclare Gwydian, satisfaite. Tes pouvoirs ne devraient pas tarder à te revenir pleinement. Ça risque d'être douloureux, mais pas plus que de te souvenir de…

— Non.

Ce mot s'est extirpé de ma gorge sans que je le veuille vraiment, révélant toute la crainte qui m'habite à cette pensée. Pourquoi mes pouvoirs reviendraient-ils ? Pourquoi me souvenir ? Et si je me souvenais, alors…

Je panique, mais mon corps se refuse à trembler.

— Tu vas rapidement te reprendre, ne t'inquiète pas. La

Brise de Laurier va se dissoudre dans ton sang et tu retrouveras toutes tes capacités. C'est moi qui la prépare depuis tout ce temps que l'on t'en abreuve. Alors je sais, crois-moi. Tu m'as fait peur quand tu es parti te réfugier avec Tristan chez les Dynols, mais tu en es revenue bien vite, heureusement. De quoi parle-t-elle ? Puis elle se relève et se dirige vers l'âtre. Elle plante sa louche dans le liquide contenu dans son chaudron et reviens vers moi en fredonnant.

— *Feu et cendres. Tonnerre et vent. Fer et Terre. Bientôt sonnera le temps du firmament...*

À ces paroles chantonnées d'une voix douce, elle porte la louche à mes lèvres.

— C'est censé être brûlant, dit-elle, mais ton corps ne craint pas le feu, n'est-ce pas ?

Le liquide coule dans ma gorge sans que je puisse protester. Je sens mes jambes tressauter, mes doigts légèrement se mouvoir sur la couverture. Gwydian part à nouveau vers la cheminée, revient et me verse encore de sa potion dans la bouche.

— Cela annihilera les effets de la *Fleur de Songe* que tu as prise en trop grande quantité. Tes souvenirs ne vont pas tarder à refaire surface. N'est-ce pas formidable, Nova ?

Puis elle pose un baiser sur mon front et murmure au creux de mon oreille :

— *Brûlent et brûlent les oiseaux de mauvais augure... Quand le glas sonne, seule la vengeance chantonne.*

Des runes sur ses bras s'illuminent. Puis Gwydian se lève et observe un moment mon corps engourdi.

— À bientôt, princesse des Ifs.

Puis elle m'abandonne à mon sort.

CHAPITRE 43
NOVA

Depuis quand est-elle partie ? Je plisse les paupières encore une fois. Une chaleur se diffuse lentement dans mes membres. Ma tête commence à me faire mal. Mes doigts se raidissent. La douleur m'assaille un peu plus. Je ferme les yeux, les rouvre, ahurie par la souffrance qui gronde sous mon crâne. C'est insupportable, alors je crie.

Je crie, je crie, JE CRIE !

Puis ma voix n'est plus qu'un chuchotement. Un frisson parcourt mon corps ; ensuite, ce sont des spasmes qui m'agitent. Je convulse sur ma paillasse.

Dans ma solitude, je me noie dans l'écume qui déborde de ma bouche. Un sursaut d'énergie me traverse, le supplice qui me foudroie l'encéphale me fait crisper les lèvres.

Soudain, et sans même que je le commande, je me redresse sur le lit, le regard vide.

Mes mains se portent à ma tête qui me brûle.

Je hurle ! JE HURLE !

Mais il est trop tard.

Trop tard.

Mes souvenirs.

Ils me reviennent et me scindent le cerveau en deux. Des images de ma vie défilent si vite que je n'en saisis pas la teneur. Mon corps tremble, mes musclent se bandent, en moi le tonnerre rugit.

« Je t'aime, ma fille », « Je t'aime, ma sœur », « À jamais ta famille ». Des visages, DES VISAGES !

Tout s'enchaîne, mais c'est trop ! C'EST TROP !

Enfin, le calme revient et ma mémoire s'envole, pour mieux me ressurgir, parée de la sinistre vérité.

Elle me submerge, et je vois…

— *Nova, dépêche-toi ! me lance ma sœur Jos, un sourire mutin jouant sur ses lèvres. Ton mari ne va plus longtemps t'attendre au portail si tu traînes à ce point.*

— *Elle a raison, remarque mon frère Niall. Il serait malvenu de faire patienter ton si charmant époux.*

L'héritier de Drewid m'observe. Il n'a pas apprécié l'attitude de Tristan au banquet du mariage, et ça se devine dans ses mots.

La nuit de noces m'a laissé un goût amer.

L'indifférence de mon époux me fait craindre pour l'avenir.

Nuit de noces.

Tristan qui me pénètre une fois d'un coup de reins et quitte ma chambre comme si je n'étais rien. Juste une poupée que l'on déflore avant de s'en détourner sans un regard.

Notre mariage et le désintérêt de Tristan.

Le même que lorsque je suis arrivée à Cairngorm.
À l'époque où il ne m'aimait pas.

La vision de Tristan m'abandonnant nue sous les draps, après avoir accompli l'acte d'accouplement devant témoins, me laisse pantoise.

J'entrouvre la bouche à ce souvenir.

Je suis jeune et j'ai tant espéré son amour.

Une saccade au creux de mon ventre, et c'en est fini.

Mes souvenirs.

Mon frère, ma sœur. Niall et Jos, oui, ce sont eux…

Ma famille.

Ils sont là !

Ils me manquent. Oh, comme ils me manquent !

Un sourire atteint mes lèvres en revoyant le si joli visage de ma sœur.

Jos…

— *Lyham et Nimue ne vont pas venir pour ton départ, n'est-ce pas ? suppose très justement Niall.*

— *Ils m'ont laissée dès mon arrivée au temple. Nous nous sommes déjà fait nos adieux sur la colline aux fées, tout à l'heure. Ils ne pouvaient pas…*

— *Tu reviendras vite, Nova, me coupe mon frère, avec un regard attendri. Je ferai tout pour convaincre Père de hâter nos retrouvailles.*

— *Merci, Niall. Merci…*

Je baisse les yeux sur les manches de ma robe que ma camériste arrange. Gwladys et Jennah, mes jeunes sœurs jumelles ouvrent brusquement la porte et se jettent dans mes bras.

— *Ne pars pas, s'il te plaît, Nova, lancent-elles en chœur.*

Un sourire atteint mes lèvres. Je me redresse et caresse leur chevelure sombre. Elles m'arrivent toutes deux à la taille. Leurs doigts potelés resserrent leur emprise sur mes hanches.

— C'est le devoir de toute épouse que de suivre son mari, soufflé-je doucement.

— Ma fille a été bien éduquée, déclare mon père qui s'invite dans ma chambre, accompagné de ma mère.

— Je suis si fière de toi, dit cette dernière en posant une main tendre sur ma joue.

Mon regard se plonge dans le puits d'ambre que sont ses yeux.

Mon père.

Ma mère.

Mes sœurs.

Mon frère.

Lyham. Nimue…

Jos. Jos. Jos.

Comment ai-je pu vous oublier ?

Mes lèvres tremblent.

Des larmes roulent sur mes joues quand je les revois, même si ça n'est que dans mes songes.

Je vous aime. Je vous aime…

— Il est temps que tu rejoignes ton mari, annonce le roi Alistair, ses lèvres se courbant de manière à me rassurer sur ce qu'il m'attend.

— Votre père a raison, Nova, lance Fitras, le druide, le

visage affable. Cette alliance sera définitivement scellée quand vous prendrez votre seigneurie à Cairngorm.

J'aimerais pouvoir lui dire que je me réjouis à cette idée, mais la nuit de noces a douché toute forme d'enthousiasme. Je réponds néanmoins avec un sourire qu'il semble prendre comme une marque de joie.

— Ce n'est pas juste ! s'insurge Jos.

— Fais preuve de retenue, ma fille, la rabroue gentiment la reine Deirdre, ma chère maman.

— Comment peux-tu la laisser à cet homme, Mère ?! insiste Jos. Il ne sourit jamais !

— Les hommes ne se montrent pas toujours dignes de leurs épouses dans les premiers jours de vie commune, mais certains savent se repentir de leurs actes avec tendresse.

À ces mots, le regard de ma mère caresse mon père, et je ne comprends pas ce que cela veut dire.

Mère... Père... Jos...

Fitras, le druide. Celui qui m'a tout enseigné. Mon protecteur...

Mes yeux me piquent atrocement, mes larmes dévalent et ce n'est plus de la nostalgie.

Le chagrin s'empare de moi, et je ne sais pas pourquoi.

L'auteur de mes jours semble doux quand il prend la main de ma mère, comment pourrait-il être l'homme qui a tué le père de Tristan ?

Pas possible. Non, ce n'est pas possible.

Glwadys, Jennah...

Jos, Niall...

. . .

On quitte la vaste maison dans laquelle j'ai vécu toute mon enfance, où j'ai connu des rires à n'en plus finir. Où j'ai assisté à la naissance de mes plus jeunes sœurs. Où j'ai éprouvé la chaleur des bras de ma mère et de ma fratrie. Parfois même de mon père et de mes frères. Je n'ai jamais rien expérimenté d'autre que Brocéliande. J'ai si peur d'arpenter le chemin de mon avenir…

J'aperçois Nimue et Lyham qui se tiennent au loin, nous observant tandis que nous avançons sur le sentier qui me mènera au portail, et près duquel toute la suite de la seigneuresse Awena nous attend, en compagnie de Tristan. Le souvenir de nos accolades échangées dans la matinée me réchauffe alors que je progresse. Je leur adresse un dernier signe de la main. Nimue baisse les yeux, puis les relève et me sourit. Lyham me souffle un baiser.

Faites que je les revois bientôt. Nous trois n'avons jamais été séparés. Ils sont mes béquilles. Mon équilibre…

— *On pourra venir te rendre visite la semaine prochaine ?* demande Glwadys, dont les petits doigts sont toujours accrochés à ma robe.

— *Ça serait formidable !* s'exclame Jennah.

— *Nous allons laisser votre sœur prendre ses marques sous son nouveau dôme avant de nous y rendre,* réplique ma mère d'une voix douce.

— *Il conviendra d'y aller pour la fête de Litha, Deirdre,* lui répond mon père.

— *Cela surprendra du monde que vous vous y déplaciez,* déclare son épouse.

— *Il est temps de laisser le passé derrière nous.*

Cette phrase pleine de mystère est la dernière que je l'entends prononcer.

· · ·

La dernière.

Pourquoi la dernière ?!

Mes larmes forment un torrent, à présent.

La fine robe que je porte s'humidifie sous les gouttes qui se déversent de mon visage.

Des spasmes secouent de nouveau mon corps.

Le feu s'embrase dans la cheminée.

Je me rappelle...

Le chemin qui mène au portail de Brocéliande est précédé d'un couloir de pierre, enfoui dans l'écrin de la forêt. Personne ne peut le contourner tant la végétation est dense, en cet endroit. Au-dessus, rien ne le protège, si ce n'est les branches d'arbres qui forment un plafond tissé de feuilles.

C'est devant ce couloir qu'Awena attend notre arrivée, aux côtés de Tristan et d'une dizaine de membres de sa cour, hommes et femmes. La seigneuresse accueille mon père en déroulant ses bras, ses mains se posant sur les siens. Le roi fait signe à ses gardes de nous laisser à nos « au revoir ».

— Mon fils prendra bien soin d'elle, déclare Awena. Je la présenterai d'abord à Kilda, puis ils partiront tous deux pour Cairngorm.

Je lève les yeux sur mon mari. Les siens demeurent fixés sur mon père. Ils sont durs et froids. Je sens Glwadys resserrer sa prise sur ma robe. Jos attrape ma main.

— Tu pourrais rester si tu le voulais vraiment, chuchote-t-elle.

Mon regard se pose sur elle et je lui souris. Je ne souhaite que la rassurer, mais cela m'est difficile, je dois l'admettre. Car je crains d'être malheureuse auprès de cet époux à qui je n'inspire que de l'indifférence.

— *Montre-leur qu'une Namnette est à la hauteur de sa réputation, me souffle mon frère Niall à l'oreille.*

Je détourne mon attention vers lui. Ses iris brillent d'émotion contenue. Je sais qu'il m'aime de tout son cœur et qu'il regrette cette union. Un jour, il m'a dit : « Personne ne sera assez bien pour la plus courageuse de mes sœurs.» Et je n'ai pas compris. Car je n'ai jamais eu à faire preuve de courage.

— Je le serai.

Les lèvres de Niall esquissent un sourire, puis nous empruntons le couloir les uns à la suite des autres, Namnettes et Pictes mélangés dans cette nouvelle alliance. Tristan est devant moi. Mes yeux sont fixés sur son dos et ses longs cheveux qui cascadent sur ses omoplates. Puis il se tourne et rive son regard sur moi. Dans ses prunelles, je lis quelque chose que je ne comprends pas. Comme une supplique. La lueur qui les traverse me fait frissonner jusqu'à ce que nous approchions du bout du couloir et que j'entende Awena crier « MAINTENANT ».

Et c'est là que tout bascule.

Mon souffle s'accélère.

Je tremble de tous mes membres.

Les images défilent, incessantes.

J'ai peur. J'ai peur. J'ai peur…

Glwadys, Jennah, Jos, Niall, Père, Mère… Tristan !

Les flammes se répandent, mais je ne vois rien.

Non plus rien.

À part l'horrible vérité.

. . .

L'injonction d'Awena me fait tourner la tête. Mon père affiche un visage surpris. Un Picte sort une dague et lui tranche soudain la gorge. Mes yeux s'écarquillent. Mon sang se glace. Le choc me saisit. Un fracas survient derrière son corps qui s'écroule quand nos gardes sont assaillis par des Pictes qui surgissent dans l'entrée du couloir. Ma mère pousse un cri et se précipite sur son mari. Gwydian, la druidesse, plante un couteau dans l'abdomen de Fitras qui s'effondre sur elle. Le sourire qu'elle arbore me glace d'effroi. Niall hurle et invoque ses pouvoirs, mais rien ne se produit. Son visage pâlit de terreur. Il hurle encore. Une femme avance jusqu'à ma petite sœur Jennah et assène plusieurs coups de dagues dans son ventre. Je crie. Je crie si fort que je convoque les flammes pour embraser nos ennemis. Car ils sont nos ennemis. Trahison. Ma sœur. Ma sœur. Mon père qui gît sur le sol froid, pris au piège dans cette embuscade et sous le regard des dieux.

Glwadys se précipite sur la dépouille de Jennah en pleurant. Je tente de la retenir d'un bras, mais elle est trop rapide. Niall accourt et sort l'épée de son fourreau avant d'affronter un Picte. Je fais volte-face vers Tristan, hébétée. Ses yeux se posent sur le corps de ma sœur Jos qu'un homme vient d'achever d'un coup de marteau en plein visage. Son si joli visage... n'est plus. N'est plus. Le sang... Le sang... La torpeur me saisit. Mon souffle se coupe. Mes mains tremblent.

Vengeance. Trahison. Vengeance.
Mon père.
Mes sœurs, mes sœurs... MES SŒURS !

· · ·

Tristan relève ses yeux sur moi. Il est insondable. Puis il court et me pousse, se positionnant devant moi, son corps faisant écran face à un agresseur picte qui veut s'en prendre à moi.

— Non ! tonne-t-il.

Le Picte plisse les paupières. Ma mère hurle, à genoux devant mon père, son regard transi parcourant les cadavres de mes sœurs, et ses larmes roulent sur ses joues. Son cri déchire l'atmosphère. La puissance de son désespoir m'arrache le cœur. Awena s'approche d'elle. Et moi je ne suis plus vraiment là. Mes sœurs sont mortes sous mes yeux. Massacrées. Glwadys est étendue sur le corps de Jennah, comme si elle avait voulu la protéger. Mais elle ne respire plus. La plaie dans son dos prouve qu'on lui a planté une épée entre les omoplates. Il lui manque une chaussure. Son sang se déverse sur sa cheville et sur ses orteils nus. Une mare écarlate se forme sous les dépouilles de mes sœurs. Je n'ose plus me retourner vers Jos. C'est un cauchemar, un cauchemar ! Cela ne se peut ! Cela ne se peut !

Tués. Ils ont été tués. Massacrés…

Mon frère Niall hurle sa douleur quand Awena sort une dague et tranche la gorge de ma mère. Et moi, je reste là, figée. Le cœur emprisonné entre des murs qui se sont érigés pour le protéger.

Cela ne se peut. Cela ne se peut !

Père, Mère, mes sœurs.

La maison brûle.

Des poutres s'effondrent autour de moi.

Figée. Figée.

Mes yeux sont des flammes.

Ma raison s'est enfuie.

Niall tue deux adversaires avant de s'approcher d'Awena, brandissant son épée pour la pourfendre. Mais il n'en a pas le temps. Au moment où il s'apprête à frapper, Tristan s'interpose et plante sa dague dans la poitrine de mon frère.

Le feu se répand, plus vif que jamais.

Tristan.

Tristan.

TRISTAN !

Je hurle à m'en faire éclater les poumons. Mes poings se serrent. Je tremble, je pleure, je ne suis plus...

Je ne suis plus...

Ma conscience a disparu quand je me lève, prête à brûler Kilda et tous ses habitants.

CHAPITRE 44
TRISTAN

N ous nous précipitons vers l'extérieur. Même ma mère se presse, le visage encore transi par la nouvelle. Du feu. Se pourrait-il que ce soit Nova qui…

Mon cœur bat si vite que je crains qu'il ne s'arrête avant que je parvienne au seuil des portes du château. Mon frère Lennon y arrive en premier et se fige face au spectacle effroyable qui se dévoile à nous. Les arbres proches de la Roche des dieux sont en flammes, le feu s'étend et lèche les troncs des grands chênes, atteignant les maisons qui s'y perchent dans un élan furieux. La chaleur sur nos visages est vive, les reflets dans nos yeux ne sont que lueurs incendiaires et ténèbres.

— Que se passe-t-il ? demande ma mère dont la pâleur me prouve qu'elle redoute autant que moi la vérité.

Non, ce n'est pas elle.

Nova.

Lennon se retourne et plante ses prunelles sombres dans les miennes.

— Fuyez ! tonne-t-il.

Je secoue la tête. Pas question. J'avance sur la pierre froide de l'entrée du château, élève mes mains vers le ciel et invoque le tonnerre. Un énorme nuage noir se forme au-dessus de Kilda. Des éclairs le traversent, l'orage gronde et la pluie se déverse. Des picotements parcourent ma peau. Je ressens sa force et sa puissance. Mais l'incendie se propage. Des hurlements heurtent mes tympans. Des habitants brûlent dans leurs foyers. D'autres se ruent, paniqués, dans les rares chemins qui n'ont pas encore été atteints par le brasier. Je reste concentré sur ma tâche, mais mon souffle est saccadé et mes jambes tremblent.

Ce n'est pas elle.

Non. Ce n'est pas elle !

— Mère, allez jusqu'au portail et fuyez !

— Pas question ! rétorque-t-elle à mon frère. Tristan va nous sauver.

La chaleur se diffuse plus intensément que jamais. Mes joues commencent à me brûler.

— Les flammes sont trop vives ! crié-je. Faites ce que vous dit Lennon !

Awena m'observe, choquée. Puis ses yeux se reportent sur le feu qui s'étend. Indomptable. Sauvage. La pluie a beau tomber à verse, rien ne vient l'arrêter. Kilda flambe et la fournaise se répand.

— Tristan, laisse le village et protège le château ! m'ordonne Lennon.

— Mais les nôtres… et Nova est…

— C'est elle, Tristan !

— Non !

Je ne peux le croire. C'est impossible ! Et c'est alors qu'une silhouette apparaît devant une maison en feu, à une cinquantaine de mètres de là. Un halo orangé la cerne tandis qu'elle descend lentement les escaliers en pierre de la bâtisse. La charpente s'effondre derrière elle. Son visage est tourné vers l'entrée du château, *vers moi*. C'est une femme, mais je distingue à peine ses traits tant je suis aveuglé. Tout s'enflamme. Les enfants crient, emportés dans les bras de leurs parents qui se précipitent sur le sentier du portail qui ne tarde pas à s'embraser. Certains sont piégés et brûlent dans d'atroces hurlements. Des hurlements si terribles qu'ils resteront à jamais ancrés dans mes songes. La silhouette approche encore, indifférente au désastre. Les animaux paniquent et détalent dans son sillage. Elle avance et avance, d'un pas lent, implacable, déterminé. Son attention est toujours fixée sur le château.

Et mon cœur se serre, car *c'est Nova*.

Je crie son nom. Je le hurle tant de fois que j'ai peur que mes poumons éclatent.

La pluie se déverse sur elle, mais elle est inarrêtable. Ses bras se lèvent. Le brasier s'amplifie.

— Ce n'est pas possible ! rugit ma mère. Comment a-t-elle pu...

— Elle se souvient, assène Lennon.

Mon regard vrille vers lui, puis revient à Nova. Des larmes emplissent mes yeux. Si elle sait, alors... elle sait que j'ai tué son frère. Elle sait que j'étais au fait de ce qui allait se passer. Mais sait-elle tout ? Sait-elle que...

— Tristan, il faut fuir ! lance ma mère, et sa voix se brise.

— Elle ne me fera rien. Je la connais, elle ne me fera rien.

Mais la détermination qui se lit dans la démarche funeste de Nova me fait douter. Et je manque de tomber à genoux et de pleurer, car elle sait.

Par Dagda, elle sait !

Mon frère m'attrape les épaules et me secoue.

— Fais mieux que ça !

— Je ne peux pas faire mieux, les flammes sont trop puissantes !

Puis je vois Lennon écarquiller les yeux. Le visage meurtri qu'il affiche me surprend, puis il dit :

— Arzhela !

Il repart dans le château en courant, et je ne comprends pas son acte. Ma mère se presse derrière moi.

— Je… je ne savais pas que…

Je ne réponds pas que nous l'avons mérité. Je ne lui dis pas que je suis prêt à mourir sur un bûcher pour cette femme qui rêve maintenant de me brûler.

Mon cœur est brisé d'avoir cru.

Je voulais…

Comment ai-je pu ?

CHAPITRE 45
NOVA

M a conscience n'est plus que cendres. La chaleur ne m'atteint plus. J'ai froid tandis que j'approche du château, mes yeux figés sur les auteurs du massacre de ma famille.

Pourtant, les flammes m'entourent de leur soif vengeresse.

Les larmes ruissellent sur mes joues.

Mon cœur est brisé. Mutilé…

Et plus rien ne pourra jamais plus le réchauffer.

Il n'est plus que glace et noirceur.

Les images tournent en boucle dans ma tête. Jos abattue comme un chien, qui ne verra jamais au-delà de ses onze ans. Glwadys et Jennah qui faisaient tout ensemble et qui se plaisaient tant à me réveiller chaque matin avec des cris de joie.

Mes sœurs… Elles ont baigné dans leur sang.

Mon père et ma mère qui s'aimaient et *nous* aimaient.

Mon frère Niall, héritier courageux tué de la main de mon époux.

Comment le supporter ?

COMMENT LE SUPPORTER ?!
Nova n'est plus là.
Les feux de la colère l'ont emportée.
Et j'avance, j'avance, sans que rien ne puisse me freiner.
Des gouttes de pluie me fouettent les joues. C'est presque salvateur, mais ça ne m'arrêtera pas.
Nova n'est plus là.

Je hurle, et ma tétanie se dissipe quand mes yeux se fixent sur Awena, l'instigatrice de cette embuscade. Dans le couloir, sans mes pouvoirs, j'enjambe le corps de mes sœurs et m'approche d'elle en criant vengeance. Tristan fait volte-face, près de la dépouille de mon frère. Je vais pour le pousser. Les larmes qui se déversent sur mes joues m'empêchent d'observer son expression horrifiée. Quand je veux le frapper de toutes mes forces, avant de m'emparer de la gorge de sa mère que je compte étrangler, le coup que je reçois derrière la tête est si violent que je tombe à quelques pas d'elle, et de son rictus sinistre en me voyant m'effondrer.

Tuer.
Tuer.
Tous les brûler.

J'ai mal au crâne. Mes paupières se soulèvent à peine. Mais j'entends la voix de Kenelm, l'apprenti druide de Fitras qui a péri assassiné comme le reste de ma famille.

— De la Fleur de Songes en cette quantité, vous ne pouvez pas...

— *Faites ce que je vous dis* ! *tonne Tristan.*

— *Il n'est pas certain que ses pouvoirs se...*

— *Fais-le, Kenelm* ! *ordonne la voix de ma sœur,* Nimue.

Nimue ? *Pourquoi* ? *Que faites...* *Le voile de brume qui obscurcit mon esprit m'emporte et je n'entends plus qu'au loin.*

— *Princesse, n'y pensez pas, rétorque Kenelm, le ton suppliant. Elle ne se souviendra plus de rien si... Et ses pouvoirs ne pourront sans doute plus la protéger.*

— *Elle sera plus heureuse sans ses souvenirs de nous, murmure ma sœur, tandis que je sens une main m'effleurer la joue.*

Ma sœur...

Nimue.

Les larmes, encore.

Nova n'est plus là, mais les souvenirs ne cessent de déferler.

Brûler.

Brûler.

Je suis ballottée dans tous les sens. Mes paupières s'entrouvrent, puis se referment. Une poigne puissante m'enserre la taille tandis que nous traversons le dôme de Brocéliande au galop.

— *Il faudra la laisser près du village des Dynols, crie Kenelm qui chevauche à nos côtés.*

— *Non* ! *tonne Tristan derrière moi.*

C'est lui qui me tient. Lui, qui a tué mon frère sous mes

yeux. Je cligne des paupières, mais j'ai mal, si mal. Une torpeur étrange me saisit. Mon cerveau n'assimile plus.

Où suis-je ? Que suis-je ? Mes souvenirs se dissolvent les uns après les autres.

— Nous n'avons pas le temps, Drustan ! hurle Kendall à son frère.

Ma tête se penche en avant. Je ne peux soutenir son poids. Puis à l'orée du bois, Tristan me prend dans ses bras et court le long d'un chemin.

— Laisse-la ici ! déclare Kendall, dont la voix trahit la peur.

Nimue approche, ses doigts saisissent mon visage en coupe. Je sens qu'elle dépose un baiser sur mon front.

— Ma sœur... Adieu.

Puis elle murmure au creux de mon oreille :

— Je nous vengerai, je t'en fais le serment. Rien ne m'arrêtera. Je t'aime.

Puis plus rien. Le néant. Jusqu'à ce que je m'éveille dans les fourrés. Je marche difficilement, en suivant des bruits de circulation qui me parviennent.

Qui suis-je ? Où suis-je ?

Je manque d'être écrasée.

Je recule quand je fais face à la mort et mon pied nu touche une branche qui déforme le bitume. Une autre, aussi large qu'un tronc, dévie le camion qui s'apprête à me tuer.

Et voici que la princesse des Ifs cesse d'exister...

Non.

Elle est là.

Face à sa proie.

Sur le seuil de ce sinistre château se tient la responsable

de mon malheur, aux côtés de son fils qui semble figé telle une statue.

Ceux qui ont massacré ma famille se tiennent devant moi, et la peur que je lis dans leur regard ne fait qu'attiser ma colère. Les flammes s'embrasent et s'étendent sur Kilda.

CHAPITRE 46
TRISTAN

— **N**ova ! hurlé-je, tandis que ma mère me retient par le bras.

— Tristan, non !

Lennon arrive en courant, accompagné de son esclave au masque de fer. Je ne comprends pas ce qu'elle fait là, mais je n'ai pas le temps de m'y attarder.

— Il faut fuir ! crie Awena.

— Non ! feulé-je, ne pouvant quitter des yeux mon épouse qui n'est plus qu'à une dizaine de mètres, les flammes la suivant telle la traîne d'une robe écarlate.

La fumée sature l'air, et mon pouvoir ne peut pas l'arrêter. Awena tente une percée en dévalant les escaliers aux côtés de deux de ses dames de cour que je n'avais même pas remarquées.

— Par ici, ma reine ! lance l'une d'elles en se frayant un chemin à travers les fougères qui bordent le château.

L'autre femme la suit. Ma mère me jette un regard implorant.

— Accompagnez-moi !

— Revenez, vous… !

Mais c'est trop tard. Nova a levé un bras et les flammes forment une ligne funeste et véloce jusqu'à ma mère qui recule au dernier moment, tandis que les cris déchirants de ses dames se mêlent atrocement au crépitement du brasier qui nous encercle. La seigneuresse de Kilda pousse un hurlement terrifié.

— Lennon ! l'interpelle l'esclave.

Mon frère virevolte vers elle. Cette Arzhela, comme il l'appelle. Il pose ses deux mains sur ses épaules et le court silence qui les unit se pare d'une intensité que j'ai du mal à saisir. Puis les doigts de Lennon se portent sur le masque, et le fer s'écoule dans sa paume, formant une sphère sous la force de son pouvoir. C'est alors que je découvre le visage de l'esclave. *Nimue !*

— Nova ! crie-t-elle.

Pétrifiée de la voir apparaître ici, ma mère en reste coite. Et je dois afficher la même expression, ne comprenant pas ce qu'elle peut faire là, et avec mon frère, de surcroît.

La princesse des Charmes, Nimue, la guerrière namnette, se jette dans l'escalier et tente de raisonner sa sœur.

— C'est moi ! Nova ! Regarde-moi !

Mais rien. Et alors que mon épouse s'approche un peu plus, je ne discerne aucune émotion sur son visage figé dans le marbre. Seul son œil flamboyant renvoie le néant qui l'habite. Je pars en quête de ma mère, lui attrape le bras et la tire jusqu'à l'intérieur du château. Nous n'avons plus le choix.

Lennon nous suit et nous parvenons difficilement jusqu'à l'armurerie. La fumée nous étouffe et nous toussons tandis que le feu se répand aussi à l'intérieur. Une voix s'élève derrière nous.

— Vous devez sortir de là ! lance Kendall dans un cri.

Je fais volte-face et découvre mon frère aux côtés de Lyham, son expression gorgée de haine fixée sur nous.

— Ils méritent leur sort, assène ce dernier d'un ton sinistre.

Nimue le serre dans ses bras, mais Lyham ne lui rend pas son étreinte, trop concentré qu'il est à nous envelopper de sa froideur obscure.

— Tu as promis, Lyham ! lâche Kendall tandis qu'il plaque ses mains sur les joues de l'héritier de Drewid.

Le regard qu'ils échangent me stupéfie. Ce que j'y lis me tétanise, car… je comprends. Kendall est fou, tout comme je le suis. Le désespoir m'accable, plus dévastateur que jamais. Après de trop longues secondes, Lyham hoche la tête, puis se rapproche de nous. Nimue rejoint Lennon.

— Je vais… commence-t-elle.

— Je sais, lui répond-il.

Puis Nova est là, un torrent de feu s'étirant derrière elle. Elle s'avance sans même remarquer son frère et sa sœur. Lyham protège Kendall de son bras, lui intimant de reculer. Nous sommes pris au piège. La fumée sature l'air, je peux à peine respirer. Nimue se poste à notre gauche et ferme les yeux. Lyham s'agenouille, posant ses mains sur le sol. Le tonnerre gronde, mais ce n'est ni mon pouvoir ni le ciel qui provoque ce fracas. C'est la structure du château qui vacille. Les murs crachent de la poussière. La terre tremble sous nos pieds. Les premières pierres s'effondrent sur nous, mais une puissante bourrasque investit l'armurerie, avec une telle force que je suis obligé de m'ancrer solidement au sol pour ne pas perdre l'équilibre. Les décombres du toit se propulsent à l'extérieur. La pluie se déverse. La fumée s'échappe dans le ciel. Mais les flammes, implacables, ne tarissent pas.

Nova n'est plus qu'à quelques mètres. Pris d'un élan incontrôlable, je lâche la main de ma mère et me plante face à mon épouse. Rien ne se lit sur son visage figé, toute sa haine portée sur Awena. Ça me tue. C'est tellement douloureux de la voir ainsi que je ne lui en voudrais pas de me brûler sur le champ. Car la peine qui étreint mon cœur est si forte que je ne sens même plus les larmes qui roulent sur mes joues.

— Nova ! crié-je. Je vous en prie... mon amour...

Les deux derniers mots l'incitent à orienter son regard vers moi. Mais aucune émotion ne traverse les traits de la Nova que j'ai connue si douce, si tendre, si...

Elle m'aimait. Mais elle n'est plus là. Je l'ai perdue et je m'effondre, prêt à recevoir son courroux. Et il ne tarde pas. Elle lève une main et les flammes m'assaillent. Ma mère crie d'effroi. Lennon s'interpose et projette un bouclier de métal devant moi, coulé à partir de l'une des armures.

Un hurlement retentissant déchire l'atmosphère. C'est Nova ! Ce hurlement finit de m'anéantir. Mes yeux se lèvent sur mon épouse et sur ses joues inondées de larmes.

Les ruines du château nous entourent.

Les flammes nous encerclent.

La poussière s'élève.

Je me relève et tente une nouvelle approche vers mon épouse, dont les pleurs creusent des sillons blanchâtres sur son visage et pourfendent mon cœur. Mes propres sanglots me consument. Lennon me hurle de reculer. Kendall court et m'attrape par le bras pour me retenir, mais je m'entête.

— Mon amour... Je le mérite... Brûlez-moi.

Ses yeux s'obscurcissent de fureur et se figent sur moi. Ses larmes redoublent. On m'ordonne de faire un pas en arrière, mais elle m'observe. Ses lèvres tremblent. Son regard est voilé par la douleur. Alors, non. Si je dois mourir, ce sera en l'admirant une dernière fois. Je sens qu'elle vacille. Je ne peux concevoir une vie sans elle, je suis prêt à tout, et je dis :

— Je vous aime, Nova. Je vous aime tant. Si je dois mourir de votre main, alors je le ferai en vous aimant.

— Tristan ! hurle Lennon.

Mais je n'en ai cure.

— Mon cœur est à vous. Je n'ai que vous. Plus que vous. Autant mourir, sans vous. Autant brûler, sans *nous*.

La poitrine de Nova se lève de plus en plus vite. Son expression change et le chagrin qui se devine sur ses lèvres frémissantes est une épreuve pour mon cœur désormais esseulé. Brisé. Fracassé.

— Je vous aime. Je vous aime. Nova... je...

Puis un souffle me repousse et Nimue s'interpose devant sa sœur. C'est elle qui le contrôle. Ses traits déterminés me font craindre le pire.

Elle reste là un moment et projette la bourrasque sur Nova. Les flammes sont contenues autour de sa sœur. Puis Nimue, dont la chevelure fouette le visage sous la force du vent, pose son regard sur Lennon.

— Que fais-tu, Arzhela ? s'enquiert mon frère, incrédule.

Elle ne répond pas, mais ses yeux s'attardent un instant de plus sur lui. Puis elle détourne lentement son attention sur Awena. Un rictus transforme soudain ses traits et le vent souffle plus fort. Ma mère recule, trébuche, puis court jusqu'au fond de la salle, face à ce regard tempétueux qui la terrifie. Lennon pousse un hurlement effroyable, mais le bras de Nimue s'est élevé et une rafale projette un torrent de feu sur ma mère.

Son cri est si atroce que je porte mes mains à mon visage

livide. Awena agonise dans des gémissements terribles tandis que je relève mes yeux sur Nova qui n'a pas détourné son attention de moi.

Ma mère... et mes souvenirs qui se rappellent aussitôt à mon esprit figé par la torpeur.

Avant que mon père ne soit sacrifié. Avant qu'elle ne bascule. Quand elle était encore capable de prodiguer de l'amour à ses fils.

La chaleur de ses bras quand je m'écorchais lors d'un entraînement.

Ses rires qu'elle m'adressait quand je m'excusais après une énième bêtise commise en compagnie d'Aedan.

Ses larmes quand je lui disais que je l'aimais, et que je n'avais pas six ans.

Ses mains qui venaient replacer une mèche de cheveux derrière mon oreille, avant d'aller me coucher.

Ses chants qu'elle fredonnait pour que je m'endorme.

Ces fois-là, où elle me murmurait qu'elle était fière de moi et qu'elle m'aimait.

L'ultime plainte qu'elle pousse, alors que les flammes doucement se tarissent...

Maman...

Et je m'effondre.

Lyham accourt vers Nimue qui le prend par la main. La première fille d'Alistair invoque son pouvoir et le vent souffle sur Nova. La bourrasque est si forte que Lennon, Kendall et moi sommes violemment projetés contre les murs en ruines. L'air s'échappe de mes poumons, ma tête heurte la pierre. Mais malgré la douleur qui m'assaille, je vois Nimue se frayer un chemin dans le brasier qui s'épuise, avant d'attraper sa sœur par la taille.

La rafale les emporte au loin.

Nous laissant, mes frères et moi, dans le désarroi, au milieu des cendres de Kilda.

ÉPILOGUE

G wydian chante tandis qu'elle approche de la demeure de son maître. Leur maître à tous. Le druide est si puissant que son admiration n'a plus de limites. Il lui tarde de le revoir et de lui assurer qu'elle a réussi.

C'est presque en dansant qu'elle passe les portes de la bâtisse érigée sous un dôme inconnu de tous. Le dôme des druides, l'appelle-t-il, où seuls ses apprentis sont conviés. Ignoré de tous les Drewidiens, le portail ne peut être actionné qu'à partir d'une formule et d'une rune spécialement tatouée sur la peau de ceux qui le servent.

Les fleurs embaument le couloir qu'elle traverse. Plus loin, c'est l'odeur de la sauge qui pénètre ses narines. Elle se sent si bien quand elle vient le rencontrer qu'elle espère secrètement qu'il lui accordera ses faveurs. Certes, il n'est pas tout jeune, mais son aura est captivante, et elle se plaît à lui laisser le plaisir de se vautrer dans son corps dès qu'il en ressent l'envie. Car personne, non, personne ne le connaît comme elle et tous ses disciples. Et personne ne la connaît mieux que lui.

Elle arrange sa noire chevelure avant d'investir l'antre du maître.

Ce dernier est debout à l'attendre. Il l'a sentie arriver et un rictus ourle ses lèvres dès son entrée.

— Alors ? demande-t-il.

Elle répond à son sourire par une mine satisfaite.

— Kilda est détruite. Le dôme n'est plus.

La lueur qui traverse le regard du maître lui déclenche un frisson. Il est vite dissipé quand le druide s'approche d'elle et pose une main sur sa joue. Elle ronronne presque à son contact.

— Gwydian...

Ses lèvres frôlent les siennes et s'en emparent. Quand il s'en écarte, il dit :

— Bientôt, nous régnerons sur Drewid.

Le visage de Gwydian s'éclaire, ses yeux se perdant dans la froideur de celui qui a tout fomenté. Il est plus puissant que jamais, tenant l'avenir de Drewid entre ses mains.

— Pour cela, il faudra nous débarrasser des derniers héritiers namnettes et des seigneurs pictes, murmure-t-elle en posant ses doigts sur les siens.

Il opine lentement de la tête et déclare :

— Rassure-toi. Ils se chargeront de cette tâche eux-mêmes.

REMERCIEMENTS

Je quittais Bordeaux, le soleil à son zénith, trois heures de route me séparaient de chez moi. Alors que mes yeux s'égaraient dans le paysage, j'ai découvert un arc-en-ciel penché au-dessus d'une forêt. Et l'idée des dômes a germé dans ma tête. (Promis, je n'avais rien fumé !) Depuis plus d'un an, cette histoire me possède. Merci de l'avoir lue.

Merci à mes fidèles lecteurs.

Merci à mes bêta-lectrices. (Éloïse, Cécilia, Émilie, France, Mathilde, Ana, Doudou et Steph')

Merci à mes illustrateurs et à ma correctrice. (Nicolas Jamonneau, Christophe Ribbe, Hannah Sternjakob et Émilie Chevallier Moreux)

Merci à tous ceux qui prennent le temps d'écrire un petit mot sur Amazon.

Merci à tous ceux qui m'envoient des messages sur leur lecture. (Je suis souvent à la bourre pour y répondre, mais si vous saviez comme ils me boostent !)

Pour finir, merci à mes enfants, et surtout à mon mari sans qui rien ne serait possible.

ΛVIS LECTURE

Vous avez aimé DREWID, De la pluie sur les cendres ?

Laissez un joli commentaire pour motiver d'autres lecteurs !

Vous souhaitez être informé de mes prochaines sorties ?

N'hésitez pas à cliquer sur le bouton « Suivi » de ma page auteur Amazon.

À très vite dans de nouvelles aventures livresques !

DU MÊME AUTEUR

LA SAGA NATIVE

Romance Paranormale

Volume 1 : La trilogie de Gabrielle

Le berceau des élus, Tome 1

Le couronnement de la reine, Tome 2

La tentation des dieux, Tome 3

Volume 2 : La Quadrilogie d'Isabelle

Les héritiers du temps, Tome 4

Compte à rebours, Tome 5

La Malédiction des immortels, Tome 6

L'éternel crépuscule, Tome 7

BLOODY BLACK PEARL

Comédie romantique New Adult

LA SAGA DREWID

Fantasy Romantique

De la pluie sur les cendres, Tome 1

POURSUIVEZ L'AVENTURE DE DREWID TRÈS BIENTÔT...

DREWID

Fer sous le vent

....

LA SUITE DES AVENTURES DREWIDIENNES

À travers l'histoire de Lennon et Nimue

À paraître en 2022

À PROPOS DE L'AUTEUR

Retrouvez toute l'actualité de Laurence Chevallier sur...

Instagram : laurencechevallier_
https://www.instagram.com/laurencechevallier_/

Facebook : Laurence Chevallier Auteure
https://www.facebook.com/laurencechevallier.auteure

Actus et inscription à ma newsletter :
https://www.blackqueeneditions.fr

DREWLD

DE LA PLUIE
SUR LES CENDRES

TOME 1

LAURENCE CHEVALLIER

Printed in Great Britain
by Amazon